北鸟南寄

完结篇

有酒 著

长江出版社
CHANGJIANGPRESS

目录
CONTENTS

第9章 隐患 001

第10章 暗涌 029

第11章 同袍 061

第12章 温良 090

第13章 祸起 108

第14章 大雨 133

第15章 四年 164

第16章 日落 196

第17章 故事 237

北鸟南寄

番外 既明的秋 259

番外 白兔 253

番外 长生 244

番外 关于两封没有回声的信 263

"尧儿,我在淮市等四年。如果没有你的音信,我就去那里找你。"
"好。"

"小叔叔,四年不见,你还好吗?"

第9章 隐患

听到同袍会，冬建树就像是一条毒蛇找到了猎物的要害，卑鄙的喜悦已经吐芯，面上还要保持一副淡然自若的神情。

"这可不是小事，你是怎么知道的？"

"有……有一次在办公室……"他把趁着俞尧不在偷偷翻成绩单的事咽了下去，说，"拿东西的时候顺便就发现了。"

冬建树对俞尧的课堂并不是一无所知，毕竟自己的儿子还在俞尧门下。敏感的他早就从俞尧时不时提到的一些观念里嗅到了同袍会的气息，毕竟这群人的干的事可是切实地架在自己的利益大动脉上……赶尽杀绝也不过分。

冬建树的眼底闪过一丝狠厉，说："那申请书在你手上吗？"

"没……我给俞老师放回去了，我觉得那……那应该是很重要的。"

"这样啊，"冬建树搓了搓手指，笑道，"你知道同袍会都干了什么事吗？"

周楠道："曾有老师和我提过，是一个思想不当的文人组织，正在被淮市通缉。"

"早就不是文人组织了，他们现在有枪有军队。"冬建树道，"他们现在不仅控制了北城区,还要逐步侵食淮市。现在一派和平,他们却要挑起战争。"

周楠张了张嘴,哑口无言。

"我简单地跟你说,淮市之所以这么繁华进步,全靠洋人政府的支持。若是真的要将他们赶出去,这里只怕不知道要落后多少年。到时候谁都赚不到钱,大家都失业,无家可归,你觉得好吗?"冬建树点着桌面,说道。

周楠一副两耳不闻窗外事的书呆子模样,对时局不敏感,他不需要解释得多么复杂,只需要用易懂的三言两语引导着周楠的利害天平偏向己方即可。

果然周楠回道:"不好……"

"但这就是同袍会要干的事。"冬建树双手交叉,做出"忧国忧民"的神色来,说,"淮市还有外国军队,加上即将调任的区军长的孟彻手上的兵,他们不敢暂时莽攻这里,但是他们一定贼心不死,等候时机……所以俞尧是什么成分,你明白了吗?"

周楠看着严肃的董事长,心生出一些畏惧来,道:"俞尧他……是卧底吗?"

冬建树点头,叹气。

周楠的脸色有些难堪,听说卧底被抓的话,他周围的人都会受到牵连的。但只听冬建树道:"此事你不需要和任何人说,回去安安静静地待着,明天就来上班吧。"

"真……真的?"周楠惊喜地瞪大眼睛,站起神来鞠了一躬道,"我会努力的。"

"以后一切照常,你就在俞尧身边打听消息。"冬建树隐约觉得懦弱无勇又不爱出风头的周楠才是做眼线的最好人选,同时也开始怀疑自家那臭小子的立场了,说道,"但记住,一定不要来找我,也不要跟冬以柏说。有什么事情,直接告诉经理,知道吗?"

周楠连忙应声。

徐府。

徐致远醒来得很早，不过没胡闹到凌晨就把俞尧喊起来。

他自己先溜去厨房做了早饭，李安荣草草地喝了一碗八宝粥就走了，徐致远老是觉得自己母亲在感冒好了之后就对自己态度冷淡了许多，时不时还用一种复杂的目光打量他。

前几天徐致远就发现了，但也没有仔细去琢磨，今天才疑惑起来。他远远地对出门的李安荣说了一声"路上小心"，李安荣也没有回他。

管家在整理后院的花花草草，徐致远拜托他去买些瓜果，今下午要请同学来做客。管家欣然应了，徐府就剩了他和俞尧两个。

俞尧睡久了点，被动静吵得惺忪地睁开眼睛，和守着他醒来的徐致远对上眼。

徐致远跟他掰着手指头数，问他今天是什么日子，俞尧黑着脸不作答。徐致远提醒他："你要对我有求必应的第一天。"

俞尧扣好衬衫扣子，徐致远得意忘形道："早上起来也不为难你，先叫声哥哥听好了。"

俞尧毫无感情地叫了声："哥哥。"然后起身去客厅了。

徐致远就皱起眉头追上去，批评道："这声不达标。"

俞尧无视徐致远，扫了一眼桌子上的早餐，坐下来，勺子拨弄了几下羹，吃了几口。徐致远则坐在他的面前，继续道："再叫声呗。"

俞尧懒得跟他扯，小啜了一勺，仍旧是毫无反抗道："哥哥。"

"嘶……"小兔崽子总觉得差点意思，想了一会儿，说道，"欠我的最后一声哥哥换成其他的。"

俞尧不答，徐致远便让他在一堆准备好的称呼里挑，俞尧索性全喊了一遍。正好吃完了早饭，去洗刷碗筷。徐致远托着腮，只觉得兴趣平平，这才知道称呼的精髓就在于俞尧喊之前的拒绝，以及被他捉弄之后的窘迫表情。这么顺利地从俞尧嘴里说出来倒不符合徐致远的口味了。他对着俞尧的背影说："小叔叔，你像个榆木疙瘩。"

俞尧整个早上人都冷淡得很，整理完了东西，将外套往胳膊上一搭，正要出门去。徐致远见他不为所动，于是心一横，过去展开手臂拦住他，专横道："你今天别出去了。"

俞尧只说道："我有课。"

徐致远固执道："上什么课啊，你这些天单独在家教我。"

"你知道的，教师无故缺课不符合规定。"

"你担心这个做什么，学院要是敢记你的过，就让徐镇平去解决呗。"徐致远轻飘飘的语气里带着不以为意，他道，"能当徐家指定的私教，多少既明的老师还巴不得呢。"

俞尧盯着徐致远，和他对上眼神的徐致远一愣，他从没见过眼前这般模样的小叔叔。

徐致远还没意识到自己的玩笑话过火，疑惑地问了一声："怎么了？"

"徐致远，我不希望你觉得我的忍耐没有底线。"俞尧冰冷的咬字里隐隐泄露出失望来，道，"我以为你懂事些了，却还像个孩子一样把什么都当成过家家。"

"我怎么了？"徐致远不小心撞到了门口的衣架上，手忙脚乱地扶住，然后咣的一声，门被俞尧关上了。

徐致远望着门，张了张嘴，在门口蒙了半天。

仰止书店花园里的兔子养肥了。

买下的时候老板寻思着等它抱了崽就宰了吃，但是越来越多的光顾这里的学生过来给兔子递东西吃，还关切着它的一举一动，老板心一软，只好给它养到送终了。

他在从门口拎进去两袋子给兔子吃的东西，听到有人叫他，回头，笑道："俞先生来了，进来坐。"

俞尧朝他微笑点头。

老板赶忙将东西放到后院，回来时俞尧正在挑书，老板问道："俞先生要找什么书？"

俞尧报了个书名，老板想了一会儿，指了个准确位置。俞尧一边过去取,一边道谢。

"不客气,"老板关切地道,"俞先生是没休息好吗?看您眼睛都是红的。"

俞尧的手指在书皮上一滞,好一会儿,他用指弯蹭了下眼角,朝老板笑了一下,温声打趣说:"没,只是昨晚批了些学生作业,这是给气的。"

老板哈哈大笑道:"现在教这群小年青可不容易,您这脾气和善,要换了些骨头硬的老先生,保不准一周要抓七次安神方。"

俞尧忧愁道:"我也快了。"

"您要往好处想嘛。"

老板将俞尧递来的书包起来。俞尧看着他动作,压低了声音说道:"老板,吴深院的事。"

老板笑容不减,一边包装一边道:"确认了,吴深院是我们同袍会的社员。"

俞尧闭上眼睛,深呼了一口气,只发生在一瞬之间,很快就恢复常态了。

"他比您入会的时间还要早,一直在淮市收集情报,身份也只有北城的重要成员才知道。我一直也不知晓。"老板道,"受您提醒,我经过了会员的多方验证程序,确认了他的身份,也上报了他失踪的情况。"

"他很有可能已经遭遇不测了。"俞尧道,"组织知道吗?"

老板说道:"他在淮市潜了十几年,收集了无数关于淮市经济、交通的资料数据,几年来陆续上报,做出了不少贡献。他混入工部局和淮市高层的圈子之后,得到情报消息对于组织的备战更加重要了。他在半年之前说,自己可能发现了淮政府暗中向内地转移军火的记录以及与外洋的交易。但……那也是他最后一次传信。"

"组织收到他说的情报了吗?"

老板摇头。

"还望您多留意他的事,"俞尧若有所思,将银圆放到了桌子上,笑道，"谢谢您了，这是书钱。"

老板也朝他笑，最后留了一句："最好让吴桐秋远离他大哥在吉瑞饭店的那个朋友，他有问题。"他低声说，"吉瑞饭店的投资人里有冬建树的名字。"

俞尧心惊了一下，点头。

但老板又叫住了他，俞尧回过头来时，老板指着眼睛，发愁道："还有，您可别不把我刚才说的注意身体当回事啊，就算是为了学生也得好好休息，我这靠近了才发现，您这眼里血丝是真多。"

"……好。"俞尧谢了他的关心，尴尬地笑了笑。

暗潮汹涌之外。既明湖的小亭子平时常有人来，但正好是上课时间，空空荡荡，唯独二人对坐。

被拎出来的傅书白趴在石桌上，听完之后一伸手指，不解道："你究竟是怎么想的，你想让俞老师每天围着你转吗？"

"什么怎么想的，"徐致远手盘在胸前，强行挽尊道，"他就不能当成他侄子跟他玩闹吗，明明之前都是这样。"

傅书白作为一个门清的旁观者，看得出来这少爷对他小叔的依赖性是越来越强了，可他在表达情感方面如一个低龄稚子，只会黏人蛮缠的那一套，得亏撞上脾气好的俞尧愿意忍他。傅书白的手指在半空摆来摆去不知道该说这人什么，最后指着他说，"……混账东西。"

徐致远："你说什么？"

混账东西这次没跟他计较，而是转了转手指，犹豫道："我该……我该跟俞尧道歉吗……"不知是嘴硬还是真不懂，他又添了一句，"可我又没做错什么。"

傅书白抬头看着他，这厮俨然又变成了一开始的那个样子。加上经历了套曹向帆这件事之后见证了徐致远的"表演"能力，傅书白极度怀疑俞尧去北城之前，他在餐厅里那副悲春伤秋的形象也是演出来的。

徐致远肯上进了是好事，可他太以俞尧为中心的思维却叫傅书白有种隐隐的担心。俞老师是品行端正的君子，徐致远追随他的脚步、向他靠近倒是没有什么问题。怕就怕在他是徐致远，为了心中的理想走极端的路子，他是敢的。

他昨天能为警告冬建树而去谋划一场闹翻校长会议的戏，明天"为了俞老师"又保不准能干出什么事。

傅书白意识到思绪飘远了，赶紧扯回正途。

"你嘴上说拿俞老师当理想的榜样，可好的品格怎么一点都没学到？"傅书白无奈调侃了一句，想了这么多，傅书白仍旧还是那个想法，"今晚道歉，说自己以后注意和人相处时的分寸。"

"不行。"徐致远把额头枕在石桌沿上，说道，"我得等个其他时机……"

"要人命啊少爷，"这亭子离他们教室老远，又快到了上午首节的下课时间，傅书白怕耽误了下节课的点名，急得皱眉，道，"你到底在想什么啊远儿！女人生孩子提前都是常事，你一个大老爷们道歉为什么还非要拖到预定期呢？"

徐致远皱眉抬头看他。

"不是你听我……"

"你拖多久说，你的混账形象就会在俞老师心里待多久。"傅书白一字一顿道，"夜长梦多，到时候我可不听你啰唆了。"

正好，下课钟声响起，傅书白连忙卷着教材跑了。

"……"

紧接着，为铃声奔命的大学生抱着书蹿向教室了，剩下一个没课的，在亭中心乱如麻。

徐致远把额头继续枕在石桌上，自言自语道："那好吧。"

下午应邀来徐家做客的，有岳剪柳、吴桐秋和夏恩。傅神棍下午有课来不了，本来还叫了冬以柏，但徐致远也只是象征性地叫一下，也没指望他来。

吴桐秋和岳剪柳的关系很好，两人的性格互补，就算没有徐致远在中间续话题,也不会冷场。夏恩又是不善于说话的人,在沙发上正襟危坐,目不斜视。

徐致远给三人都倒了茶,同时怕夏恩坐累了,给他递了份报纸去,问道:"你们之前认识吗?"

"俞老师刚上任时,经常能在九号教室外看到岳同学,不知不觉就熟知了。"夏恩推了一下眼镜,不小心和吴桐秋对视了一眼,说,"吴同学是在南墙事件时认识的……吴姑娘很勇敢。"

"我也是在那时对桐秋略有耳闻,但还不熟,不过我们有缘分,"岳剪柳牵起吴桐秋的手,说道,"桐秋的哥哥是我父亲的学生。"

吴桐秋神色像往常一样清淡,大概也不擅长交朋友,她垂下眼眸来,不知所措地看着被岳剪柳握住的手。徐致远想起岳老和自己父亲的渊源来,心里想道:"岳老还真的是桃李满天下。"

管家切了上午买的瓜果摆在桌上,徐致远告诉他们今晚自己亲自下厨答谢"出演"之恩。

随后让三人先聊着,自己外面等着小叔叔回来。

按理说平时这时候李安荣和俞尧都已经到家了,徐致远却迟迟没有见到他们的身影,估计有什么要紧事去办耽误了时间。他看着街上的行人来往站了一会儿,无聊之时从家门口量着步数走到街的拐角,正好和一个熟人面对面。

徐致远:"……"

冬以柏:"……"

徐致远伸手,捉住冬以柏转身时的后领,道:"你在这干吗……哎,你去哪儿?"

"你家门口很金贵吗?连路过都不让?"冬以柏最忌讳这人动手,瞪着他捉住自己后领的手,道,"给我放开。"

徐致远左右望了望,他好像是一个人来的,看样子大概是徘徊了许久,这应倒是让徐致远有点出乎意料。便道:"我的意思是你在这杵着干吗,来了就进屋呗。"

"你没听见吗我是路……"

"我小叔在屋里,他有话想跟你说。"

冬以柏的狡辩戛然而止,瞪了他一眼,问道:"什么事?"

徐致远:"骗你的,他还没回来。"

冬以柏甩开他的手,骂他莫名其妙。

"来都来了,急着走什么啊。"徐致远心大地说道,"我们虽然梁子不浅,但我这人就事论事,你帮我小叔化了这次危机,我也就欠了你个人情。"他指着拐角后的家门口,说:"一顿饭够不够还?我做给你们吃。"

冬以柏白了他一眼,揶揄道:"就你那廉价的报答,我不稀罕。"

徐致远在心里把他煎炒炸烤了一遍,骂骂咧咧地想:"呸,不稀罕你还过来。"他深呼一口气,双手插兜,说道:"那你有什么想问的,或者想让我帮忙的,只要合适的,我尽力。"徐致远补了一句,"之后我们两不相欠,见面该打打。"

冬以柏:"……"

他沉默,和徐致远一起,演了近一分钟的两座雕像。最终还是冬以柏先艰难地开口,道:"俞尧之后要怎么办?我爹肯定不会善罢甘休的……"

徐致远歪头看着他,直接道:"他怎么样跟你没关系,我只希望冬少爷别突然反水。"

冬以柏强忍着肚子里的千言万语,只说道:"要不然让徐镇平回来一趟,或者让俞尧跟着徐明志出国躲躲——你们徐家总不能连这些费用都出不起吧?"

徐致远觉得好笑,道:"冬少爷,您在我祖宗的族谱里挂名啊?怎么这么喜欢在我家事上指指点点。"

"我不跟你争论,你脑子根本就不清醒。"冬以柏指了一下他,回头转身走了,说道,"路过这儿算我倒霉。"

"慢滚不送。"

看着他的背影,徐致远胸膛里一股郁闷的火气。觉得自己跟冬以柏定是当了八辈子仇家,好事坏事都得跟着生气。

他低低地骂了一声，没候到俞尧，只好先回家待着。

李安荣回来得要比俞尧早，徐致远又看见到了那个戴着黑色圆檐帽，满脸是褶的黑衣男人。他随着李安荣进来，见到沙发上的三个学生，嗓音里有一种森森的哑意，他特意看了徐致远一眼，笑道："李编的家里有客人啊。"

三人闻言望向门口，皆礼貌地起身，朝李安荣鞠躬道："阿姨好。"

"不用客气，"李安荣叫他们坐，自己带着这男人去楼上书房了。上楼时，她瞥了栏杆旁的徐致远一眼，说道："你不去陪同学吗？"

"我待会做饭。"徐致远说。

"行，你们吃你们的，待会儿不用叫我了。"李安荣敞开门让男人先进去，压低声音道，"吃完晚饭留出空来，我跟你说点事。"

徐致远望着那面容可怖的黑衣人，眉间聚起一股莫名地担忧来，道："哦。"

这场晚饭本来是庆祝的，可有了几件不愉快的事铺垫，庆祝得也差点意思，徐致远时不时地往灯火通明的书房和门口瞥几眼。待李安荣出来送黑衣人时，俞尧恰好也回来了。

黑衣人问好道："俞先生，许久不见。"

夏恩立马站起来，三人异口同声道："俞老师！"

俞尧朝自己的学生一笑，并对黑衣人点头道："许久不见……我就不送您了。"

李安荣送黑衣人上了家门外的车，俞尧深深望了一眼，脸上的凝重之色还未成形，就被自个儿的学生拉进餐桌的笑语里了。

俞尧朝为他拉开凳子的夏恩道了声谢，弯腰坐下，看着这满桌佳肴，笑道："这么丰盛啊。"

岳剪柳道："这一多半都是致远亲手做的。"

俞尧垂下眼睫来，轻轻瞥了一眼徐致远，见他正若无其事地夹菜吃菜，就绕开了话题，说道："还合胃口吗？"

吴桐秋："嗯。"

俞尧笑道："下次你们来，我下厨。"

徐致远扒了几口饭，放下筷子，说道："我吃得差不多了，我妈说叫我过去，你们先聊。"

岳剪柳奇怪道："哎……致远！"

徐致远逃到了书房，深呼一口气。

"我叫你晚饭之后留时间，你这么早过来干什么。"李安荣合上书，皱眉道，"同学都走了？"

"还没。"

"长这么大了，还不会当主人，有你这么待客的？"

徐致远只是见到俞尧时有些别扭，当着旁人的面也不方便闹脾气。他找了个凳子坐下，想到也许是关于那个来自己家两次的黑衣男人的事，语气正经了起来，问："您叫我什么事啊？"

"也没什么，"李安荣道，"你跟剪柳相处得好吗？"

"我们俩好得很，这个您不用担心，"徐致远拐了个弯继续说，"但也只是做个朋友而已——我跟她都这么想。"

"我知道你们互相没意思，岳老也跟我这么说，也不逼你们了，"李安荣忽然说道，"我跟你爹重新给你商量了一门亲事，改天你和姑娘见一面，挑个订婚的日子。"

"……"

"订婚？"徐致远对她这突如其来的强硬有些不适，"什么……意思？"

"有些事情由你自己做主为时过早，我和徐镇平替就你决定了。"李安荣尽量耐心道，"这回的这姑娘是喜欢你的，女追男隔层纱，相处久了感情就来了。"

见徐致远愣着，李安荣给他递了一张照片，上面是小徐致远和一个女孩的合照，她说："哦，忘记跟你说，她父亲是徐镇平之前的同僚孟彻，你和她好像小时候还见过面来着。"

就像是心口被人挖了个洞，猛然灌进去一桶凉水，徐致远不可思议道:"孟彻……你们这是打算拿我跟她'联姻'呗?"

李安荣坦然地道:"是有这种想法在。"

徐致远觉得不对劲,说:"是发生了什么事吗?您告诉我。"

李安荣摇头道:"没有事,只是单纯说你的婚事。"

徐致远站起来,忍着怒火,道:"可你们一边口口声声地说要遵循我的意愿,一边又在暗里安排我,妈,您忘了您和徐镇平是怎么在一块儿的吗?"

李安荣一反平常,连争论都没有,道:"跟你没关系。"

徐致远说道:"你跟徐镇平是突然疯了吗?"

李安荣站起,抬起手来,徐致远也不躲,但想象中的疼痛并没有落下。

"徐致远,我没想着逼你。就算是读书学习,你想学什么想谁教,我跟徐镇平都满足你。"她的眼里熬出了血丝,道,"你长到十九,有多少门亲事到我手里,好不容易挑出个可能合你心意的介绍到你面前,还要谨慎地注意你的心思,从没觉得麻烦过,我甚至乐在其中,我特别愿意去发现你喜欢的东西,我想你只要……"李安荣顿了一下,好久才勉强出声,"……我想你只要开心就行,因为我跟徐镇平欠你的东西实在是太多了。"

徐致远愣了一下,这番话放在之前他是很乐意听到的,甚至一直期待听到。可处在此情此景之下,他只觉得字里行间渗着的是苦涩的讽刺。他道:"您说这些算什么?逼我上刑场之前先给一颗糖吃,顺便证明一下您的无奈?"他的尾声被情绪淹没了,"您不觉得晚吗?"

李安荣张了张嘴,大概那满怀歉意的三个字,但并未出口,她转过头,狠下心来说:"这件事我们已经定了,只是告知一下你……仅此而已。"

徐致远不相信母亲没有瞒着他事情,他抓住李安荣的手腕,仍不放弃询问:"您告诉我,是不是徐镇平和孟彻之间出了什么事?"

望进儿子眼眸的那一刻,李安荣甚至犹豫了一瞬——面前的青年人眉目间有徐镇平的影子,他这样盯着自己的时候,会让人感觉到他在这一刻可以顶天立地。但李安荣从恍惚中跌出来，才发现这双清澈的眸子太浅，里面盛着的更多的是一眼见底的茫然，仍旧咬牙道："有些事情不是和你说了你就能理解的。"

像是心口的那盆冷水化掉，它们慢慢地渗进四肢百骸，胸膛里的灰烬被这水泡着，也燃不起一点火来。

"您的意思是，我连我要成亲的理由都不配知道。"徐致远说，"就你们有资格为徐家、为大局着想，我这个工具没资格是吗！"

李安荣沉默。

"不需要你补什么，我不需要……"徐致远盯着她，斩钉截铁道，"怎么选是我的自由，我绝对不会答应成亲的。"

李安荣的眼神像是把他整个人看透了，她说："若是你小叔叔劝你呢，你听吗？"

徐致远哑口无言了。

安静之中，李安荣悄悄地垂下眼睫。她知道，俞尧的话对徐致远来说分量重到足以指导他以后的人生。这就如同拿孩子最崇拜憧憬之人作引，去催促他做讨厌的事情，是狡猾但对徐致远最有效的办法。

"……我不知道，"徐致远沉默了半天，眼睛里泛出些血丝来，说道，"您知道我，我没出息、没理想，就是脾气倔脑子又一根筋，要是有人逼我就范，我什么事都能做出来。"

李安荣瞪大眼睛，道："你在威胁我。"

"……但我不会。"徐致远咬字说。

"您今天愿意坐在这里跟我好好谈，因为我是你的儿子，"徐致远声音沙哑道，"而我永远不会拿命去逼你们，因为你们也是我的爹妈。"

徐致远关上门出去了，李安荣没有叫住他，他也没有去留意母亲表情是什么。

徐致远觉得这一天像是穿了几年没洗的衣服出门，从早到晚一股霉味儿。

从书房里出来，他直接躲进了自己的屋子里。三人走的时候也顾不得去送。

他倚着门坐到了很晚，听到门外脚步声响，大概是俞尧从书房里出来，母亲被哽咽浸过的声音说：“他大概睡了……好像还没吃饱饭。”

"我给他留了，饿醒就知道去厨房了。"俞尧回道。

李安荣叹气："行吧……你一定记得劝一下他。"

俞尧："嗯。"

"对不起阿尧，麻烦你了。"

徐致远听着，在夜里抬起埋在胳膊里的脸，心里咯噔一下。

又是照常的三更半夜，徐致远去敲俞尧的房门。俞尧明灯未睡，过来开门，见是徐致远，叹了口气，第一句话便是："饿了没，厨房有饭。"

徐致远盯着他，开门见山道："我妈是不是跟你说什么了？"

俞尧动作一停，说："……联姻的事。"

"其余的呢？"

"没有。"

"那你怎么说？"

俞尧转移目光，道："我会帮忙劝你。"

看见他的表情，徐致远心凉了一半，他说："连你也觉得我爸妈做得对吗？"

俞尧看着眼前的少年人，像只神经紧绷的小动物。这种神情让他在一瞬间不忍心将什么狠心的话说出口，他没有明确地回答徐致远的问题，只是说："你没必要因为这个和安荣吵架……她是关心你的。"

"他们是关心我……那我呢？"徐致远觉得仅仅隔了几天，他们身边所有的人就像变了个样，仿佛跟自己隔了一堵生涩难懂的墙，他说："小叔叔，我原以为至少你会在乎我的想法的。"

俞尧张了张嘴，可最后也没说什么话。

俞尧的沉默让徐致远的心一寸寸地灰了下去，久久之后，他说了一句:"行。"

就说了一个字,他转身出门了。

俞尧叹了口气,说了一个"晚"字,就被关门声打断。

"……晚安。"他说完。

翌日的徐府,三人的脸色都不是很好看,早餐时死气沉沉,没个清晨的样子。

李安荣试探地瞥了几眼默然的叔侄两个,开口打破了平静。她问俞尧今天的空闲多不多,俞尧回过神来,说:"上午有课,下午要去见陈副官。"

她只"嗯"了一声,晃了一下瓷勺。提起陈副官又和徐致远聊起小时候的事情,见她有意地往曾经的邻居上扯,徐致远便知道她又要说起孟彻的那个女儿了。

他囫囵地吞下了一碗粥,说:"您急什么,她人都还没来淮市。"

李安荣愣一下,先答了一声"行",下意识地去看安静吃粥的俞尧,磕绊地回道:"也是……你最近还要赶课,也挺忙的。"

徐致远将餐具往前一推,说:"吃完了,我上学去了。"

好久之后,鸦雀无声的屋子里剩了李安荣和俞尧两个人。

李安荣问:"阿尧……你把他劝好了?"

"……嗯。"

李安荣内疚道:"抱歉,是我没有管好他,给你添了很多麻烦。"

俞尧的手指蜷了蜷,心中五味杂陈,只扯出一个笑容来,说道:"……不麻烦。"

他吃好了,自己将碗筷收拾完,出门去了。

俞尧在办公室收拾书的时候,门被哐哐哐地敲了几下,把其余老师吓了一跳。俞尧叹气,对走到自己面前的学生耐心说道:"敲门的时候轻一些。"

冬以柏道:"叫我什么事?"

俞尧拨开桌子前几本书，找到了一铁盒糖，一揭开，发现之前已经被徐致远吃了一半了。他只好从中挑了几块，给冬以柏递过去，问道："吃糖吗？"

冬以柏一头雾水地接过来，疑惑地望着他。

"昨天他们几个都来吃饭了，你和傅书白没来，用这个补上行吗？"俞尧道，"傅书白的份我托桐秋送过去了，差你。"

冬以柏一愣，才记起装模作样来，道："我……我跟他们有什么关系！"

俞尧也没提是什么事，又从抽屉里拿出一样东西。那是一枚校徽。冬以柏那枚掉了之后一直懒得找，于是校服的左前胸处一直空着。

"我请院里总务处帮你重新补了一个，"俞尧顺手给他戴上，说道，"校徽要好好保管，不能丢。"戴完他拍了拍冬以柏的肩。

冬以柏就像是哑了火，之前的枪药味儿收拾得干干净净了，他这副一反平常的平静反应倒是引来不少老师的目光。冬以柏躲开他的手，说道："你说完了吗？"

"嗯。"

他板着一副棺材脸把糖放下，说道："我……我不喜甜，你留给姓徐的吧。"说完，同手同脚了一瞬，走出门去，似乎觉得这样还不够凶狠，又回来把门摔了一下。

老师感叹道："这小少爷还是老样子。"

俞尧无奈地笑了笑，他这幼稚的行为大概又让他想起徐致远，于是笑容消失时浮现出一些无力来。

说完，他将手中的书本冲起摆好，穿上外套出门去了。

前脚门刚合上，便听到旁边有人叫他。

"俞先生，这么巧。"戴着黑帽子的男人笑道，"正好来找您。"

俞尧看清他的面容之后，朝他微微一笑，隐约含着些危险之意，他说："您好。"

……

"俞先生，我们这是第三次见面了吧？"男人说道。

"加上昨天,是第四次。"俞尧说。

"哦……差点忘了。"男人微笑,望向亭子外的湖水,感叹道,"既明这地方是真的不错,一方水土养一方人,这将来不知走出多少人才去。"

"人才倒走出去了不少,只是有的学生走得远了,走出了淮市,漂过了大洋,回来却变得越来越难。"俞尧十指交叉地放在腿上,也顺着他的目光望去,道,"牟先生,您也曾是既明学生吧?"

"时代造势罢了,择路也不是您想象的那么容易的,"这位牟先生知道俞尧意有所指,笑了几声,直接道,"熹华报社的编辑全是国人,刊印的也都是汉字,可决定掌握它的'生杀大权'的却是日本人。就像是现在,上头一句关停,我这个负责监察处理的就要费尽脑汁地跟李编辑周旋。我难道不想斥那东洋人们一句多管闲事吗?我也想,但是难做啊。"

俞尧不听他感叹,面不改色地继续问:"过去几次您找我是说要限制学生投稿和报道学生活动,需要我来配合。这次牟先生又需要我配合什么?"

"李编辑执拗,非要搞到我和上头都下不来台的地步,"牟先生叹气说,"现在便只剩两个选择,要么换主编辑,要么《熹华日报》停刊——当然关停只是唱黑脸的形式话,熹华社是淮市最大的报社,《熹华日报》也是最大的报纸,牵着舆论的线头,我们这位洋老爷哪儿舍得说关就关。"

"如果贵报社非要辞退安荣,我想一个局外人,无权干涉任何事情。"俞尧警惕道,"您来找我是有其他事情。"

牟先生一笑,说起其他的事来:"徐小少爷近来过得好吗?"

"他很好。"俞尧冷道,"这好像跟我们谈的事情并无关系。"

"徐小少爷从前做事无拘无束,说话口无遮拦,得罪的人不少。我最近又听说他还染了什么坏习惯……若是有心之人想做文章,岂不是挑一个'事迹'就能开刀?"

俞尧脸色一沉,脸上全然没有了和善。

"哎，俞先生您别生气，我就是提醒一下，别无他意。"牟先生及时解释了一句，他笑道，"或许徐少爷清清白白，只是那位同学听信了谣言。"

俞尧敏锐道："那位同学？"

"这个可不能向您透露。"牟先生只抛出个钩子，打趣道，"不然我们这些打听消息的专业素养往哪儿搁啊。"

"跟俞先生说这件事，只是想告诉您，"他说，"李主编在业内的声望十分之高，加上徐夫人这层身份，让我们的解聘书发得很艰难……"他压低声音道，"……如果能给她的名声沾上些污点的话，无论是通过您，还是通过他的儿子，我们肯定都是要'全力而为'的。就像是当初冬先生逼您解聘一样，但这次，可不是小孩子排排练就能应付过去的儿戏了。"

"看来'那位同学'跟您说的东西还不少。"俞尧倒是笑了，"您是想让我做什么？"

牟先生哈哈一笑，站起身来，绕道俞尧身后，说道："也没什么，就是我们那位东洋老爷想结识一下您，望您能拨冗。"

"我并不认识任何东洋老爷。"

"但他认识您，"牟先生道，"他与我说，他曾在一场晚宴上见过您，您那时在演奏着钢琴，优雅，也美丽极了。他说他第一次见到您时，只觉得惺惺相惜，您一定是他的知音。"

牟先生拍了拍他的肩膀，笑道："他最近得知您的苦恼，托我转告您，他能够消除您的忧虑，您想既明待到退休都不会有人发难。同样……李编辑也会很光荣地离开熹华社，她想找什么下家，我们都不会干涉。"

俞尧不语，牟先生便留给他自己考量，给了他一张名片，说道："廿六，也就是三天后，吉瑞饭店会办一场夜会，他希望您能到场。"

说罢，他压低了下帽子，告辞了。

"麻烦您转告他，这真是一份令人反感的见面礼。请他最好在见面前修一修礼仪，"俞尧取来名片，一只手将其攥成团，放进口袋里，远远地回了一声,"不然我会忍不住亲手教他。"

"吉瑞饭店啊……是吴桐秋他哥去帮忙的那家?"

"是啊,那家老板姓金,还经常来看桐秋。"傅书白道,"是他邀请桐秋去参加廿六的夜会的。"

"淮市每隔几个月都会有场大夜会,这个我倒混过几场……但关于主办是谁,参加的都有什么人,我还真不知道……"徐致远一边撑着腮,一边轻声问,"你们知道吗?"

舞女们问他死哪里去了。

徐致远抿了口红酒,面无表情地盯着前方,道:"攀既明大学的高枝去了。"

姑娘们饶有兴趣地打量着这位镀上学士名头的"知识分子",说道:"大学里的姑娘如何?"

徐致远不语。

有人挑眉道:"我听说……孟家千金要来淮市了,人家有意向徐家伸连理枝,小少爷是苦恼以后要被锁住自由了吧?"

笑声一片。她们不知从哪里捉来的风声,毕竟徐致远的名气不小,少爷小姐的风流韵事又是听不腻的饭后谈资。

徐致远放下酒杯。

傅书白心想着你们招惹他就算了,忌讳还一脚踩一个准。他瞥了一眼徐致远,道:"那个我们继续说吉瑞……"

察言观色上无比敏锐的陪酒姑娘立马察觉出他身上低沉,甚至有点危险的低气压,空气静了一下。但收了钱,让客人高兴的话还要说到位的,于是哼了一声,扔了句玩笑话圆场:"死鬼,你今天怎么这样阴沉沉,像是失恋了一样。"

被徐致远的低气压逼远了,她们又围到傅书白的旁边来。傅书白进门开始就正襟危坐,好似佛门皈依,遁入空门。见她们有围上来的倾向,双臂往胸前一盘,笑道:"心有家规,恕不奉陪。"

小姐们一片哀声,却宁愿坐在傅书白那里,也不愿意去吓人的徐致远那儿,埋怨道:"扫兴,徐少爷心情不好,傅少爷有主,你们来这玩什么啊。"

傅书白下巴一指对面的,无奈道:"问你们徐少爷去。"

"行了。"徐致远推了一下高脚杯,识趣的赶紧给他续上红酒,他道,"刚才问你们的事,究竟有没有知道的?"

她们回想了半天,话题才回到被扯远了的"吉瑞饭店"上。思虑道:"晚会啊……"

"我倒是知道一点,"一人轻声说道,"只是说出来有点……"

徐致远放到她腿上几块银圆:"没事,说。"

"谢谢徐少爷……"她眉开眼笑道,"我认识一朋友,是梨落坊的主。"

"梨落坊是个民间班子,现在领头的是个三十出头的年轻人,叫作念棠。"

她们其中有人附和道:"哦,念老板,我也认识的。"

"咱淮市租界里那个……哪国洋人投资大戏院,刚开张的时候请过梨落坊撑场子,念老板又有本事,差点把经理挤出去,干成那里的一把手。"

傅书白倒是知道这梨落坊,但对这些艺术兴趣不深,于是了解也浅,但也能顺着猜出来:"你是想说他们曾给夜会表演过?"

"是啊,"姑娘道,"梨落坊自从归念老板管,学了不少手艺,不仅会唱戏,洋舞洋乐器也是精通……不然怎么念老板差点接手大戏院呢。"

徐致远:"你继续说。"

姑娘忽然压低了声音,说:"但梨落坊可不止给那晚会提供表演——经常光顾那晚宴的大商大官公开场合人模狗样地正正经经,私下里可就变成妖魔鬼怪了。据说啊这晚会每隔几月就办一次,就是让这群人冠冕堂皇地寻乐的。"

傅书白和徐致远对视一眼,徐致远道:"知道晚宴的常客有谁的吗?"

"金吉瑞算一个，夜会每次换着地方开，只不过这次开在他家了。还有就是冬建树……"

徐致远蹙眉道："冬建树不是有老婆吗？"

小姐连忙摆手解释道："我可不背这污蔑的罪名啊……我只说常去的，这晚宴也算上流聚会，学界的商界的政界的大能都有，常去又不是代表就去寻欢作乐的。"

"不过我知道一个，"一个姑娘插话道，"那个工部局总务处的廖德，他肯定是了。"

傅书白一愣，说道："……确定吗，这话可不能乱说。"

"确定啊，"姑娘道，"念老板总是骂他。"

徐致远和傅书白若有所思，也没了瞎扯的心思，给几位透露信息的姑娘不菲的打赏之后，在这百乐门中浮华的夜色中，披着一身闪烁的灯光离开了。

"金吉瑞和廖德肯定在吴深院失踪之前就是熟人了，不然当初他怎么会让廖德赊账。熟人最难开口要账，他后来去拜托吴深院也并没有什么问题。"傅书白说，"而且……金吉瑞虽然也撬不出吴深院的去向，但他对桐秋的照顾我是看在眼里的。这个不能直接证明他和廖德就是'狼狈为奸'了。"

"我总觉得有些奇怪，只是感觉。"徐致远说，"你也说过，当局者迷，旁观者才清。"

"也是……"傅书白垂下眼睫来，反省道，"我原本觉得桐秋一个平常的也没什么背景学生，被忽然被邀请到那种规格的聚会上，定然有什么不对劲。可知道邀请者是金吉瑞时，警惕心却放下来了。"

"我三天后去夜会上看看。"徐致远道。

傅书白看着徐致远道："这事需要告诉俞老师和桐秋吗？"

"当然需要，咱的人都需要告诉。"徐致远坦然道，"话本看多了吧你，行动前不跟团队互通消息的孤胆英雄，在现实中是没有好下场的。"

傅书白道："好。"

"不过我要去晚会这件事不要跟我小叔说,"徐致远蹭了一下下巴,道,"我可能要另辟蹊径。"

"另辟蹊径?"

"正常地去参宴能打听到什么?不入虎穴,你连虎子的屁股都见不着。"徐致远说,"我去会会那念老板去。"

傅书白揉了揉眉心,这才知道这少爷跟他大吐完被拒绝的苦水之后拉他去百乐门的目的。他说道:"远儿,怎么感觉你最近智商都升华了。"他总结道,"莫非俞老师还藏着什么提高智力的秘诀。"

"呸,老子本来就聪明绝顶,"徐致远踹了他一脚,道,"还有你,最近别在我跟前提俞尧,我……"大概又想起了俞尧冷漠又执拗的模样,徐致远心一梗,烦躁道:"行了行了……滚开,我不想说话。"

"这赖我吗?要不是你先口无遮拦说错了话,至于惹出这茬来的吗?"傅书白还不知联姻一事与俞尧有何关系,记忆仅停留在徐致远惹了俞尧生气,这人纠结要不要道歉上。他疑惑道:"不是……你到底说了什么啊,能让俞老师这火气持续这么长时间。"

徐致远指着他,道:"闭嘴。"

傅书白:"啊?"

梨落坊在淮市的一个偏地,徐致远没去过,人生地不熟,一去就能见到领头的大概是件难事——但是他有钱。

恰好梨落坊的规矩不少,但唯钱字打头,打点的数目够了,大可一路通行到内院。

左右种的花又赶上了开的时候,白墙黑瓦的大院就藏在落英缤纷的里头,有些世外之地的味道了。

院子里有棵大海棠树,徐致远老远就看到树下几个孩子,头上顶着满杯的水,正罚跪,上身板正,一边跪还一边带着哭腔地背着"之乎者也"。一个身材高挑的女人穿着墨蓝色长衫,立领和斜襟都镶了白边,手里拿着小细棍在这群小孩面前巡视。谁头上的水洒了,或者背错了就得挨一下。

女人随手撩了一下披肩的长发，右耳的红色耳坠晃了一下。看到孩子的目光聚到一处，"嗯"了一声，回头看了一眼，正好与徐致远的视线对上。

徐致远朝她微笑，她则挑起两边眉来。两人没说什么，女人给徐致远让出进院的路来，自己坐到了一把檀木交椅上，朝门口比了个请。徐致远道了声谢，紧了一下西装襟口，走了进去。

只听里面传来："哎等一下，客人您是来？"

"哦，初来贵地，我来找念老板。"

杂役道："念老板不是随便能见的。"

"你看这些够吗？"

杂役似乎噎了一下，换了语气，道："哎哟小的怠慢了，您是哪家少爷？"

"这你就不用管了，难不成念老板跟人见面还挑出身吗？"徐致远笑道。

"是是是，我管不着。"杂役恭敬地弯腰，掖好钱，也朝门口比了个请，说道，"请您出门，原路退回几步。"

徐致远："什么？"

杂役解释道："念老板就在门口。"

徐致远走出来，跟那在交椅上侧倚着的"女人"又打了个照面。罚跪里有个耳朵灵的小屁孩忍不住笑了出来，挨了一细棍。

"女人"面上抹着姿色不浅的笑意，道："巧了，我见人还真挑出身，徐少爷。"

徐致远："……"

念棠长了一副女人相，头发长到快要齐腰，除了清亮的嗓子和平坦的前胸，近乎没有地方可以让人分辨出雌雄来。

徐致远道："你认得我？"

念棠跷着二郎腿，揉搓着手里的细棍，道："我不仅认得您，我还知道您是来干什么的。"

徐致远笑道："我当然是仰慕念老板的大名才来的。"

"百乐门、大戏院,只要是玩乐的地方,尽是我的耳目,"念棠笑道,"我算对您知根知底,徐少爷不必和我客气。"

徐致远初识此人,就已经感受到了其城府之深,只觉得自己这次过于大意,于是脸色沉下来,道:"我还不知念老板是敌是友,自然要提防一些。"

"这得看您了,"念棠眼睛一眯,道,"我是跟廿六夜会有合作的人,做生意呢要讲诚信,我起码要保证我的客人的安全。这么一来我们大概是'敌'。"

他托着下巴,把声音压低,继续说道:"但如果小少爷是为了吴深院去探消息的话,我们就是'友'了。"

徐致远彻底警惕起来,眼神锋利起来,问道:"你到底知道多少?"

"小少爷您别皱眉头嘛,"念棠笑道,"我什么也不知道,闭关一年,近来才听说既明大学去年的南墙一事,得知桐秋近况,于是知道吴深院失踪——我与他好歹也曾是挚友,我因此帮个忙也不为过吧。"

徐致远打量了他一圈,问道:"我怎么相信你?"

"你大可以去问桐秋,虽然她没见过我,但总在他大哥那里听过我吧。哦,对了……"念棠一偏头,白皙的脖颈便从乌黑的披肩长发里露了出来,那红色的耳坠一摇,他道,笑道,"这个还是他送的。"

徐致远看他半天,半信半疑地去问道:"真的是挚友?"

有花瓣落到念棠头发上,徐致远告诉他,他伸手取下来,双指揉搓了两下,笑道:"是知音。"

徐致远心里奇怪着:知音你才知道去年发生的事。而嘴上说道:"我的确是为吴深院而来,就我勉强信一下念老板。"他说,"我现在以您为友……希望您能答应我一件事,钱倒是好说。"

"小少爷先说。"

"我要跟着你们的人,混进廿六的聚会。"

三日之后,吉瑞饭店前宝马雕车。

不同肤色和发色的女士们着装华丽，笑语盈盈地依着先生的胳膊，在富丽堂皇的大厅里争艳，被歌女嗓音镀过的曲调，欢快明媚，淌了一条街。

每到这时候乞丐和穷人也会收拾一下着装，准备几句好话，去夜会门口向贵老爷贵夫人们讨些钱财——一定要挑他们成群结队时求要，他们才不好意思不给。一来二去，这些上流人士也烦了，于是吃饱喝足的租界巡警们终于有了用处，那便是赶在开宴之前，把这些老弱病残们全都从饭店门口赶走。

俞尧身上的西服是李安荣精心为他准备的，让他下车的时候引来不少目光。牟先生等候多时，见到俞尧下车，上前迎接，掠过了出示请帖，直接领他进了门。

他问俞尧是否听得懂日语，俞尧说只会一些日常用语。

"足够了。"牟先生从桌上拈来一杯香槟，递给俞尧，笑道，"您在这里稍加等候，我去告诉寺山先生。"

俞尧接过，只在他面前微微抿了一小口，牟先生转身离开时，酒杯里的香槟便被倒掉了。

他见到了那位姓寺山的"东洋老爷"，他的身躯臃胖，很容易让人想到发了横财的暴发户，好在面容还算和善。寺山见到俞尧时，便感叹了一声："俞先生，我恭候您多时了。"

俞尧垂下眼睫来，却是面不改色地摆了摆手，表示自己听不懂。

牟先生在寺山耳边解释道："俞先生他听不懂日语。"

寺山"哦"了一声，笑的时候眼角的皱纹便堆了起来，直勾勾的眼神总叫人感到一些不适，他朝俞尧伸出手来，用蹩脚的中文道："很高兴认识您，俞先生。"

夜会的另一边。念棠的眼神像是在集市上物色一只要拎回去宰的年货，上下打量了徐致远一眼，啧啧评价道："小少爷这身量……身高、肩宽、腰窄。"念棠挨个敲过去，最后扇柄一拍掌心，道，"穿这身混进去，保准没问题。"

徐致远全然没了三天前的礼貌，骂道："姓念的，你等我回去再跟你算账。"

那天交流之后，到了规定的日子，吉瑞饭店派来的车已经停在门口。念棠却扔在徐致远面前一身旗袍，道："徐少爷，这是专门合您身的。"

出乎意料的徐致远："……"

迎接的下人在外面催促，一群打扮好的"小公子"们正干等着他，众目睽睽之下，徐致远只想拿起这身布条来勒死念棠。

他们这一行特殊宾客绕了旁路，在开始半个小时之后才被悄然接送到了吉瑞后门。

此事正在楼上一处静谧的休息房间里待着，外面有下人守着，男人们有说有笑，像是对这儿熟悉得很。

"是您说要混进来的，"念老板无辜地道，"从我们这'混'，还能经过什么途径？"

徐致远无言以对。

他被念棠这人迷惑了，还以为他神通广大、只手遮天，能让他出入自如。结果居然是让他亲自男扮女装。

念棠穿的是一身修身的褐色花底旗袍，长发扎成了一条长辫子，垂在肩上。他用扇柄敲了一下徐致远的大腿一侧，道："小少爷，要注意坐姿。"

徐致远额上鼓出青筋："……"他忍住怒火道："没想到念老板堂堂一梨落坊领头人也要来凑这个热闹。"

念棠跷起二郎腿来，手里拿着一把小折扇，说道："安全起见，我是来看着小少爷的。"

徐致远嗤笑道："你担心我的安全？"

念棠拿扇柄敲了敲他结实的肩头，道："是担心我的客人的安全。"

徐致远哼了一声，一把夺过念棠的折扇，抄起床上一只花里胡哨的大檐帽，往头上一扣，说道："我出去一会儿。"

"你去哪儿？"念棠道，"三楼这地方别人上不来，你也下不去。"

徐致远瞪了他一眼："我上厕所。"

"哦。"念棠忽然拉住他的手臂，露出个意味深长的微笑，给他把旗袍的立领系好了，说道，"早去早回。"

"……"

这地方有数不清的房间，欧风装修，走廊的壁灯上摆着许多蜡烛，昏黄的光照得走廊醉醺醺的。这"罗曼蒂克"学得不伦不类，没有让徐致远感到一丝情趣来，甚至还觉得金吉瑞就是抠门不想买灯。

其间有嬉笑娇嗔声，偶尔几位艳美的女郎和端酒的侍从穿行。好在这照明不好的蜡烛光给徐致远做了掩饰，加之帽子和折扇的遮挡，不至于让人一眼就认出来。

直到瞥见四下没人，徐致远才从领口处拿出一只小包来——这是念棠方才给他塞的。纸包上面写了一个"醉"字，他用食指捏了捏，心想里面大约是什么麻醉之类的东西。

他来这里的目的便是从廖德的嘴里套东西的。可迟迟不见廖德露面。

三楼从正门肯定是进不来的，徐致远正想着怎么跟傅书白接应。走到楼梯过道，从窗往望了一眼楼下，发现下面有一圈巡警。

徐致远正发着愁，听到有人上楼的动静，赶紧离开窗户，正巧有两位女郎在走廊尽头抽着烟聊天，徐致远若无其事地站到旁边去。

即使他尽力矮身，个头相比女子还是稍稍引人瞩目，他别过脸去，忐忑地瞥了上楼的两人一眼，结果口水呛到嗓子眼里，怔了一下，心里咒骂着这遭雷劈的巧合。

无他，这其中一个人就是他的小叔叔。

俞尧身边跟着一个中年的胖男人——听口音是洋人，俞尧摆着一副端庄的笑容，那洋人的笑纹更是没有消下来过。

徐致远强忍住嗓子里的痒意，目光紧紧地盯在那男人的脸上，总觉得这脸与体型让他有些眼熟，在记忆中搜寻了一会儿，竟想起来了——

他在去年与岳剪柳逛画展时,似乎见过这胖男人和他的妻女。

徐致远想着,正巧身边的女郎聊到些什么,咯咯地笑了起来。徐致远眉头越皱越深,这人和俞尧来这三楼干吗?

寺山哈哈笑道:"和先生相谈甚欢,我在客房里叫人备了薄酒和书籍,我们边饮边聊,怎么样?"

俞尧颔首,说了声"好"。

寺山笑容未变,目光幽幽落下,藏着不怀好意的色彩,他说:"这边请。"

"……"

俞尧一垂眸,表情在细微处冷了下来,听到旁边啪的一声。

折扇在徐致远的手心里断成了两段。

俞尧奇怪地望过去,正好徐致远面无表情地把帽子一掀,与他对视。俞尧好似被迎头泼了一盆开水,在原地愣成了根棍子。

"……"

寺山关切地问道:"俞先生,怎么了?"

回头,只见一身长八尺的旗袍美人,迈着步子优雅地走过去,把俞尧用力往旁边一拽。

俞尧还沉浸在震惊之中,徐致远这故意的亮相也没让他反应过来。

徐致远的语调虽挤得细声细气,却是恨不得把牙咬碎似的,道:"这位先生,"他伸出食指说道,"今晚有空来我房间一趟。"

说完,美人无视怒火上头的寺山,优雅地系了一颗襟口的扣子,转头踱走了。

寺山皱着眉头,啪的那一下力度可不小,他一边小声说这里的小姐没有教养,一边安抚俞尧道:"俞先生,您可别在意。"

俞尧呆若木鸡地看着徐致远离去:"……"

心想,造孽,这兔崽子是要自暴自弃了。

第10章 暗涌

徐致远现在就是个行走的炸药包,手心被折扇的碎渣划破了皮,但对此刻的他来说不痛不痒。

正巧一个盥洗室出来的侍从倒了大霉,迎头撞上这位扛着火罐的"大美人"。侍从恭敬地将双手搭在身前,点头道:"女士有需要……"他忍不住抬头看了一眼这位高大的"女士",猝不及防地被一把攥起衣领来,拖进了盥洗室里面。

徐致远一把将帽子扣在他的头上,那侍从又尿又愣地两手抓着,只从缝隙中看见"美人"在他面前解扣子,哗啦一声又从旗袍下摆开叉处撕下一块布条来。

"脱衣服,"徐致远说,"你自己脱,还是我给你脱。"

侍从:"……"

趁其不备,徐致远扯了一块布条将侍从的口鼻捂得严严实实。

过了半天,挣扎的动静越来越小,侍从彻底歪头晕了过去。徐致远冷着脸,低低地骂了一声,把他的衣服捡起来自己穿了。将写着"醉"的碎纸包揉搓成团,塞进外套怀中的口袋里,而后把这人伪装成酒鬼,摆了个姿势放到洗手台上,自己潜出去了。

徐致远满脑子都是那男人肥胖的丑态和不怀好意的眼神,气场阴森得很，若是想法有实体，那男人不知被剐了千百几回了。

徐致远面上淡定自若地整理好衣装，在走廊里装成一个来回巡视的侍者，在三楼的每个门前都逗留了一会儿，终于找到了俞尧和寺山所在的房间。

里面虽然没什么异样的动静，但徐致远在外面站得心乱如麻。找了半天才找到储物室，拎了个盘子和几瓶红酒，敲响了门。

进门时俞尧余光瞥见是他，呆了好半天没听见寺山在说什么。徐致远只给了他一个眼神，让人看不出其他情绪来，不满和愤怒倒是很明显。

徐致远一声不吭，给两人倒好酒，寺山还在侃侃而谈，徐致远鞠了一躬便出去了。

他还不知道念棠给的那麻醉药能持续多久，做事要速决，记住了这间屋子的位置。再次回到休息室的时候，廖德已经在那里。

这人被念棠搀扶着，左右还有捶肩的，脸上铺着一层酒熏红，一副好不快活的模样。

徐致远老样子，装作进去送酒，然后绕到门口站着。廖德喝醉了，仰头看着他也没觉得眼熟，骂骂咧咧道："哪个不识相的，在这里站着干什么，滚出去。"

徐致远一攥拳头，刚要出门时，念棠却劝道："是我让他在这儿看着的，这不是怕廖大人赖账嘛。"

"啊……"廖德是一哄就飘的德行，得意忘形道，"念老板是一班之主……罢了，你不放心让他看着也就看着了。"

徐致远于是回去站好，敬业地演一块木头，目不斜视，心中却想道，堂堂念老板，竟如此低声下气。

他刚落脚，屋里一人说要去洗把脸，大概是醉了，走到门口时，也不跟其他小姐们似的语言撩拨两句，直接向站岗的徐致远走来。

徐致远不语，他知道这人肯定是念棠派来的。他感受到一个硬东西从对方的衣袖里顺了出来，别进了他的腰带里，于是眉头一皱。

徐致远感觉到，别到自己腰带里的，是一把枪。

这使他稍稍心惊了一下。徐镇平的职责在那，身为他儿子的徐致远不可能连枪都没见过，他甚至还熟悉许多型号的枪支外形和轮廓，但从未尝试过扣下扳机。

他看了一眼念棠，正好望进那让人捉摸不透的视线里。

正好这时，念棠跟廖德提到了"那个小女孩"，念棠道："我今天见到她了，是谁把她也邀请来这儿的，看见她我就老是想到她哥哥。"

廖德笑道："今晚以后你就不会再见到她了，就和她哥哥一样。"

徐致远正猜想这个"小女孩"是吴桐秋，听到后面这句话却心中咯噔一下，心跳陡然加速了。

念棠看上去饶有兴趣道："哦？为什么？"

廖德揉搓着他那红色的耳坠，忽然咯咯笑道："念老板怎么对吴深院这么感兴趣，你手下的人都问了我好几次了，难不成那是你什么人？"

徐致远恨恨地磨了一下牙。

他之前是猪油蒙心了才什么都信念棠的话——关于吴深院的事他肯定知道得比谁都多，就算是闭关，他这个当家的不可能一丝消息都不知道。他原本以为念棠帮助他是想借自己调查吴深院一事。但现在一想，如果念棠真想调查，只是像这样开个口的工夫而已，一点也不需要大费周章。

那为什么要同意带自己混进来？

腰上的枪让徐致远心中升起一种莫名的不安来。

念棠想做什么，借自己的手除掉廖德？

反正他跟来的目的肯定与"保证自己顾客的安全"大相径庭。

念棠道："他欠了我的账没还。"

廖德笑问："是什么账？"

"唉，"念棠淡然道，"不说这个，让廖大人笑话。"

徐致远："……"

廖德不可思议地瞪着眼珠，道："念老板居然还能让人欠账。"

"呸……这个吴深院就是负心汉。"身边伺候的人忍不住道。

"他从前装得老老实实，故意走近念老板……念老板真心把他当了朋友，可他欠了债却跑得一点消息都没有，"有人唾道，"你们这些男人都这样。"

廖德哈哈大笑道："原来如此，原来如此。"

"话可不能这么说，你看我，我何时亏待过你们？"廖德笑道，"照念老板这睚眦必报的性子，定是要把那吴深院碎尸万段了。"

念棠不语。

廖德的言语更加大胆了些，他轻声道："那念老板见到现在的他肯定很快活了，他在牢里被我们审着，打折了手脚。"廖德语气平常得就像捡了只蚂蚁，他道，"本来留着他家人就是静观其变，但他那妹妹似乎连他哥哥是干什么的都不知道，到处声张闹事，再留着她就要坏事了。"

念棠沉默了半天，才说道："哦……他是干什么的？"

"这个不能跟念老板说，"廖德呼了一口酒气，"本来他的事也应该保密的。但吴现在已经毫无用处地咽气了，说出来让念老板高兴高兴也无妨。"廖德笑道，"今天晚上抓了他的妹妹，念老板倒是可以让兄债妹偿。"

念棠脸上的神色让人看不透，他拖着长腔道："哪儿那么容易啊，金吉瑞不是还护着那小姑娘吗？"

"金吉瑞？念老板知道得还挺多，"几杯酒下肚，酒意又催得他口无遮拦起来，"当初就是那老狐狸跟我卖的吴深院，他哪是真心护着那小丫头的？"

徐致远在一旁攥紧了拳头，怒火在胸膛里积攒着，又不由得背后起了一层冷汗，担心起参宴的吴桐秋来——她现在手无寸铁，身边只有傅书白陪着。

一个侍从敲了敲门，寺山说了声请进。

侍从有些忌惮地瞥了一眼对面的俞尧，寺山用外文说了声没关系，二人便用日语交流起来。

"那个小女孩在宴会开到一半时，趁金吉瑞不在，溜走了。"

"什么？"寺山转身看着他，皱眉道，"连这种事都干不好还要跟我报告？这件事不是廖和金一同负责的吗，去找廖去。"

侍从额头冒汗道："廖大人的房间外有人守着不让进，大概是正在……"

"这个色令智昏的废物，等之后再跟他算账，"寺山深呼一口气，道，"现在去追那女孩，不用留活口，把尸体沉进河里。"

俞尧端正地坐着，继续佯装听不懂，没有一丝异样的表情，放在膝盖上的手指却忍不住微微蜷起来。

"已经派人去追了，只是她的身边还有一个男孩。她中途离开宴会就是这个男孩教唆的，"侍从沉下声音来，"之前跟踪她时，便查出她和这个男孩走得很近……我们猜想应该是吴或者同袍会的线人，用不用捉活口？"

"这件事去问金，我只要结果。"寺山阴怒道，"要是因为这件事闹了大麻烦，你们知道会是什么下场。"

侍从连忙鞠躬道："是。"

寺山接着变了脸色，将眉眼的不满缓和下来，换了汉语说道："让俞先生久等了，刚才我有些杂事处理，没有吓到您吧。"

俞尧摇头，道："寺山先生，我们刚才说到哪儿了？"

寺山大概是怕再被打扰，扫了一眼俞尧喝空的茶杯，笑道："俞先生，我们换个安静的地方单独聊吧。"

侍从："那个……寺山先生，还有一件事。"

见这个侍从还不走，寺山不耐道："又怎么了？"

"夫人和千金刚才……到了夜会上，"侍从冷汗直冒，瞥了一眼淡定如若的俞尧，说道，"夫人本来说今天下午和朋友有约会，来不了的，可是忽然……忽然就被人带来了。"

寺山的变脸功夫炉火纯青，短短的时间里脸色又一沉，道："谁将她们带来的！"

"是李编辑……李安荣。"

俞尧看着脸憋成茄色的寺山，礼貌地问了一句："寺山先生，我们走吗？"

寺山尴尬地一笑，说道："俞先生，我有些要事处理，麻烦俞先生稍微等候一下。"

俞尧莞尔点头，道："好的。"

寺山转头对侍从说了一句外语："看好他，别叫他乱跑。"

寺山前脚刚出门，俞尧脸上的笑容便消失得无影无踪。

徐致远在房间里站着，骨节扣得发白，醉醺醺的廖德不断被念棠套着话，道："寺山？寺山就是一头恶狼。"

念棠用领带把他的眼睛缠上，挑拨道："人家可没你这么难缠。"

徐致远心里担忧着吴桐秋的事情，加之他并没有守在人旁边看人的癖好，他正要带着身上这把寓意不明的枪离开，便听到那赤裸上身的酒鬼大放厥词："寺山那洋鬼子自从去年在夜会上看到俞尧之后，肚子里就不知在酝酿什么坏水……"

徐致远的脚步停下。

"……终于一拍脑袋，使了些手段把他给'请'来了。"廖德哈哈大笑道，"吴桐秋被拘留的时候，俞尧来跟我交涉过。我跟寺山讲，别看俞尧长得温顺，性子可比那群被他颐指气使的政客们强硬多了，再说他背后面还有徐镇平撑腰，能拿下算他寺山有本事。他却胸有成竹，说只要俞尧今晚肯踏进这儿来，不出明天，他的手里就能攥着俞教授的要命把柄，让我等着看戏好了……"

登时场面安静了下来，念棠一掀眼皮，只见门口的徐致远忽然折返，脸色阴沉地从腰间掏出了枪来。

被蒙着眼睛的廖德还毫无察觉，得意道："只要掉进寺山的局里，估计他最后的下场就是第二个吴深院，等我……"

他的声音戛然而止，枪口抵着他嘴中上颚，硬生生地将他的脑袋摁在了床头，后脑勺和床板亲密接触，发出了哐的撞击声。徐致远睨着他，阴沉道："你要去干什么？"

身旁有人尖叫,廖德愣了好一会儿才搞清楚现在的处境,呜呜地挣扎了几下,手忙脚乱地去扯蒙住眼的布条。

指尖在扳机上沉寂几秒钟之后,徐致远抓起他的头发,狠狠地向他后颈重击一下。廖德就在不明所以中"嗷"的一声昏了过去。

他那几秒钟的沉寂,念棠可是看在眼里,他淡淡地看着在盛怒之中的徐致远,问道:"怎么不开枪?"

徐致远将枪口拔出来,抵到了念棠的额头上。旁人见了立马换了警惕的神色,上前去护住他们的领头。

念棠让他们不用紧张,用手指嫌弃地拨了一下沾了口水的枪口,说道:"脏死了。"

"我资质太浅,看不透念老板究竟在打什么算盘,我也无所谓您的那些破事,反正只要能我们两不相害地达成目的就行。"徐致远冷冷地说完,把枪往他怀里一扔,说道,"只不过我不会杀人,您想拿我当枪使真是抬举我了。"

徐致远转身,而念棠看了一眼昏过去的廖德,说道:"袭击工部局高官,小少爷不怕过了今晚,我把你的名字供出来吗?"

"行啊,"徐致远鄙夷道,"到时候把这些老东西搞龌龊聚会的事一块儿捅出去,这些人都下不了台,念老板你的生意和名声也就黄得差不多了。"

他看着念棠,又踢了一脚廖德,阴阳怪气道:"再说,我可是您带来的,若是今晚过去他要讨说法,也得去找您。念老板八面玲珑,这些利害都权衡不了?"

"喔……"念棠觉得眼前这怒火上头的小子忽然变得比之前有意思了,于是笑了起来,看着他摔门出去。

俞尧正在山水绣画的屏风后面独自坐着,他知道外面肯定有侍从在看守,安静地起身,借着遮挡,把房间的一方小地浏览了一遍,并没有发现可以藏身的地方,于是他将目光放向窗户。

傅书白昨日已将相关的情况全部告诉他了——尤其是在他听说夜会

的背后还有不为人知的交易的时候,便有预感寺山与他正调查的事有千丝万缕的联系。

也不知寺山是疏忽大意,还是他这个人平时就这么自大。自以为是地借着"语言不通"的屏障,在俞尧面前把这些事给抖了出来。

傅书白和吴桐秋有警惕心在前,不会太容易被带走,但是俞尧仍然不由得担心他们的安危。他现在需要离开这里。

与此同时徐致远又浮现在他的脑海里,俞尧不禁皱起了眉头——这兔崽子打扮成那副模样到这里做什么,他又是怎么进来的?

脑海里的思绪正在不断更替,忽然外面传来嘈杂的动静,俞尧心中警铃大作,他快速地捡起桌几上的一个精巧的茶杯藏在了袖子里。

门被突然打开,一个人影来势汹汹朝屏风走了过来。俞尧立刻站起来,但还没等迈开步子,他便被抓住了脖颈一侧,往后一拽,他的后背就撞到了人。

俞尧被大哥教过防身术,体能的锻炼在留学欧洲时也没有落下。可他力还没蓄完,就听到这个拽他的罪魁祸首道:"你为什么在这里?"

他这话就像是把牙根咬碎了说的,又愤恨又委屈。

"致远?"俞尧松了一口气,慢慢地挣开,说道,"我还没有问你,你为什么会在这里?"

"我问你,如果我不在这儿,你是不是也要做坏事了?"

"我……"俞尧本想解释,但是转念一想,好奇道,"为什么要说'也'?"

"这跟你没关系!"徐致远道,"我问你话,你为什么不和我们说寺山给你单独发了邀请?你不可能不知道那头肥猪存了什么心思,为什么还要跟他过来!"

"我就是因为我知道才会答应,这样才好将计就……"俞尧看到了被打晕在门口的侍从,头疼道,"致远,现在不是吵架的时候,我们现在先去找吴桐秋。"

"你哪里也不许去,我一会儿让人在后门备车,你给我回家里待着。"徐致远抓住他,将他拖出走廊,往念棠在的房间里拽。

"备车……"俞尧眉间的褶皱越来越深,说道,"你到底是跟谁进来的……难道是梨落坊吗?"

"是。"

"你……"俞尧暂时闭了一下眼睛,道,"为什么不跟我说?"

徐致远嗤道:"你不是也没跟我说吗?"

"你要脾气之前先看看这里是什么地方!你我所做的性质根本就不一样。"

"什么不一样?"徐致远道,"被你区别对待的只是我这个人本身罢了。在你眼里,我是不是做什么都是莽撞无知,都是错的?"

"你……"俞尧本来已经扬起手,但是见到眼前人满是血丝的眼白时心中一颤,只能一咬牙,把这一拳落在了墙上。他道:"你简直胡闹!他们跟廖德金吉瑞这些人的交情比你深多了,你难道不想想他们为什么要帮你吗!"

"我什么都没想到,我又蠢又笨。你怎么不打我?俞尧。"徐致远说,"反正你把温柔和耐性留在别人那儿,坏脸色都给我了,我又不差你这一巴掌。"

俞尧气得发抖,只好转过头去,说道:"不值得。"

"好,"徐致远盯了他半天,只说了一个字,就松开了他,"你跟着车回去,我去找吴桐秋他们,等这件事过去……我做什么都跟你没关系了,我又不值得你俞老师管教。"

俞尧的心脏凉了一下,他说:"致远,你把我当什么?"

徐致远并没有回答,将他强行拉回去了后门,那里有梨落坊的人和念棠已经为他备好的车。

俞尧说的没错,念棠对所有夜会场地都熟悉得很,且巡警对他们干的事情心知肚明,与他们沆瀣一气,根本用不着煞费苦心地去谋划出入路线。

念棠见到徐致远把俞尧带出来了,招呼道:"俞先生好。"

俞尧并没有正脸看他,警惕地环视除徐致远外的所有人,质问道:

"你们究竟想做什么？"

"私下帮个忙而已，"念棠瞥了一眼徐致远，帮他撒谎道，"我在很早之前就和徐少爷交情不浅，肯定不会做不仁不义的事情。俞先生放心。"

俞尧看向徐致远，说："交情？"

念棠笑道："徐少爷从前可没少来梨落坊玩呢。"

"……"

徐致远攥了一下拳头，没有理会俞尧的目光，直到沉默过后，俞尧假意揶揄了一句："那麻烦念老板了。"

他一言不发地打开了车门，车子启动，灯光渐渐远去。

"俞先生没放下戒心来，他说不定会中途逃掉。"极善于察言观色的念棠看着远去的车子，说道，"不过不管怎样，我们都没有害他的意思，他很安全，满意吗徐少爷？"

徐致远冷瞥一眼，阴阳怪气道："谁跟你梨落坊交情不浅？念老板在污蔑人清白上倒是有本事。"

"这表面的关系最直白嘛。我要是说'徐少爷因仰慕我的大名已久，故亲自到梨落坊一日游与我观花饮酒'，感觉像编的一样。"

"……"

"四舍五入的话术而已，今晚一过，我和廖德的交情也要画上这样一笔了，"念棠抚了抚领子，笑道，"徐少爷身正不怕影子斜，忌讳什么？"

"吴深院呢？他也是这样被你这样'四舍五入'的？"

"他……"念棠一垂眼睑，看不出情绪来，轻飘飘地一笔带过，又道，"小少爷不是还要去找桐秋吗，再拖下去楼上的摊子可就兜不住了。"

念棠的这一句"兜不住"还是说得晚了点。

匆匆赶回来的寺山刚好撞见刚苏醒的侍从。主仆二人面面相觑，被突然打晕的他只能支支吾吾地解释说俞先生被人带走了。

寺山在盛怒之下踢坏了屏风，他叫人去把廖德叫过来，跑腿的侍从只能满头大汗地回来说——廖总长不见了。

……

碍于身上的衣装，徐致远没法从宴会大厅的正门离开，不过他按照念棠给的路线还是平安无事地出了门。

就在他借着车子的遮挡正要离开饭店时，一束手电的光却打在他的身上，徐致远立即抬手遮住脸，刺眼的光线之中看到对方从车的驾驶座上探出头来，他想都没想，拔腿就跑。

但是对方喊住他，压着嗓音说了一句："徐致远，你怎么在这儿！"

"妈？"徐致远看向她的时候，灯光也撤去。母子俩尴尬地打了个照面，李安荣看见他身上奇怪的服饰，道："怎么还穿着服务员的衣裳？"

徐致远欲言又止，四顾无人，先钻进车里，说："待会儿再跟您解释，先送我去个地方。"

正好李安荣也要走，让他坐稳之后，启动车子，问："去哪儿？"

"西渔里201号，我朋友家。"徐致远报了傅书白家的门牌号——他们提早商量好了，徐致远给傅书白搞到一张入场请柬，傅书白负责暗里陪着吴桐秋，徐致远则去打听消息——若是中途有异，互相找不到人的话，就到傅书白家会合。

可他的预测里还是存了一丝天真，没想到廖德这群人竟然是要抓吴桐秋灭口，就算两人侥幸逃出来，追兵也不可能善罢甘休，如此情况下待在一个容易暴露的地方等死显然不是明智之举，但是徐致远还是心存一丝渺茫的希望，想去会合地点看看。

果然不出所料，傅书白家的灯熄着，可大门竟然开着——但看起来似乎不是用正常方式打开的。

徐致远背后出了一层冷汗，在门口停而不进，李安荣却微微察觉出了他的意图，说："你是不是为了桐秋一事才去的夜会？傅书白也去了？"

徐致远咬了下唇，还是说了："是。"

"上车，"李安荣立即了然，向回走去，斩钉截铁地道，"他们肯定不在这里，老牟负责给寺山打听消息的，那老家伙在既明有耳目，肯定知道傅书白，也肯定知道他住哪儿。他们回来就是自投罗网。"

李安荣一边开车，一边担忧道："你们还商量过其他的会合地点吗？"

"没有……我之前只是怀疑金吉瑞有问题，没想到他竟是对桐秋下死手的人之一。"徐致远攥紧拳头，道，"我考虑不周。"

李安荣皱起了眉头，问徐致远还打听来什么，徐致远一一告知。

她紧握着方向盘，瞥了一眼陷入懊悔的儿子，只好先安慰道："他们至少逃出来了，两个都是聪明的孩子，你要相信他们不会有事。"

徐致远看着母亲，忽然想起以往《熹华日报》都要对淮市夜会进行报道，于是疑惑道："您怎么也在这儿？熹华社派您来工作的吗。"

"不是，我都快要被解雇了。"李安荣跟徐致远道出了实情，道，"我是……觉得今天来参宴的阿尧有些不对劲。"

徐致远一垂眼睫，说道："我小叔也没跟您说他被寺山单独邀请的事吗？"

"没说，"李安荣呼了一口气，说道，"果然是那头恶鬼。"

李安荣在熹华社也算是很多年的"老骨干"，要是连自己上头那些呼之欲出的破事一点也不知晓的话，就枉在人情世故里苦心经营这么多年了。

"我在家老是觉得担忧，于是找了个理由把寺山夫人领去了宴上，想着至少能让寺山不至于太放肆。"

"您和那个寺山的老婆认识？"

"日后谈，"李安荣道，"找桐秋和书白要紧。"

"如果是我被人追的话，一定是往人多的地方跑，"徐致远冷静道，"吉瑞饭店附近……人最多的地方就是大戏院了。"

李安荣正往目的地开去，一边拐弯一边道："你在吉瑞有没有见到你小叔？"

"我让人把他送回家了，"徐致远沉闷道，"很安全。"

"那便好，今晚过去免不了要与寺山一众为敌了。"李安荣叹气道，"离职申请我已经递交了……你也要行事收敛一点，不要给他们造谣生事的机会。"

徐致远有气无力道："知道了……"

李安荣抿起了嘴唇，她似乎还想再说些什么，但车开得很快，他们到地方了。

徐致远只好先收了心情，混在人群里张望，拉住一个发传单的人，描述了一下两人的外貌特征，问他有没有见到过。

连问几个皆摇头，正当他们焦头烂额时，一个一直坐在角落的乞丐拽了拽徐致远的衣角。

徐致远猛然回头，看到一声不吭的乞丐手里捧着一个干净的饭碗，两人对瞅了半天，刚被起伏的情绪磨得心软的徐致远给他递了块大洋。

正要继续寻人时，那乞丐忽然说道："你说的那两个人是从吉瑞饭店的夜会里出来的吧？"

徐致远脚步一停，立马问道："你见过？"

"我今晚去吉瑞门口讨钱，却被巡警赶出来了，回来的半路正巧遇见两个人，走得很匆忙……和你说的很像。"

徐致远问道："他们去哪儿了？"

"我不知道，大概是医院吧，那个男的捂着胳膊，看起来好似是中弹了。"乞丐把银圆塞进口袋里，生怕这少爷翻脸不认账了似的，说，"我看得不太清楚，因为他们刚走不久，巡警就接着追出来了。"

徐致远又往他的碗里放了一块大洋，而后在一声"谢谢少爷"之中离开了。

"傅书白大概是受伤了。"徐致远积忧成怒，骂道，"这群猪狗不如的东西，竟然真的开枪伤人。"

"去医院吗？"李安荣道，"不对……淮市的中心医院离这里有段距离，走最近的路要在路过吉瑞饭店，他们应该不会再回去。"

徐致远四周望了一下，总觉得大戏院附近的这段路很熟悉，他和俞尧曾经走过——去裴禛家里做客那晚。

直觉忽然在心头打了个响指,莫名其妙地让他忽然想到了庸医的母校。徐致远一咬牙,道:"我们去诊华医学院,从这条路走。"

而另一边的俞尧的确如念棠所想,没有放下警戒心,在回家路上找了个理由下车逃了。

他气喘吁吁地回到家时,管家连忙出门迎接,道:"俞先生,您怎么一个人回来了?"

"致远没有回来过吗?"

"没有。"

俞尧一咬牙,道:"我需要开车出去一趟。"

"夫人已经开车出去了,"管家关切道,"您是有什么急事吗?"

"安荣?安荣去哪儿了?"

"也是去夜会了,"管家说,"俞先生您先别着急,裴医生来过两三通电话,让我亲自在这候着告诉您。号码的纸条在桌上,您先去回拨,我这就去给您备车。"

俞尧心力交瘁地进屋,拨号和等待的时候,平复了一会儿心跳,直到另一边接起。

"阿尧,是你吗?"裴禛说。

"是我。"

他的声音有些严肃:"你最近究竟在做什么危险的事?"

"等我以后和你详谈好吗,一定问无不答。"俞尧预感他大概是知晓了什么,于是并不卖关子,说道,"你给我打电话来是有什么急事对吧?"

"我回家路上遇到两个学生,一个是傅书白,我认识他。"裴禛道,"他胳膊中弹了,我现在正给他安排手术。他让我务必通知你或者徐少爷。"

俞尧双瞳一缩,道:"你们在哪儿!"

"诊华,"裴禛沉静道,"他们不肯让我送到医院。"

"现在情况怎么样?"

"并不严重,他很幸运,没有伤到骨头。"裴禛道,"我有两年多没做外伤手术了。但碰上了几位正在实习的专业学生回校。"

"有人找你们麻烦吗?"

"没有,"裴禛说,"暂时。"

俞尧瘫在椅子上,才把最后一口气放下。正好管家回来,说道:"俞先生,备好车了。"

俞尧:"我这就去诊华找你们。"

"你既然知道有危险,就不要再过来了。说不定你来了,他们的目标就更大了。"裴禛道,"他们应该不敢在学校造次——除非你惹的是土匪。"

绑人是暗中计划的,明面上他们还是要忌惮一下的,俞尧说:"倒也没那么严重。"

裴禛轻轻笑了一下,说道:"帮我告知一下苑和林晚,我晚些再回去。"

"好,"俞尧感激道,"谢谢。"

管家问道:"俞先生,您不出去了吗?"

俞尧从椅子上起了起身,忽然又想到裴禛说的话,只好又坐下,说:"麻烦您去裴医生家一趟,现在只有他的妻子和女儿在家,不是很安全。"

徐致远的直觉算是瞎猫碰上死耗子,竟真让他们在诊华医学院找到了傅书白与吴桐秋。

李安荣知道二人平安后,就急匆匆地回家去了,留下徐致远一个人在这里照看病号。

傅书白有惊无险,他醒来的时见到了睡着的吴桐秋,松了一口气,又看向正在陪床的徐致远,骂了他半天,又问道:"你打听来什么了?"

"廖德和金吉瑞就是寺山养的两条狗,一个唱黑脸一个唱红脸。目的就是从吴氏兄妹那诈出情报来。"

"还有呢？"

"吴深院已经……"徐致远瞥了吴桐秋一眼，轻声道，"他已经死了。"

到死也没有让敌人得到任何有用的信息，也没让家人知道他同袍会地下情报员的身份。

傅书白闭上眼睛，道："你先不要和她说。"

"知道，"徐致远关切道，"伤口疼吗？"

"疼死了。"傅书白只是个没经过风浪的学生，身体上精神上的承压能力自然没有专业人员那么强，恐惧和紧张在他眼白里催生的血丝还未消散。他道，"我迟迟没有收到你的消息……你不是跟梨落坊进去了吗，死哪儿去了？"他继续怨道，"我越来越觉得金吉瑞不对劲。想着宁可逃错，也不在那里等死。于是便让桐秋借着肚子不舒服的理由，我们一起从厕所的窗口逃了。刚走没几步，就有巡警来追我们。还有好多……穿着黑衣服和黑帽子的。"

这让徐致远想起了几次拜访他家的那个黑衣人，他揉了揉眉心，解释道："对不起，我想得太天真了。"

"没关系，"傅书白道，"下次预计要搭命的任何活儿，我绝对不帮你了。"

徐致远失声笑道："你这好歹也是英勇负伤，就不能说些英勇的话吗？"

"逞英雄你做去，"傅书白心有余悸道，"我惜命，我懦夫，我就想安安生生的。"

徐致远答应他，认真地说了声："谢谢你。"

傅书白一愣，艰难地转头盯了他一会儿，损道："你可拉倒吧远儿，你这谢里有几斤几两真心，我看你下次还敢。"

傅书白这次荣升裴禛的"真病人"，被这主任回医院开了张"真病历"，得以请假成功不用去上课了。傅书白看着裴禛的签名，诚惶诚恐地感叹了一声"有生之年"。

裴禛让他和吴桐秋两人后两天就待在这里，不要到处走动。徐致远则是可以选择回家，也可以继续留在诊华，但被要求出入不得频繁。徐致远所知的事已经跟李安荣交代得差不多了。心想着回去还要面对俞尧，只好继续留下来。

夜会后的两天好似格外平静，也许是他们待在校园里消息又闭塞的缘故，直到徐致远闷久了出去到诊华的校园里散步，在报亭里见到了刚印刷的报纸，自以为是的平静才被倏然打破。

徐致远好似被迎头泼了一盆凉水，只见几份大大小小的报纸上都刊登着这样一篇文章，内容大概是——据"知情人士"曝光，前任淮市区军长徐镇平调离的真正原因，是被查出私下进行不正当集会，暗中参与的人士在各界鼎鼎有名。那些猎人眼球的"事实"被写得就像是花边小报里的低俗文章，徐致远确认了好几次，才确定了这些都是淮市有名的大报纸。

看见"人证念棠"这个名字，徐致远差点把纸张攥碎，颤抖地翻页。

如果单单是私德问题，还不至于被调离，文章字里行间地把这不正当集会和暗中军火走私挂钩，结尾表明联合政府要求对徐镇平尚在淮市的家人展开调查。熹华社未公开调查结果，但是已经对李安荣主编予以解聘，且不公开原因。这是在用狡猾的手法变相表明，徐太太"有问题"。

最后一句——"据既明某学生佐证，徐之长子纨绔放荡，是以家风家德败坏。徐家上下梁歪，皆是一丘之貉。"他闭上眼睛，许久才睁开，继续往后翻看，奇怪的是翻到最后也没有看到他最害怕见到的，俞尧的名字。

徐致远在原地挪不开步子，给报亭扔了几块大洋，将所有刊登这篇文章的报纸全部撕掉，扔进了锅炉房的柴火堆里。

他也顾不上危险，喊了车把他拉去了梨落坊。不理小厮的阻拦，踹开大门，把念棠拎了出来，重重撞在了院子里那棵大海棠的树干上。

梨落坊的学徒和下人呵斥着前来阻拦,被念棠喊了声退下。

一众人眼巴巴地看着冷怒的徐致远质问他们的老板:"念老板,反咬一口你倒是有一手。"

"我没有反咬。"

"那你去给寺山他们做人证,诬陷徐镇平?"

念棠只觉得他手上的力度掐得自己喘不过气来,皱眉道:"那就是一篇技巧高超的诡辩。他们只让我说了一句'私人聚会的戏班子需求量大',根本就没有挑明是什么聚会,若是放在一篇讨伐徐镇平的文章里,就引导着人们像你这么想了……"

徐致远并没有松手,说道:"可你既然知道,还是同意给他们做这个假'人证'了。"

念棠道:"我有什么办法……廖德失踪了,而我是昨晚伺候他的。他们逼我,若是不同意,便将这罪名扣在梨落坊的头上。"

"廖德失踪了?"徐致远看着他这副示弱的模样反而觉得警铃大作,念棠绝对不是这种任人宰割的人,说不定刚才在自己面前说的话也全是满嘴跑火车。徐致远不为所动地道:"其实就是你干的吧,念老板。"

念棠抓着他的手腕,难受地道:"怎么会?"

衣领被松开,念棠深吸一口气,只见徐致远双手插兜,说道:"既然这样,念老板,我也逼一下你。"

"……"

"你知道我要说什么,聚会那晚你也听到了。"徐致远阴沉地道,"明明俞尧是寺山陷害的重点,那篇报道上却一点也没提到他的名字。这不是那群豺狼的风格。"

念棠饶有兴趣道:"哦……你什么意思?"

"我知道寺山是还存有幻想,故而留了个台阶逼我小叔就范——他的手头肯定还有关于俞尧的'文章'压着以做威胁。"

"念老板是寺山边上的红人,神通广大,我不管你用什么方法,偷、抢、制造屏障——都不能让那篇狗屁谎言发表出来,我要你护俞尧周全。"徐致远的身上有一种让人不寒而栗的压迫感,他说,"若是念老板办事不力或者又对我撒谎。我便去自首,告诉警察我就是绑架廖德的罪犯,而念棠是帮我潜入和藏人的同伙。

"我无所谓名誉。只是念老板,被揪出来在寺山身边当叛徒,想必会死得很难看。"

念老板幽幽地盯着他,心想这是个疯子。

疯子不像其他稳操胜券的野心家,达成目的之后干净利落地全身而退,他敢拿带着瑕疵的把柄当筹码——不管这是不是最佳选择。

与人谈判就像打架,在维护自身利益和争取他人领地两者上来回,最棘手的就是碰上擅长同归于尽和"两败俱伤"的人。

徐致远知道念棠背后有许多不可为人言的事,廖德或吴深院——让他冒险前需要深思熟虑,于是不出徐致远所料,念棠盯了他一会儿,妥协道:"好。"

为俞尧埋下这道安全保障之后,徐致远浑浑噩噩地在外面躲了几天都没有回家。这篇报道贴合了人们的娱乐心理,加之传播广泛,闹得很大,他在街头茶馆里有时能听到识了几个大字字的短工跟一群不识字的侃起这件事来。

远在吴州区的徐镇平立即发电文否认,李编辑写的反击文章也刊登上了报纸,可寡不敌众,终没有流言蜚语的影响深。

"报纸在淮市只是强权者的附庸",徐致远到现在才真正地懂了俞尧的那句话。徐镇平调走后,各家报社纷纷倒戈。真正参与不正当聚会的资本家们掌控着自家报纸上的舆论导向,对于他们不利的文章压根放不出来,却留谣言大行其道。

徐致远到底还年轻,面对这些东西还没练出处变不惊的心态来。第一时间去找念棠谈判已经是耗费了他所有的冷静了。但他除了跟嚼舌根的路人们打一架好像什么都做不到。

等他身上的钱要花光了的时候,跑去了平常找小姐的地方泡着,一边灌酒,一边听人七嘴八舌地安慰。

"徐少爷，您可别在意，在人私德上造谣的非蠢即坏。"

"是啊是啊，您天天来我们这里，我们难道不知道您是什么样的人吗？"

"要我说肯定是之前勾搭过少爷的人在跳脚，呸！您根本就瞧不上他们，他们还往自己脸上贴金……"

徐致远一声不吭地喝着闷酒，小姐们口舌都说干了，也不见徐致远像以往那样一掷千金，于是面面相觑，有个大概是新来的，大胆地问道："小少爷，您今天是不是囊中羞涩啊？"

"没带钱。"徐致远说。

那在陪着酒的小姐瞪了新来的一眼，赶紧圆场道："你们这些胭脂俗粉，少爷就是偶尔来散散心，你就知道钱钱钱，还能欠你们的？"

虽然这么说，徐致远也不回话，身边的热情减了大半。忽然所有的声音都静了，徐致远循着她们的眼神朝门口望去，看清了俞尧的身影。

俞尧喊了声："致远。"

徐致远身边的小姐好像格外讨厌俞尧，登时翻了个白眼。她见徐致远不说话，肆无忌惮道："哎哟，又是您。您怎么这么喜欢到少爷这儿凑热闹啊。"

俞尧熟视无睹地上前，对徐致远道："你去哪儿了，我找了你很久。"他默了一会儿，温声道："跟我回家好吗？"

"少爷去哪儿玩碍着您了？我还以为您姓徐呢。"

"管得这么宽……哎，少爷。"

徐致远在这声讨中站了起来，跨过酒瓶，听话地绕出沙发，一声不吭地出门去。小姐们疑惑地叫道："干什么啊……"俞尧咬了一下唇，随后跟出去，发现徐致远已经上了管家开的车。

徐致远跟着俞尧回去，就好像失了语似的，李安荣红着眼睛骂他这几天玩失踪简直就是胡闹，他也不说话，静静地听着。

俞尧只好拦住李安荣，让他先去洗个澡，好出来吃饭。

徐致远便去洗澡，结果头发还湿着就走出来了，睡衣前襟滴了一片水。他沙发上坐下，捡起块凉透的糕来当饭吃，吃着吃着头上便被蒙上了块干燥的毛巾。

不用提他也知道徐致远已经看见了那些报纸。俞尧提醒徐致远擦干头发，说道："这些天你待在家里不要出去了，既明我给你请假。想吃什么，放学回来给你带。"

徐致远仍旧不回答，但是嚼东西的动作慢慢停了下来。

徐致远的眉目张扬、英气、攻击性都藏在天真和俊朗的底下，笑时和冷脸时是两副模样。此时他的眼尾却微红了一圈，长长的眼睫垂着水珠，不知是湿头发沾上的还是因为什么。

俞尧微微发怔，才想起徐致远还没过今年的生日，十九的岁数还是虚的。他其实连眉目都还没有完全长开，再怎么"老谋深算"，还是缺了点狠厉和果断，跟那一群老狐狸比起来还是个小孩罢了，正是相信把一腔信任和真心交托出去就能得到回报的单纯年纪。

俞尧抿了下嘴唇，说："累的话就去房间休息吧，这些事我和安荣会处理好的。"

他好像还想说什么，又好像什么也没得说，只好站起身来，走到门口的时候，徐致远幽幽开口道："尧儿，你们都是怎么看我的？"

他说道："一个不谙世事、傲慢自大、没有担当，还擅长把自己和别人的生活搅得一塌糊涂的纨绔，对吗？"

俞尧怔，他想说并不是，想和徐致远好好谈谈。他正要开口，就听见徐致远说："对不起。"

他没有再看俞尧，自顾自地上楼去了。"……我慢慢改。"

冬府。

冬建树把那张报纸翻来覆去地看了许多遍，幸灾乐祸的笑意在嘴角呼之欲出，但他总觉得少了点什么，大概也是和徐致远一样，没有找到俞尧的名字。

冬建树将报纸往桌子上一放，哼了一句，道："这次谋划失败让寺山那老东西较上劲了，他想亲自逼俞尧就范。"骂了几句寺山之后，他又问站在一旁的经理，"廖德有消息了吗？"

"还没有。他府上的下人说自从夜会那晚，廖德就没有回过家。"

"奇怪了，梨落坊当真不知道他的去向？"

经理摇头，说："寺山说念老板没有责任。"

"哼，他别又是被念棠的花言巧语骗得团团转了。我老觉得这念棠有点不简单，是只披着羊皮的狼……但又没抓到过他的什么把柄。"冬建树端起一杯茶喝着，说道，"最近叫老牟他们多留意一下他。"

"好的，"经理继续说，"当晚有两个被打晕的侍从亲眼见到，有人乔装打扮潜入了宴会……只不过他们俩一个说打晕他们的是男人，另一个却说是女人。金吉瑞猜想极有可能是同袍会搞的鬼，廖德应该也是被他们带走的。如果是同袍会的话……会不会跟俞尧有关系？"

冬建树不置可否，说道："不管怎么样，现在廖德失踪，金吉瑞办事不力，寺山下一步就要来找我了。"他咬牙切齿地道，"咱得把寺山这些屁事给兜住了，不能让他那位夫人知道。他那老丈人对自己的女儿疼得紧，寺山在日本半数以上的产业都是靠妻家扶持起来的，万一他夫人知道了他的龌龊事要搞离婚，他岳父又一怒之下撤了资……田松银行也得跟着遭殃。"

经理赶紧地点了点头。

冬建树又问："既明那个学生，还打听来什么消息了吗？"

"没有，周楠说这些天俞尧一直请假。"

徐致远曾经的事迹，以及他和俞尧二人的动态，冬建树都是通过周楠之口得知的，这些曾给牟先生当了把柄以威胁俞尧。想到这里，冬建树的手指在桌边敲了几下，计上心头，道："曹向帆还在学校吗？"

经理："嗯？"

冬建树举起那份报纸，说道："给他个将功补过的机会，把俞老师他那好侄子私德败坏的事情传出去，最好闹得整个既明都知道。"

徐致远是不可能只安然待在家里的。

大戏院里的曲调绵长，徐致远无心欣赏，他在后台落座。

等到台上的一幕完了，念棠才出来，他看了徐致远一眼，收拾了一下妆容，从怀里掏出一份纸张来，说道："这是还没有印刷的原稿，在寺山那里放着，我给顺出来了。"

徐致远接过那份稿件，看到上面污蔑俞尧的字眼，将纸张捏皱了一个角。而后将其点燃，扔进了垃圾桶里。

"既然这是谣言，他们能编第一份，就能编第二份。"念棠道，"我要是去继续偷的话，很容易暴露。"

徐致远抬头瞪着他，念棠对他这眼神十分头疼，蹙眉道："少爷你别这样看着我，我又没说不帮你。我只是告诉你总靠我也不是办法，得商量个其他对策。"他自言自语地埋怨道，"明明我们是一根绳上的蚂蚱，怎么只有你使唤我的份儿呢……"

"你想知道关于吴深院的事吗？"徐致远忽然问。

念棠的抱怨戛然而止，转而笑道："小少爷是什么意思？"

"他是同袍会的情报人员，被抓走之前留下了什么东西。我小叔正在调查吴深院。"

有一刹那念棠的表情好像空白了一瞬，他问道："同袍会？"

"你不知道也是正常。"徐致远瞥了一眼念棠，似乎第一次见他脸上有窘迫的神色，说道，"他保密工作做得很好，全家都不知道。"

念棠有个习惯性的小动作，就是在托腮时去轻轻拨弄右耳垂上的红吊坠，这代表着他正在思虑着什么。

"原来是这样。"念棠抿唇，抹匀了鲜红的唇脂，淡淡道，"可这又与我有什么关系，他都死透了。"

"你真这么想的吗？"徐致远瞪了他一眼。

"这些天我还会来这里找你的，我总觉得……你应该知道些什么。"徐致远起身，无意间瞥了一眼他的红色耳坠，捻了一下手指尖的灰烬，说道，"如果你还希望得到他的消息的话，希望你能配合我们，念老板。"

念棠理了一下戏服的前襟，说道："慢走不送。"

没等这场戏结束，徐致远便离开后台，走出了人声嘈杂的大戏院。

他再次到既明大学的时候,校园如往常般平静。他烦躁了许多天,再次回到课堂上听老师的天书时,竟感到了一丝亲切。

与社会上横行的牛鬼蛇神相比,在校园里简单的你来我往,竟成了他现在的一片净土了。

很久没安眠过的徐致远,在老先生催眠的调调里,趴在书上安静地睡了一觉。

醒来时人已经走光了,只剩下一个打扫卫生的老人,提着水桶在桌列间走动。徐致远是被一阵小提琴声叫起来的,他用手遮了一下脸,下午昏黄的阳光漏过他指缝,他眯着眼睛往窗上一靠,循着声望去,见到几个学生在练习小提琴。这里靠近音乐学院,徐致远朝四周一张望,看到外面绿葱葱的银杏树,才发现自己听了几节课的地方是九号教室。

说时巧,他听见窗外有渐进的讨论声,看见了俞尧被他许久不见的学生围着,嘘寒问暖地问着生活上和学习上的问题,徐致远避开目光,也收敛了笑容,但没来得及离开,到教室门口的时候和俞尧打了个照面。

俞尧微微一愣,他以为徐致远在家里待着,本不应该在这里见到他。

徐致远只跟和夏恩和岳剪柳点头微笑,又无意间看了一眼跟在边上的周楠,掠过俞尧的肩膀走开了。

他踢了几粒小石子,才走了不远,就听到身后传来极其嚣张的一句:"这不是鼎鼎有名的俞老师嘛!"

徐致远脚步顿了一下,将身体往墙角一挪,因为这声音是曹向帆的。

"这几天我看见了新奇的内容,不知道俞老师看过没。"他与同伴成群结队,互相应和起来的时候,把目光都吸引过去了。他们手上都拿着一份报纸,甚者吹起了不怀好意的口哨,把折成飞机形状的报纸飞到俞尧的脚边。

曹向帆清了清嗓,在嬉笑中开始念报纸上关于"徐之长子"内容。

徐致远就在不远处教学楼的拐角,听得一清二楚,青筋暴起,五指紧抠在石墙上。

围拥俞尧的学生看不下去他的行径，夏恩站出来道："你们不要太过分了，不然我们要喊保安了！"

"不必管他们，"俞尧没有正眼看曹向帆，对身边的学生说道，"进教室。"

"徐镇平搞非法聚会！徐大少爷也参与了！"曹向帆举着报纸，大声跟周围人吼道，"咱俞老师不会也跟着一起的吧？"

"俞老师教书怎么教到了狗肚子里去！"

"哈哈哈……"

"真是世风日下，道德败坏的人也能被捧成老师了！"

岳剪柳气得发抖，她怒不可遏地上前，伸出的手腕被曹向帆的同伴抓住了："怎么了小姑娘，还想……"

岳剪柳却迅速地用另一只手，啪地给了曹向帆一巴掌，说道："你……身为俞老师的学生，却三番五次地故意歪曲事实，根本就不配待在既明！"

脸红了一边的曹向帆先是一蒙，接着恼羞成怒道："你找抽……"

俞尧忽然抓住曹向帆的衣领，给扑过去的他拽了回来，摁在了教室的门框上，对围观人群说："都散了，上课去。"

曹向帆属于欺软怕硬的，被平时软性子的俞尧这么一揪，上下牙猝不及防地打了个战，气焰却仍然未消，道："都别……别走！都来看老师打学生！事实都摆在报纸上，俞老师还想为了封口打学生！"

"我从来不打我的学生，"俞尧真生了气，但还是松开了他的衣领，冷道，"你不想被开除的话，现在回你的教室上课去。"

曹向帆背后有冬建树撑腰，自然是不怕这个开除威胁的，他道："我们只是想来一探究竟，你不是欢迎向你提问题的学生吗，怎么不欢迎我了。"

"报纸上尽是谣言，无可奉告。"

曹向帆露出个难以置信的笑容来，说："你那好侄子的破事也都是假的？"

岳剪柳急道:"致远不在这儿,你们也别想着给他泼脏水!他怎么会是报纸上编的那样。"

夏恩道:"你之前陷害过俞老师被抓,现在分明就是在报复!"

曹向帆一张嘴争辩不过来,直接道:"我问你们了吗,我问俞尧!"

他说:"你们听他自己说。"

俞尧沉默,不远处的徐致远步子也挪不开了,就好像所有的流言蜚语都寂静了,就剩下他们两个人在隔着一面墙背靠着似的。

曹向帆早就准备好了话术陷阱,正等着俞尧反驳时跳进来,却见俞尧不语,更加得寸进尺道:"哟,俞老师,怎么不说话了?"

此时众目睽睽,无论是围拥自己的学生,还是挑事的、看热闹的,目光全都落在俞尧身上,俞尧的骨节扣得发白,只说了一句:"无可奉告。"

挑事者气焰更盛,周围一片片口哨吹了起来。俞尧在这些挑衅中回头进了教室,有人故意踹翻了专用做打扫卫生的水桶,脏水溅到了俞尧身上。

他们在起哄中关上教室门。曹向帆在外面喊道:"俞尧带着你的浑蛋侄子滚出既明!"

教室里的学生则是安静的,夏恩、岳剪柳皆缄默不语。周楠唯唯诺诺地开口道:"俞……俞老师,您刚才怎么不直接澄清啊……"

"我不想让任何人议论我的事,"俞尧打断他,尽量将声音温和下来,说道,"不用管他们如何,你们不是要和我讨论问题吗,抱歉让你们久等了。"

岳剪柳道:"俞老师,你别在意他们……我们相信您。"

他的周围皆说:"是啊,我们都相信您。"

俞尧扯起一个苦笑,他道:"我并不在意。"

……

徐致远发着愣,不知道什么时候顺着墙面蹲了下来,手上传来剧痛,发现自己抓着石墙的手指甲劈了几道,正顺着五指流血。

面前投下一片阴影，徐致远抬头，和臭着脸的冬以柏对视，看他的脸色，大概也是不知道在哪个角落看完了这场闹剧。

"你为什么还在这里？"冬以柏道，"你不是口口声声说俞尧是你小叔吗，是你徐家人吗？"

徐致远烦躁道："……关你屁事。"

"我没想到徐致远……你这么不是男人。俞尧从前那样护着你，如今他因你被污蔑……"冬以柏咬牙切齿道，"你一个人在这儿躲着算什么？"

徐致远站起来，怒道："你有资格在这里说我？你怎么不回去管管你家姓曹的那条狗，怎么不质问牵你爹狗绳的寺山？问问他们为什么要搞这一出！"

"我……"冬以柏哑口无言，曹向帆是他爹直接委派的，自己的话已经管束不了他了。他就这样憋了一会儿，说道，"我爹把我关禁闭了，你知道我出来有多不容易吗！"

徐致远指着远处张牙舞爪的曹向帆，说道："把你家那条狗牵好了，其余的不用你管。"

徐致远眼睛布满血丝，转身离开。

教室外的喧嚣静了下来，俞尧听到了冬以柏的声音，不知他们说了些什么，总之一起哄的人群散去了。

他回到办公室时天色已晚，最后一个老师在走廊上撞见俞尧。他惊讶地说道："俞老师，怎么才回来，有个学生在办公室一直等你到现在。我还告诉他你走了，让他快点回家……"

俞尧心中了然，从未关紧的门缝里望进去，果真见到了徐致远坐在他的办公室桌边。

俞尧深吸了一口气，竟对见到徐致远有些踌躇，好久才推门走进去，问道："不早了，怎么不回家？"

"我等你一起回去。"徐致远的嗓子像被炭烫过似的，"走吗？"

俞尧默然，而后说了一声："不了，我在学校里待一会儿再回去。"

徐致远坐在原处不动，说道："我再等着。"

"不早了，"俞尧说道，"你还是先回家吧，不然安荣该着急了。"

徐致远没蛮缠，他听话地站起来走出办公室。俞尧看着徐致远的背影，似乎感觉到初遇时那只一腔热忱、天真烂漫的兔崽子的影子，正从他的身上渐渐消失。这种感觉让俞尧愣了一会儿，一直到徐致远自言自语地说了句"那我走了"。

当他关上门的时候，俞尧看到徐致远原本坐着的地方有一份报纸，他把关于徐镇平与李安荣的字眼全部撕掉了。

兴许是徐致远的失落感染到了他，俞尧慢慢坐下来，靠着椅背用手臂遮住眼睛。

"俞先生，您是不是又熬夜了？"仰止书店的老板无奈地叹气道，"每次您来我这儿啊，老是能见到眼里的血丝……您怎么还不听劝呢？"

俞尧后知后觉地蹭了下眼角，笑以回应。虽然心绪不宁，也没有忘记有正事要办，他低下声音来问道："老板，前几天我要的书进货了吗？"

"是这几本吗？"老板念了几个书名，俞尧"嗯"了声，听老板指示道，"在二楼东角，我都摆在那儿了。"

俞尧道了谢，上楼之后去了指定角落。找个靠墙的位置，落座。

他过去偶尔在仰止撞见徐致远几次，大多数时候徐致远都是在窗边读书，有时阳光烈了，他就挪到墙边去，枕着一只手臂睡觉，另一只五指细长、骨节分明的手就垂在书边。他安静地呼吸着，好像对外界没有一点防备心，别人路过时蹭他手背一下也醒不来。

虽然遇见，俞尧也没有特意地和他打招呼，找个可以看到他的地方坐着，观察着徐致远偷懒的小憩和不经意的小动作，就像来店里的顾客观赏仰止后院里养的兔子一样。

俞尧发着愣，手指不经意顺着桌子的纹路摩挲了一下。

"俞先生，"桌子对面的人说，"是我。"

俞尧没有抬头看他，迅速收起了手指，仔细观察了一下周围，小声道："是有消息了吗？"

巫小峰也跟他一样拿了本书假装在读，一边说道："有戏。我现在被王叔提到巡逻警了，认识了好多人，撬来了一些您让我留意的东西。"

巫小峰一顿，偷偷瞥了俞尧一眼，见他脸色不好，以为是这几日满天飞的谣言扰他心神了，便安慰道："俞先生，您可别因为坏话伤了自己的心情，那些害人精们都要遭天谴的！"

俞尧一笑，道："我没关系，你继续说。"

巫小峰点头，说："吴深院是去年十月份左右失踪的，这期间他其实先在工部局的监狱关了一阵，两天后才移走的。至于去了哪儿，联合政府有秘密监狱，专押特殊犯人的，大概是送到那儿去了。"

吴深院是独立于淮市情报网之外的，具有监督和卧底双重身份的重要角色——他们这些人算是被选拔出来的"绝对忠诚"的死士，他的失踪只能等组织的指挥层直接去发现，对情报网也不会产生太大影响。但这也使他"孤立无援"，若是他不发出求助，可能被发现时尸骨已寒。

俞尧沉默不语，示意他继续说下去。

"我们那个监狱就是个摆设，关不住人的，打点些东西，不出几天就放出去了。当时王叔还以为吴深院是被人赎了，就一直没在意，还是后来才发现他根本就没被放出去。"巫小峰说，"之前看守那的洋人狱警，总喜欢偷偷克扣犯人些小费。犯人没钱的话，给点身上值钱的东西他们也收。但给了钱之后，无非是能让自己在狱里好待点，放不放出来还得听指示……"

俞尧想起了吴桐秋在当铺见到的玉菩萨，他本来想着从当掉它的洋人下手查起，但又忽然福至心灵，问道："他们收了东西之后，一般会当天消费掉吗？"

"这个……收了钱倒是会，毕竟也不是是什么正规来源，早花出去早省事。但是如果收了重要的东西，他们还是会帮忙保管几天的，如果犯人出去后不回来赎，他们就去当了……"

"一般去哪儿当？"

"这个……"巫小峰道，"反正当这种东西不能老去一家，如果是我的话，找条街，从东到西挨个当铺地去呗……"

俞尧收起书来，说："我明白了，谢谢你了。"

巫小峰眨了眨眼睛，一头雾水地看着俞尧起身，道："哎，好，您慢走啊。"

俞尧身上也有从小戴到大的护身符，他知道这东西一般是重要的亲人相送，对佩戴者来说具有很特殊的意义。

吴深院被抓起来的那一刻，定然知道自己会被转移到特殊监狱，而且九死一生……为什么还要用珍贵的玉菩萨去打点公共监狱的狱警呢。

他只能在公共监狱稍作停留而已，狱警又没有权力将他放出来，或是"让他的日子更好过一点"。而他"贿赂"狱警之后，那玉菩萨最可能的下场就是，被当掉。

而那家当铺恰好离他家不远，又恰好被吴桐秋发现了。

放在其他事上，可以说是巧合，但是放在吴深院身上，俞尧觉得这不是单单巧合决定的。

虽然他对于"吴深院观察过狱警从前的行动轨迹且推断出下家当铺的大概位置"这种推论感到有些不可思议，但是自己又没有担任过这种职位，不能妄下定论说这就是不可能的。

他立刻去诊华医学院——最近吴桐秋一直藏身在那里——找到了吴桐秋，得到了那只玉菩萨。吴桐秋虽不明其义，但是出于对俞尧的信任，并没有多问。

他在一个隐秘的聚会地点，将玉菩萨给了仰止老板，经验丰富的老板只是拿起来打量了几眼，就立即发现了端倪。

他用眼神示意俞尧，俞尧看了一眼吴桐秋，将手搭在她的肩膀上，说道："桐秋，这么说可能有些突然……过些天我会给你办理退学手续，将你和你的父母转移到一个安全的地方……你愿意吗？"

吴桐秋是个聪明的女孩，自从将自己兄长的事委托给俞尧之后，她就隐隐地感觉出哥哥的失踪没有那么简单。她张了张嘴，大概是在淮市还有留恋的东西，挣扎了好一会儿，才说："愿意。"

俞尧摸了摸她的头，对老板说："说吧，她迟早得知道。"

吴桐秋看向老板，只见他从怀里掏出一个只有一节手指长的细小东西，打开，紫光往玉菩萨上一打，玉菩萨上有一行小且细密的字母显现出来。老板说道："这是同袍会研发层的保密技术之一。"

听到同袍会一词，吴桐秋愣住了。老板看着那行字母，蹙起眉头，说道："这是密文，应该采用了组织常用的加密规则……你们知道密钥在哪儿吗？"

吴桐秋呆愣愣地摇头。

俞尧看着那块玉菩萨，猜测道："既然他把密文刻在了玉菩萨上，说不定密钥也是以同样的方式……"俞尧看向吴桐秋道，"吴深院他还有什么随身携带的珍贵物品吗？"

吴桐秋先是坐在凳子上消化了一会儿，俞尧和老板也不急，等她慢慢接受。

俞尧给吴桐秋倒了一杯水，很久后吴桐秋慢慢开口道："其实我本来也有一枚玉菩萨，可是在很小的时候就不小心丢掉，那时候哥哥才十来岁，总不可能是那个……"吴桐秋看着水杯上飘出的袅袅热气，说道。

"那除了家人以外……你兄长有什么重要的人吗？他经常接触的。"

吴桐秋想了一会儿，突然抬头道："他曾经认识了一个戏子，好像叫……念棠。"

俞尧和老板面面相觑。

"我也不知道他是怎么认识我哥的，哥他也很少在我面前说起自己的事，只不过偶尔提了几次这个名字……"吴桐秋抓紧了杯子，似乎回想起了之前自己种种反抗行为，越想越心惊，忐忑道，"我……只是直觉而已，我并不知道他是同袍会……我只想找到他……可能……我也不知道。"

俞尧蹲下身来，仰头看着她的眼睛，安慰道："没关系，不用害怕，你没做错。"

吴桐秋恍然对上俞尧的视线，他的声音让人有一种温柔的安全感，于是她的眼角忍不住湿润起来，说道："嗯……"

"念棠……是那个梨落坊的主人。"老板说道，"你跟他熟悉吗？"

吴桐秋摇头道："不是很熟。"

俞尧大概想到了徐致远与念棠的关系，垂着眼睫，沉默了一会儿，说道："我可以想办法。"

第11章 同袍

徐致远已经不怎么回家了,课堂也少去,至少此后两天俞尧都没有见到他的身影。

他决心出去找找时,陈副官却敲响了他们家大门。

这次他带来两个都不怎么好的消息。

一个是孟彻要提前来淮市赴任,另一个则是北城政府和外国驻扎军队发生了些冲突,发生了几场中小规模的战事。

这次冲突大概会逐渐取代淮市报纸的版面,相比之下,关于徐家那些荒唐谣言就失去吸引力了。

俞尧取来陈延松手里的信件时,独坐了好一会儿,心里悬了一块石头,慢慢启封。

看到他大哥说家里只是稍微被波及了一下,并没有大的损失或伤亡,这才松了一口气。

明明是个清晨,他却总觉得阴霾很重,全都积攒在他的心口上,迟迟也不来一场雨,和淮市的上空一样,一派风平浪静的祥和。

他送别了陈副官,就去找徐致远了。

到图书馆的时候,听到有学生在门口的亭子里念诗。

"世界对着他的爱人,把他浩瀚的面具摘下了,他变小了,小如一首歌,小如一回永恒的接吻……"

俞尧听出是《飞鸟集》来。他朝吟诵的声音方向望去,看到了一个男孩和一个女孩。晨光被竹叶滤过,婆娑在地上的影子,是很浪漫的。俞尧好像看见他们在笑,但是他们留意到他的目光后却收敛了。

年轻人们情窦初开的心思美丽且敏感,就像停在纱上的一只蝴蝶,风稍稍摇曳一下就惊走了。

俞尧想起自己在这个年岁的时候,沉迷于自己的学习和爱好,好像都没有注意过自己的身边人。或许也有一两只有心落在他身上的蝶,但叫他忽略过去了。

他这样想着,走进了图书馆,顺着过道走,眼神不断地留意靠窗的位置。

走了好久,终于停住脚步,望向正在安静看书的徐致远。

他戴着"徐明志"的金边眼镜,长长的睫毛垂下来,一只手正拿着支钢笔,笔盖轻轻戳着额头。正好的晨光给他的发丝和轮廓镀了层暖边。这让俞尧忽然自己在徐镇平北城老家的时候,扛着相机架子在小路上走,偶尔几只丹顶鹤倏尔飞起来,清晨的光落在白羽毛上,也是这副好看的光景。

他当时便想,照相机若是彩色的就好了。

俞尧走到他面前坐下,徐致远感受到了动静,抬头看了他一眼。

俞尧说:"致……"

徐致远把书合上,一声不吭地站了起来,移了地方。俞尧尴尬地收回手来,看着他与自己隔着一张桌子入座,静了一会儿,只好再次站起身来。

"你别过来了,"徐致远低着头说,"我会继续走。"

"致远,我有事……想和你商量。"

"什么事?"

"是正事。"

"这样说就好了。"

俞尧看着与他之间的距离,用力咬了下唇,说道:"……你非要这样吗?"

"避嫌。"徐致远说,"你离我太近,容易招别人闲话。"

俞尧的心脏莫名刺痛了一下,他道:"好吧,你执意的话那就这样说。"他深呼一口气,说,"你跟念棠的关系很好,是吗?"

"还可以。"

俞尧将前胸口袋中的小本子拿出来,里面夹着一只细筒状的东西,是老板用来扫描玉菩萨的小灯。

俞尧给徐致远扔过去,说道:"需要你做的事都在上面写着……那个东西是工具。"

徐致远只扫了一眼,说道:"帮不了。"

"有理由吗?"俞尧大概早料到他会这么说,沉静地道,"你也知道这是很重要的事,我不希望你掺杂进去私人情绪。"

"尧儿,你好像忘了一件事。"徐致远压低声音,声音的质地变得很冷,道,"你是同袍会的人,可我不是,徐家甚至捧的是联合政府的饭碗。我先前帮你本来就是带着私人情绪。"

俞尧一愣。

是了,李安荣知道他的身份后仍旧愿意帮他,但不说明身为吴州区军长的徐镇平也会。

这次舆论风波的性质在徐镇平眼里只是他们内部的钩心斗角而已,若是让他知道此事祸起同袍会,不知道会是什么反应。

而李安荣的处境微妙,一方面徐镇平对她偏向反抗的一系列行为十分纵容,另一方面她试图撼动徐镇平的立场却屡试屡败。

她只好将这纵容归结于他们夫妻多年之间的情感,从未忽略过自己的丈夫其实是联合政府的要员这件事。

这个俞尧也深知,若是袒露了身份,他不仅要被推向风口浪尖,还将失去徐家的庇佑。

俞尧攥紧手指,说道:"那算我恳求你帮忙,这样行吗?"

"帮不了。"

"为什么?"

"你也知道念老板那儿的规矩，"徐致远的手指在书页上不经意地点着，他说，"虽然我和他还算熟人，但忙也不会白帮。"

"他想要什么代价，"俞尧直接道，"我尽力，或者我代替你……"

徐致远盯着俞尧的神情，最终还是在沉静中捡起了桌上的本子，塞进了口袋里，正要离开时，俞尧半路拦住了他，说："致远，如果……"

徐致远说道："什么？"

"如果他要求你做什么危险的事，你还是……"

但徐致远没听他说完，低头说："我走了，你早点回去。"

他看不到俞尧的表情，拖着沉重的脚步离开了图书馆。

"我今早醒来，打了两个喷嚏，心想定是有人在背后议论我了。"念棠只穿了一件中衣，睡眼惺忪地揉了揉眉心，埋怨道，"刚这样想完，徐少爷就来了。"

徐致远看着他，见旁边的房间走出个愣头青来，看到有外人吓了一跳，红着耳朵回去，磕巴地叫了念棠几声："头儿……我……"

"晨练开始了。"念棠毫不在意地一摆手，说，"快去吧，不然挨罚。"

那小子点了点头，连忙跑出去了。

徐致远说："这谁？"

"梨落坊学徒，我看着长大的。"念棠似是话中有话地调侃道，"这小孩可是愁人，小时候爱黏人，长大了脾气却倔得很，凶狠起来还威胁人的。"

徐致远想起那人匆忙又怯生的神色，说道："可看那模样不像。"

"徐少爷光看模样，也不知道底下藏着的是头野狼呢。"

"……"徐致远冷下脸来看着他。

念棠慢条斯理地吃着他的羹，说道："你来是有什么事？"

"让你帮个忙。"

"不会又是关于吴深院的吧？"念棠把羹放回桌子上，擦了擦嘴，说，"少爷你要是关心他，先把他欠我的钱还了。你叫我一直给欠债的仇家办事，怪憋屈的。"

徐致远给他一张票据，念棠捡起来看了一下数额，满意地将其放进了抽屉里，说道："勉强够了。"

"我开始问了，"徐致远不想讲太多废话，说，"第一，你究竟知不知道廖德在哪儿？"

"不知道。"

徐致远手指敲了敲桌面，可惜资历尚浅，也没在这老狐狸的神态上找出什么破绽来。

"第二，寺山那边有什么行动？

"他已经发现原稿没了，正让人重新编，为了防止夜长梦多……这几天约莫着要给俞尧伸'橄榄枝'了。

"第三，"徐致远看了一眼他右耳上的红色耳坠，指了一下，说道，"这个借我。"

这次的念棠没有爽快答应，而是问："怎么说？"

"是吴深院的东西吧。"徐致远说，"他不是你仇家吗，刚才我替他还了钱，可以把东西赎回来了。"

念棠幽幽地盯着他，最终还是摘下了耳坠，给他扔了过去。那上面好像装着他的耐心似的，他开始有些不耐烦，衣领一扣，说道："还有什么事吗？"

徐致远用手指摩挲着耳坠上的红色宝石，反复打量着，说道："其实我们找到了吴深院留下的密文，差一个密钥。我怀疑在这上面。"

念棠好像听到了什么笑话，看着那耳坠说道："那这个密钥还挺'秘密'的，你要是不来赎，我可就要把它卖了。"

"你不会卖。"徐致远说，"不然吴深院就不会送给你了。"

念棠只不屑地瞥了徐致远一眼，见到他从外套口袋里拿出一个小细筒——徐致远只把本子还了回去，这工具还是留下来了。

蓝光往耳坠上扫去，徐致远不停地转换角度，终于一停，大概是发现了端倪，于是蹙起眉来，凑近了些许。

看他的神色，念棠嘲道："不会真在上面吧？"

他看了一眼念棠，又再次观察了一下密钥，问道："你会英文吗？"

"会一点，"念棠道，"怎么？"

徐致远虽然语言不通，但至少上学之后上过几次外语课，一些单词还是认识的，他说："我小叔说，这个加密规则的密钥是五个字母，加密者自定。我也的确在上面找到了五个字母。分别是REVOL。"

念棠原先的表情僵了一瞬。

展信安。

我素来爱文字，或因早年退学，对写作的虔诚之心未被繁重课业磨灭，常常留心遣词造句，以此为乐。可回顾半生，斟酌之辞藻往往用于虚与委蛇，见风使舵。未曾给珍惜之人，珍贵之事，留下一词半句。

于是写此弥补所欠，此书是昭告，亦是悔愧。

我名吴深院，籍贯抚临区，十年前申请加入同袍会。后被组织重用，以在淮市安户，暗中从事会内地下工作。

十年内收集整理淮市地理、交通、军事等基础情报千余。淮市政府以及工部局、洋政府秘密情报百余。关于各区向淮市军火转移重要信息十余条未整理完毕及尚未上报的全部密藏于3AVIXYAE。

昭告已述完毕，阅到此处可焚。

因新加密方式改良，开头碎念及以下内容颇有凑字数之嫌，但属实心真意诚，若有闲心，可一并阅完。

此信本是备不防之需，若其面世，则说明我已身份败露，此生将结。我在世短短三十二年，有几愧不可不言。

一是愧对我的母亲与同袍。

犹记正月炉火前一席酒,小陈与我说,家中老母妻儿常寄信叮嘱,不求他有大本事,只求平安昌顺,而为儿不孝,甚至不敢与家中道明职务,每每想到往后要使白发人送黑发人,心中便愧疚难耐。

后小陈牺牲,我将抚恤与遗物寄他家中,他的母亲问我:"我儿为何死?"

我见他妻儿老母泣不成声,像是见到了自己的七旬母亲,久久沉默,郑重地说:"他死了,他是为了天下的母亲不必痛失孩子,儿女不必痛失双亲,有情人不必痛失所爱。"

怅然想起,十年前入会时,我在志愿书上也写下这样的夙愿——青天之下无不公,朝阳所及皆平等。

我为诺言与理想奋斗半生,未亲眼所见如此和平光景,但所幸有千百人与我同心一脉,现今仍有同袍前赴后继。

若我死后再回到那年冬日,面对小陈,面对千百万等我转述的同袍,我该如何诉说?想到此,我不畏死,却有些羞愧忐忑了。

纵使我一生坚定唯物主义,瞑目时也信了一瞬轮回说。

倘若我们竟不能在死后见面,必将相遇于百年之后,到时山河盛世,夙愿成真。

二是愧对我的老师。

岳先生曾教导我,他的学生,应将活的价值实现得淋漓尽致,再去想死后之事。而我辜负师之厚望,未过不惑之年便默然身殒,不敢说短短年岁意义非凡,也不敢说死去一瞬壮烈绚烂。

但我谨记岳老教诲,日常行事尽我所能发光发热,即使无炸弹的功效,也可作火柴星点,在汗青之上烫下一点痕迹吧。

三是愧对桐秋。

我忙于工作,与她一同度过的除夕夜寥寥无几,上个春节我说下一年除夕夜定然回家吃她做的饺子,不知此次能否履行承诺。

桐秋虽不善表达,心却是温柔友善,从未埋怨过我的忙碌和失言,反而对我尽是体谅与关心。可我身为兄长,明知桐秋寡言,却不知怎样为她舒心解难,每每拖欠,我总觉愧对于她,不知该如何弥补。

若是她能够顺遂一生,便是最好。若是她能遇到真心理解她的知音或伴侣,我便是用我尚存的年岁去换,也在所不辞了。

最后一愧,是对挚友念棠。

前年梨落坊院子里的那棵海棠开的时候,你说这花看腻了,要砍去另种。

我见到树木上繁花正盛,不免觉得砍去有些可惜,我问你要栽什么。

你说梧桐吧,深院梧桐秋,寓意正好。

我哭笑不得,那为何还要将它砍去呢,春日海棠花开,秋日梧桐叶落,两季有景。

你说也好,便与我一起在院里移了一棵梧桐苗。可惜它不曾亭亭如盖,就早早枯苗死去。你便叹自己时运不济,买苗都能遇见骗子。

我不知你把枯苗埋到哪里去了,我最近去梨落坊时,它已经不见了。

我不常做梦,某日却被困在梦里翻来覆去,我好像附在了那棵梧桐苗上——从第一次见你到被你亲手埋葬,土掩住了我的视线,我心里充斥着莫名的悲伤。但醒来见到一切无恙,梦里惆怅便烟消云散了。

我私心希望此书尘封,这表明往后我醒来的日子一切如常。可我自己的人生悬在刀尖之上,何德何能去奢求安心。

倘若你见到了这些字句,我大抵已经不在人世了,望你余生顺遂平安吧。

若百年之后,真有我夙愿中的山河盛世。念棠,无论你我生为何人,愿我们终会相遇。

烛光之下久久静默,落针可闻。

仰止老板费了好大的劲儿张开嘴唇，说道："密文和密钥都经过了二次加密，这就是解密出来的内容了。"

俞尧回道："藏文件的地点……"

"很简单的密文，深院可能是想再上道保险。我会派人去取的。"老板郑重道，"目前为止，已确认吴深院牺牲。"

他话音落下之后，气氛又像刚才一般静了。

"那个……"吴桐秋的声音颤动，举手说道，"对不起我……出去一下。"

俞尧并没有阻拦她，一会儿之后，隔壁传来了吴桐秋的哭声，隔着一面墙，声音变得闷而隐忍。像根小针一样，一点点地扎着人们耳膜和心脏。

"那大家这些时日注意安全，"俞尧抿了下唇，打破宁静，说，"桐秋的转移我已经安排好了，还有就是……念老板。"

俞尧看了一眼坐在门口，背对着烛光的念棠，说道："如果您需要……"

"我不需要，"念棠打断他，没有回头，说道，"不明白你们哪根筋搭错了，这种聚会为什么叫我来。"

俞尧张了张嘴，却见到身旁的徐致远朝他伸出手来，俞尧心领神会，将那枚刻着密钥的耳坠放到了他的手心。

徐致远走过去，将耳坠还给念棠，说道："这个你还是收好吧。"

念棠一直平静无澜，唯独在看到这枚耳坠时，像是被火点烫了一下，道："扔了。"

徐致远保持着给他递耳坠的姿势不动，念棠重复道："我说，扔了。"

徐致远说："扔了你会后悔。"

"后悔……"念棠好像听了个笑话，几声笑就像是火引子，把他的失控炸了出来，他说道，"他写这个是什么意思？他不就是想让我后悔吗？"

念棠站起身来，听得出是在压抑自己的情绪，可嗓音止不住地发颤,他道:"吴深院他多高尚啊,我是不是还得感动一个,再哭上两个时辰?那真是对不起,我没心没肺地活了快三十年,他又不是佛祖,就几句话还真没法把我度成菩萨。

"他忏悔他的,我恨我的。"

念棠转过头来时,徐致远终于看到了他的眼睛,红得像是落进去了两滴血,他说:"我原谅不了一个死人。"

说罢,耳坠掉到了地上,念棠穿上衣服,夺门而去了,被门槛绊了个趔趄。

他的背影明明在路上不摇不晃地走着,也没有做出什么狼狈的样子,却好像随时都能被绊倒似的。

那天之后,徐致远再去梨落坊的时候,那里已经空了。像是一阵风般,念老板苦心经营多年的梨落坊就这样消失得彻彻底底。

这让徐致远在空院子里愣了好一会儿。

而就在翌日,廖德死亡的消息紧接着涌进他们的视线。追查多日后的结果竟是一具半夜被扔在家门口绿化带里的尸体,寺山大发雷霆,用报纸把这场抛尸渲染得像是一场光怪陆离的阴谋,可随着人们发现梨落坊在这个节骨眼上的突然搬空,警察和民众们都没有多想,凶手罪名自然而然地就钉在消失的念棠身上了——念棠是在廖德失踪前见他最后一面的人,又是在尸体暴露前最先潜逃的人,怎么说都得与廖德的死有点关系。

于是工部局将这明摆着的嫌疑上报了淮市政府,淮市政府眼儿一闭就给梨落坊下了通缉令。

可梨落坊在淮市积累了多年人脉、资源,相关的人士竟没有一个知道他们行踪的,整一个大班子毫无征兆地消失,再搭配上"人命关天"四个大字。这几乎占据了所有人茶余饭后的话题,各路鬼神说也络绎不绝地凑热闹。

而俞尧和李安荣打算将吴桐秋之前的阐述信和她兄长留下的信件删改机密信息之后,利用同袍会之下的报社刊登出去。

经过一番交涉之后,这个想法已经被组织批准,并且取得了吴桐秋和其母亲的同意。但这信上还写了念棠的名字，没有获得他的准许，俞尧觉得不能贸然公开，于是一直将这内容压在了手里。

这些时日并不风平浪静。

寺山果真如念棠所说，堂前乱成一锅粥，堂后还不忘给俞尧寄一份"情真意切"的邀请信。

但俞尧这次没有理会这份请求。眼下北城的战争、大哥的了无音信已经叫他焦头烂额了，而仿佛映照了那句祸不单行，仰止书店被忽然关停，老板不知去向。

与这条消息一同送来的是线人通过吴深院留下的线索而查来的情报，俞尧在接手这份本应该送到老板手中的文件时才知道仰止书店的事。

忽逢异变，在不确认是否已经暴露的情况下，线人短时间内不敢轻举妄动，这些文件只能由相对来说最安全的俞尧暂存。而俞尧为确保万无一失，按照同袍会专有的规则将全部文件进行加密，并将原文件烧毁，密文和密钥分人保管。

火舌逐渐吞没纸张，吴深院工整的笔记渐渐地随着灰烬一起消失，一些灰烬和热气伸出无力的手来拼命地抓着俞尧的脸颊，就像是坟前飘散着的纸钱和香灰。但在这里无人知晓它们的离世，是一场无声而沉默的埋葬。

烧完了最后一张，面前的燥热慢慢冷却时，俞尧把头深埋了下去。他袖子挽在手肘，胳膊上尽是墨痕与灰霾。

他接连两天没有睡觉，这次眼白上的血丝真的是熬出来的，若是仰止老板还在，定要啰唆他年轻人不注意身体了。

李安荣给他热了杯牛奶，敲门送过去时，俞尧开口第一句便是"有消息了吗"，听见他有些变调的嗓音，李安荣禁不住有些心疼，她把牛奶放在了俞尧的桌子上，摇头道："还没有。"

她安抚道："徐镇平已经托人在北城打听你大哥的消息了，俞家家大业大，没那么容易就出事……阿尧你便放心好了。"

炮火在落下前可不会斟酌这座房子的主人背后有多少资产、人脉。

大概是不想让自己的颓靡感染到其他人，俞尧并没有张口，只是朝李安荣露出一个苦笑。

他在弯腰给李安荣拿整理的文件时，身子晃了一下，嘴唇有些发白，他一边扶住桌沿，一边道："明天我给你送过去吧，我得找找。"

李安荣担忧地看了他一眼，扶了一下他的后背，说道："别累着了……早点休息。"

俞尧点头示意，听到关门声后才捂了下肚子，咬牙躺到了床上去。

睡眠不足又吃饭不及时，渴了便随手拿几杯冷掉的开水喝下肚——经过这几天的造作，俞尧猜也猜得到老毛病会犯。

他累极了，柔软的被铺将他往疲倦里拖拽，也顾不上胃怎么样，他在床上蜷了蜷，意识昏沉了下去。

直到听见一声"胃疼吗"。

他睁眼，模模糊糊地看见眼前的是徐致远，上半身撑起来坐好，说："没事。"

徐致远端着杯热水，放到了牛奶旁，说道："你别起来了，我叫裴禛来。"

"你别叫他了……"俞尧闭上眼睛，说道，"他最近还是少和我接触比较妥当些。"

"那你先把热水喝了。"

俞尧把热水接过来，吹着热气慢慢喝了几口。徐致远看着他干裂的嘴唇，心情复杂。

俞尧问道："你有什么事想和我说吗？"

"没事我不能来看你吗？"

俞尧不说话，大概是没有精力和他再去争辩了。徐致远站了半天，坐到床边来，说道："傅书白……做了个决定，他要离开淮市，去抚临区重新考学。"

俞尧静了一会儿才问："为了桐秋吗？"

"嗯，他说这样……桐秋和她母亲好有个照应。"

"这样也好……她们要去的地方在同袍会的控制下,相对也安全……"俞尧清了一下卡在嗓子里的痰,"他家人同意吗?"

"不同意,"徐致远道,"他打算瞒着,而且……他也申请加入同袍会了。"

俞尧的表情模糊在热气里,烛光昏暗,徐致远看不真切,他只是说:"傅书白他之前和我说,他怕死,他的愿望只是安生,顺利地度过剩下的学年,在淮市找个可以让他吃饱饭的活就行。"

"他明明说……以后有什么拼命的事绝不帮我做了,他要好好生活。"徐致远看着自己的手心,说,"我不知道他为什么会选择加入同袍会,大概是受了吴深院的影响吧。"

徐致远本以为俞尧会什么也不回,说罢已经站起身来了,却听俞尧问:"你难过吗?"

徐致远脚步一停,说:"他愿意选什么不关我的事。"

"我知道,可他是你唯一的朋友。"

徐致远怅然抬起头来,心想起过去的种种,自己乖张又难伺候的性子赶走了一群愿意靠近他的同龄人,唯有傅书白还不离不弃地愿意"舍命"陪少爷。徐致远也曾警告过自己,酒肉朋友来来去去,不能付真心的,可这么多年过去,自己身边能说些倾心话的,还是只有这一个"酒肉朋友",没走也没变。

"我朋友很多,又不止他一个。"徐致远说,"只是觉得可惜罢了。"

"你心里能过去就好。"俞尧说。

徐致远接过他手里的空杯子,拎起手边的一床被子,说道:"你躺着吧,我去其他地方叫医生。"

俞尧便躺下了,他看着徐致远给他盖上被子,恍惚之间似乎在他清亮的眼眸底觉出一些留恋和哀伤来,正奇怪着,便听到徐致远说:"小叔叔,念棠联系我了。"

此时离梨落坊消失大概已有十天,俞尧的思维被几天未睡的疲劳熬出锈来了,好一会儿才反应过来,说道:"什么?"

"明天我会和他见面,他大概有些事情要对我说。"

俞尧怔然,他大概是把徐致远忽然来找他诉说傅书白离开的事,和方才他脸上柔软的神色联系起来了,艰难地撑起上身,问道:"在哪儿见面?"

徐致远将他摁下去,说道:"你安稳休息就好了。"

"不行……明天我和你一起去。"俞尧说,"万一是什么陷阱……你确定是念棠给你发来的消息吗?"

"确定。他只让我一人去。"

"他说是关于什么事情了吗?"

"小叔叔,这和你没有关系。"

俞尧攥紧了手指,说道:"你……不要胡来。"

"你为什么会觉得我胡来?"徐致远疑惑道,"我只是来和你报一下信,我并没有骗你或者赌气。"

说罢,他看了面色苍白的俞尧一眼,深呼一口气,端着空杯子出门去了。俞尧坐在夜色里,很想把他拽回来问个明白,奈何嗓子发不出声,手脚又被腹痛给牵扯住了。

见面地点就在既明大学。

去咖啡馆或是餐馆这些地方反而容易暴露,徐致远就按照自己平时的轨迹上课,在文学院的一节选修课上遇见了念棠。

他剪了短发,穿着既明大学的白色长衫,十分平常地坐在了徐致远的旁边。

一开始徐致远还没有反应过来,打瞌睡的时候受身边人提醒,才觉得声音熟悉。

徐致远看了一眼他的校徽,问道:"你从哪儿搞来的?"

念棠托着腮,像个普通学生一样翻弄着的书和笔记,模仿着徐致远曾经威胁他的语气说道:"念老板八面玲珑、神通广大,自然什么都能搞到。"

"……"

他这张脸，就算即将奔三，装个二十来岁的学生也毫不费力。

徐致远也不废话，余光观察了一下周围认真听课和讲课的师生，后仰靠着椅子背，又问道："廖德究竟是不是你杀的？"

念棠这次坦诚地承认道："是我。"

徐致远哼了一声，说："终于承认了。"

"可按照我原本的想法，他本来应该是你杀的，小少爷。"

徐致远也不惊讶，说道："你其实一开始就想自己去查清楚廖德和吴深院失踪的联系。帮我潜进夜会只是想——万一吴深院死在了廖德手上，好借我的手复仇，或者是把廖德之死嫁祸到我头上，是吗？"

念棠笑道："徐少爷脑子里还是有几斤几两的嘛。"

徐致远可不觉得好笑，他甚至之前对自己过于相信念棠而感到后怕，亏得没有酿成什么后果。

"为什么会一开始会想要陷害我？"他不甘心地问，"后面又为什么要帮我？"

念棠直接道："因为我并不觉得徐镇平是什么好东西，他儿子来调查吴深院肯定别有用心。后来才发现你的立场和姓吴的一样，还在保护他的妹妹，于是便信你一回了。"

"……"徐致远恶狠狠地咽了一口气，他没法去反驳念棠的这个质疑，因为就算是他，在牵扯到吴深院相关的事件时也不敢让自己的父亲知晓。

"你把廖德藏了那么久，明明还可以制造很多机会去陷害别人。现在却亲手把廖德杀了，惹了那么大的祸上身。"

"杀了就杀了，不想那么麻烦了，"念棠看着自己的手指甲，轻描淡写道，"吴深院不是还想下辈子再见吗，这不刚好给自己积点德，投个好胎呗。"

徐致远久久没有说话，想起他那时离去的身影，总觉得这句轻描淡写十分沉重。但也没有多提，只说道："还有什么事？"

"那封信，你们要是想刊出去之类的，把带我名的段落全删了吧。"念棠翻着桌子上的书，眼神沉静，说，"他的经历加上这些写的东西很有煽动力，不给同袍会当颗舆论炸弹可惜了。"

徐致远看着他，看他慢慢翻完选修课发的那本诗歌小册，听他继续道："他平常喜欢看这些文绉绉的书。"

"为什么要删？"徐致远说。

念棠道："他是要被记在同袍会的史册上当英雄的，说不定后人还会时时观摩，留我在上面不好看。"

"你怎么还……"

"不用劝我任何东西，删了。"

"谁愿意劝你，我也劝不动你。"徐致远憋了口气，说道，"那你之后要去哪儿？"

"北城，"念棠看向窗外，说道，"地方大，适合安户。"

徐致远皱眉："现在北城正在打仗，你要是想重开戏班子去那儿干什么？"

"还能打个没完没了了？总会停的。"

徐致远也顺着他的目光瞥了一眼窗外，见到了一个眼熟的面孔，也穿着白校服，神色像是在忐忑不安地等人。徐致远认出来，是那天去找念棠时见到的小孩。

"这小孩倒是对你忠心耿耿。"徐致远随口就说了。

"这种性格的小孩我勉强应付得了，像是徐家小少爷这种没皮没脸的话篓子我真消受不起。"念棠大概早就想这么骂他了，快走之前放开了说道，"哦，对了，你一定改天跟俞先生解释我之前的话术，替我道个歉。我还挺想交他这个朋友的，可别留下什么陈年的误会，再见面的时候就解不开了。"

徐致远皱起了眉。

正好下课，学生们开始收拾书桌出教室了，念棠捡起桌子上的诗歌小册，他说道："这本就送我了，走了。"

徐致远抬头，却又看到他右耳上的红色耳坠，那天明明已经丢在地上寻不到踪迹了。徐致远冷哼了一声，还了一句他之前说过的：

"慢走不送。"

爷爷说起,那天走廊稀稀落落,还是一如既往的课后。这里有无数不同的人生轨迹,生离死别、大起大落都藏在再平凡不过的皮囊下面,谁也不曾知晓跟自己擦肩而过、相视一笑的路人后面是怎样的故事。每个人各司其职,也没有人去提笔记录九号教室前一场平凡的告别。

念棠的一句"再见面"终究是玩笑话。因为从那以后,爷爷和其他人就再也没见到过那个八面玲珑的念老板了。

"他可能是改了名字,也可能压根没去北城。"爷爷吹了口烟气,说着,"反正……他肯定有一个好结局。"

我觉得我是时候该走了。

上次因为爷爷的事延误了些时日,即将到开学的日期,再不出发可真要耽误了。

我要坐高铁去淮市,爷爷去送我,我还是没忍住问了他一句:"你真的不跟我去吗?"

爷爷摇了摇头,说道:"早点回来。"

我看见他站在熙熙攘攘的人群中,忽然觉得老头挺直脊梁的样子就像是历史书上的一页照片,我能够触摸得到,但是他似乎离我很远。

我鬼使神差地伸出手来,抓住了他的衣角,叫了声"爷爷"。

"怎么?"他回过头来,看着我的手,说道,"走之前还要撒个娇?"

"……"我说,"我就叫叫你。"憋了半天补充了一句,"注意身体。"

爷爷拍了拍我的脑袋——这人手劲大,下手没个轻重,不管自个儿拍的是孩子脑袋还是沼泽前的大岩石。

"到时候我给你写信。"我说。

爷爷并没有回答我。

后来我上了车,回到了淮市,又从淮市出发,渡过了太平洋,在异国他乡落脚求学,漂泊了有四年。

我这个人大概随爷爷,安土重迁,刚去时水土不服很严重,这种不适感大概足足持续了一年,在失眠时与父亲通电话的时候,会提到爷爷。

他还在那片穷乡僻壤待着吗?

看来是的。因为我看见父亲露出发愁的表情,国家拨了不少资金投在了湿地保护上,爷爷待的那地方是重点区域,前些日子他在百忙之中飞过去,带爷爷去照了相,好裱在当地发给他的表彰证书上。

我说:"替我向他问声好,这些天我大概会给他寄几封信。"

父亲说:"过几天吧,他养了许多年的一只丹顶鹤老死了,他看起来心情不是很好,跟他说话都不搭理。"

老死?

我好像忘了,凡是生物都是有生老病死的。

我问:"这种鸟的寿命不是很长吗?"

父亲无奈笑道:"你还记不记得你爷爷多少岁了?"

我沉默,心想也是。就算那只鸟被大自然眷顾,一直平安顺遂,无病无疾,五十多年过去,也该到时候了。

我不解地说:"他怎么认得,那就是他一直养的那只呢?它们明明都长得一样。"

父亲说:"不知道,他守着这些鸟南去北往这么多年,别了故人旧了新友的,记性倒是仍旧不赖。"

父亲说的确实不差,这叫我想起了爷爷说的那些故事,多少年过去了他仍能记得一清二楚。

我有时候睡着了会做梦,梦见他故事里的人,四年过去,我也还是没有忘记那个叫爷爷说起来神色都变温柔的俞老师。或许他本人就是这样让人念念不忘吧,无关记性好坏。

就在我即将毕业的时候，收到了一件从大陆寄来的文件包裹。看到封上的署名徐致远，我心头一颤，收起了在教室里的电脑，去图书馆找了个安静的位置坐着。

爷爷的手写信言简意赅，只有短短半页纸，无非就是问我这几年过得如何，骂我这个白眼狼为什么都不曾给他报个信。我面露愧色，虽然我思念我的故乡，但在这座城市还有忙碌的生活要过，有时忽然有个想给他写信的念头，但是总是借口拖延"等忙完了这阵再说"，而后这个念头就会被遗落在脑海的一角积灰了。

我在心里默默地为自己开脱——谁让爷爷不愿意配个手机呢。

我敞开信封，除了半页纸，里面还装这几只泛黄的信封。我记得它们，当时爷爷叫我从棕色皮面的书中翻出过它们来，但我没有打开过，"致远收"的字样还在上面。

我打开了它们，里面的纸很杂，但是因为保存得当，并没有什么损坏，上面的字迹清秀，明显不是老头写的。我的心跳忽然加速了起来，莫名其妙地深呼了一口气，将一张折叠的纸张慢慢展开。

……

因为没有被启封过，我猜爷爷从来没有看过这些信，大概是想给自己留个念想吧。

但我也不明白他为什么要将它们寄给我，明明他可以亲手打开，看看俞老师曾经想和他说的话。

那样他就会知道，对初遇印象深刻的人又不止他一个。

俞尧第一次遇见徐致远不是在既明大学的九号教室，而是在百乐门。

这少爷正没个身形地泡在姑娘堆里，安静又呆愣地看着不远处的小提琴手，被酒精灌得醉醺醺，眼皮子正上下打着架，像个忽地感受到光的盲人似的，与身旁的嬉闹格格不入。

明明他的面前没有光，俞尧却觉得这个小少爷的身后拖着一条长而孤独的影子似的。而自己就站在他的黑色里，将这条安静的影一直续到门口。

那时俞尧初到淮市，被好友裴禛拉到这里来"接风洗尘"，目光偶然被那一处吸引过去，还不知道这个看起来沉默忧郁的俊美少年，就是未来让他焦头烂额的浑蛋侄子。

是因为长时间没有安稳的睡眠了，俞尧的梦很沉，拖拽着他的意识，让他久久无法醒来。

他起床的钟点比平常晚了许多时辰，他模模糊糊地记起一些很重要的事。

就比如徐致远说今天要去见念棠。

俞尧惊醒时坐起身来，把腰给闪了一下。

"……"

他扶住自己的腰侧，下床掀开窗帘，望向窗外，发现天已经黑了。

一种莫名的不安漫上他的心头，他问管家徐致远在哪儿。

管家说，从早上出去之后就没有回来。

徐致远早出晚归在管家眼里已然见怪不怪，但是俞尧不一样，他知道这兔崽子今天不回来是去找念棠了。

他想要开车出去，管家却拦住不肯。

"夫人叮嘱我说，不能让您再出去。俞先生得在家里好好休息。"

俞尧张了张嘴，他不知道该怎么说，说"徐致远可能跑了"吗？且不说可能性多大，他这样担心的原因是什么？

俞尧只低落地点了点头。

无端诽谤、吴深院的牺牲、老板的失踪以及兄长的失联，乱七八糟的事情凝成了厚重的阴云，塞在他的心上，让他有些喘不过气来。

他去了徐致远房间待着，等着等着就睡去了。

直到半夜被细微的声响吵醒，他在蒙眬之中见到了正在收拾东西的徐致远。自己的身上盖了一条毯子。

徐致远身上的包裹让俞尧心脏一滞，叫了他一声，徐致远则是停下动作。

"小叔叔,你醒了?"他往身上扑了扑手,说道,"你……为什么会在我房间里?"

"你要去哪儿?"

"我……"徐致远看向窗外,有些心虚地顿了顿,那是他爬进来的地方,他怕走正门被自己母亲逮住了,今晚和明天就别想出去了,没想到爬进来还能看见自己的小叔叔。于是只好说:"这不关你事。"

俞尧站起来,看着他的眼睛,冷道:"你是要离家出走吗,跟谁一起?"

"不是,是送人而已。"徐致远转过头去,轻声说,"我都和你说过了。"

"送人你收拾包裹做什么?"

徐致远蹭了蹭鼻尖,说:"就一些杂物而已。"

俞尧的眼里存留着没有消退的血丝,他难以置信道:"为什么?"

"什么为什么?"

"你今天在哪儿和念棠见的面?"

"既明大学。"

俞尧咽了口气,说:"他有和你说去哪儿吗?"

"去哪儿?"徐致远想了想,"念老板说去北城。"

"北城正在打仗,你们去那兵荒马乱的地方做什么?"俞尧咬了下唇肉,道,"别胡闹了,和安荣镇平解释清楚,他们不会逼你到绝路的。"

"他去北城,我解释什……"

徐致远静默了许久,皱眉望着一反常态的俞尧,想起俞尧话里的"你们",忽然明白俞尧似乎误会了些什么。

他刚想解释,就听到俞尧说:"如果你真的想暂时离开淮市缓和一下心情,我可以帮你……和安荣解释。你不需要采取这么极端的方法。"

徐致远把未出口的话咽下去,暗暗地咬紧牙关,说:"你要怎么跟她说?你那天真的大儿子心理太脆弱,承受不了现在的压力,急需逃出去避一下风头？还是说徐致远现在是块烫手山芋，趁早扔远一点好？"

俞尧道："不是……"

徐致远忽然觉得鼻酸，他恶向胆边生，说道："我很奇怪，为什么拦我的是你？我离家出走了你不正合你意吗？俞老师摆脱了个大麻烦，落得耳根清净。"

"我没有这么想过！"俞尧说，"我只是不想让你去那么危险的地方。"

"那不去北城，我们再换个地方，"徐致远说，"我要是铁了心地要离开，你拦得住我吗？"

俞尧抓住了他的手腕，五指紧勒到他的皮肤泛白，道："徐致远……你哪儿也不许去。你不要闹脾气了！"

"那我该怎么做，你能不能教我？"徐致远背对着俞尧，面对窗户外的月光，前方迷茫不清，他唤了一声"小叔叔"，徐致远想说"为什么连你也觉得我不堪重任"，但还是咽下去了，喃喃地说道，"我现在真的不知道该怎么办才好了。"

俞尧登时一愣。

没得到俞尧的答复，徐致远回过头来，慢慢地说道："我今晚走了，就不回来了，不会给你们添乱。"

晚风轻吹着窗帘，灯光与月光下，俞尧看着徐致远润红的眼眶，忽然哑口无言。

他看着眼前人，冥冥之中有声音告诉他，要是这次不抓住他，他们便真的渐行渐远了。

徐致远无声无息地转身了，正一只脚迈上窗沿的时候，俞尧忽然抓住了他的后领，用蛮力把他拽了回来。

徐致远没有反抗，任他拖到墙角。

俞尧道："不准去。"

徐致远问："为什么？"

"没有理由，"一向偏于以理服人的俞尧并没有去平和地解释什么,而是道,"我是你的长辈,管你天经地义。"

徐致远盯了他半天,沉下声来,说:"尧儿,我早一开始觉得你好是因为你尊重我,你这样和徐镇平……和我讨厌的那些私教老头,有什么区别。"

俞尧攥紧五指,说:"这本来就是一件危险的事情。没有经过父母同意,跟潜逃没什么两样。"

"那好,"徐致远将包裹扔到了床上。但俞尧还没来得及松口气,就见他拉起抽屉,抄起了里面一把折叠刀。

"我现在就去让我妈同意我。"徐致远淡然道,"不同意我便……"

俞尧一惊,抓住他的手腕,气道:"你要胡闹到什么时候!"

徐致远:"到她放我走。"

"儿子去哪儿生活发展是徐家家事,如果我爸妈同意了,"徐致远继续说,"尧儿,我叫你一声小叔,你也只是我爸的朋友而已,你凭什么不同意?"

俞尧哑然,他乱作一团的脑海里找不出什么合理的词句来顶替这个问题的答案。他忽然鬼使神差地脱口道:"……凭你说过你最听我的话,这难道不是你给的资格?"

"……"

两人之间是无声的夜风。俞尧慢慢地反应过来时,徐致远已经走到他面前了。

明明和他离得很近,他却觉得这长久的沉默在两人之间划了一道深深的沟壑。

徐致远终于开口说:"俞老师,你教教我,这样子是不是叫作有恃无恐。"

"不是。"

"好,我不走。"徐致远揉了揉眉心,说道,"那你倒是告诉我,我留在淮市还能干什么?"

半晌过去。

"你又不说话了。"徐致远将折叠刀掖进口袋里,转身说,"我过去了。"

猝不及防地,俞尧伸手绕过他的身侧,手掌摁在了门把上。

徐致远看着他用力到发红的指尖,一字一顿地重复道:"你……究竟想说什么?"

"我其实……一直信任着你。理所当然地接受过你太多次的帮忙……似乎都没有真正地表达过感谢。"俞尧终于说道,"致远,有你在的话,徐家是完整的,会让我感到很安心。所以没有什么理由,这只是……我的个人请求,留下来好吗?"

从前是少年人不畏挫败的执拗助长了他心底一种微妙的侥幸——他知道沟壑对面的人,会一遍遍地、不停地喊着自己的名字,即使没有明知不会有回声。

直到呼唤慢慢冷淡下去,炙热的胸膛让他怅然若失地想起,他已视这个小侄子如至交。

"我们一起面对现在的状况……把你的迷茫和困惑都告诉我。"

徐致远静默了许久,才"嗯"了一声。

俞尧抬眼看了看他的身影。

明明徐致远没做什么动作,但俞尧却觉得刚才他那咄咄逼人的气势已经烟消云散了。现在在他眼前的,是只将利齿收起来的幼兽。

还是好哄。

但俞尧没忘记正事,他说:"把包裹拿走,今晚安稳在房间里待着。"

"为什么?"徐致远突然说,"我必须今晚去,那是明天最早的一班火车。我怕来不及。"

俞尧本以为他这般反应便是劝好了,没想到他还一门心思地要跑,蹙眉道:"你……"

"我跟你说过……傅书白要离开淮市了,我和他这么多年的交情,走之前去送个别应该没什么毛病。"徐致远拎起那包裹来,若无其事地拍拍尘土,道,"小叔叔,念老板他今天上午就已经走了,我有些纳闷，你为什么会觉得我今晚是要和他一起走？"

"……"俞尧的模样像是遇到了个挨千刀的大骗子。

他竟然忘了眼前这小子是只曾经算计过冬建树和曹向帆的狐狸崽子，竟这样掉进他编排的陷阱里了。

俞尧咬牙道："徐致远。"

徐致远的气焰和颓势确实是消散了，他回味了好几遍俞尧的话，忽然发觉了什么，小声说："尧儿，你刚才说的是实话吗？如果我不在了，你会觉得不安？"

"……"俞尧忍无可忍地要将他拎出去。徐致远和他扭作一团，还是被拎到门口，只好用脚抵住门槛，说道："这是我房间。"

俞尧有一副君子骨，身躯和性子一样柔而不弱，有与徐致远平分秋色的力道——但是有时候，徐致远会觉得势均力敌并不是一件方便事，尤其这种时候，没法在物理上压制住他的小叔叔。幸在他的年龄小，还在长身子，于是心里暗暗地下了要锻炼体魄的誓。

俞尧说道："那我走……"

"不闹了，"徐致远拦住他，狐狸崽子的眼眶甚至还"真情实意"地红着，这让他本就清澈的眼睛看起来晶亮，像是在期待着什么赞许，他认真地再次问道，"小叔叔，你刚才说的是实话吗？"

"……"

"你说说话。"

俞尧就此认栽了，只好把一声细不可闻的"嗯"输给身后这属兔的骗子了。

傅书白的胳膊还吊着绷带，见到徐致远来的时候深呼了口气，问他怎么这么长时间才到，他还以为徐致远半路出事了。

他老远看见这少爷走过来，总感觉身旁好像飘着几朵花似的，敏锐的傅书白道："送别你也好歹装得伤心一点，你心情这么明媚，不知道的还以为咱俩有多大仇呢。"

"谁规定送人就一定要凄凄惨惨了？"徐致远把包裹挂在傅书白的

脖子上,说道,"里面都是我一直用的东西,你要是缺钱就从里面挑几件东西当了。"

傅书白知道这布袋里响着的东西定然价格不菲,挑眉道:"这礼物别致。"

徐致远拍了拍他完好的一边肩膀,说道:"可惜你走之前,不能再去喝一顿。"

"你长大了远儿,"傅书白语重心长道,"成年人是不轻易借酒消愁的……"

"呸,"徐致远一巴掌给他拍回原型,道,"我比你年纪大,少在这里给我装老。"

两人面对着面,气氛竟然冷了下来。徐致远本来准备好了许多场面话,但此时此刻却茶壶嘴倒饺子——有口难言,面子也放不下,只能蹦出几句调侃来。

最后还是坐在一块儿聊了些近来的事,直到晨光熹微,火车汽笛声渐近,吴桐秋远远地叫了一声:"书白,走了。"

傅书白回应了一声,回头跟徐致远相顾无言,说:"走了,以后再见,远儿。"

"等事情平息了,我去看你们。"

傅书白欲言又止,他本想说"俞老师也跟我们这么说的,到时候你们一起好了",但转念一想二人僵持的局面,决定还是不要在徐致远的伤口上撒盐了,于是只点头,但刚走了几步,徐致远又忽然叫了他的名字。

按普通的离别套路来说,他以为徐致远会来一个拥抱,于是怎么接话都想好了,却看见这少爷笑容灿烂地说道:"我跟俞尧和好了。"

傅书白:"……"

看到这人脸上的嘚瑟之情几乎要溢出来,跟个着急炫耀的小孩似的,傅书白心想,怪不得这少爷刚才说"可惜不能和你一起喝酒"。他以为是舍不得朋友,没想到是舍不得个可以互相吹牛的话篓子。

傅书白发出一声笑,嘲笑道:"就这还年纪比我大呢。"

徐致远久违地踹了他一脚。

爷爷遇到过轰轰烈烈的事，惊艳的人。七十余载的人生就像一幅卷轴，缺损、斑驳、留白、浓墨重彩。

而傅书白是"浓墨重彩"里最平淡的一个，他留下的笔迹没有重要到影响徐致远的一生，但会让人在余生偶尔怀念起来——毕竟犯错和颓靡的时日都有人递酒、互骂，对不喜孤独的徐致远来说是一件幸事。

徐致远自此以后，五十多年没有与他们再见过面。

我记得爷爷曾经在既明大学退休老教授的名单里，看到过一个名字和一张照片，他对着那张仿佛永远打不起精气神来的脸回想了半天，才慢悠悠地哼了一声："……还年纪比我小呢，居然老成这个死样子。"

当我读到信上这场平凡的送别，才想起来，爷爷那时看到的那个名字，就是傅书白。

大概是应了吴深院的留下的遗嘱，傅书白与吴桐秋到老都是平安顺遂的。

俞尧就穿着一身黑色的大衣，双手放进兜里，站在不远处静静地看着。他本来应该是在家里待着的，大概是被徐致远之前精湛的"演技"给骗出了些许忐忑不安，他在徐致远爬窗走后不久，也"步上后尘"，偷偷瞒过管家开车出来了。

看见傅书白乘的火车远去，徐致远仍旧留在原地，心才放下去，并且赶在徐致远离开之前回到了车上。

俞尧双手放在方向盘上，发了一会儿呆，正想着一会儿回家撞上李安荣和管家要找什么理由，丝毫没发觉自己这般行为是在向小兔崽子平时的作风靠拢。

有人敲了敲右侧的车窗，俞尧回过神转头，却没有捉到任何人影，心中正警惕时，忽然出现的脑袋把他吓了一跳。

徐致远弯腰，一手搭在车窗上沿，下巴放在手背上，笑道："喔，看看这是谁偷偷跟踪我，还被抓了个现行？"

俞尧："……"

他冷着脸探过身子去，六亲不认地把开了一半的车窗摇上去。

徐致远："哎……哎！尧儿。"

小兔崽子上了车。

他在副驾上瘫好了，等车子启动，道："你怎么不在家好好睡觉，怕我跑了不成？"

"出来去办点事，路过这里就看到你了。"

徐致远道："好吧。"

行进稳当了，他问道："最近寺山有找过你吗？"

"有寄过一封邀请信，我还没回。"俞尧说，"他说过几天，牟先生还要再来一趟。"

徐致远坚决道："这次你不能去了。"

"他既然敢再邀请，肯定手里还有筹码。我之前和安荣筹备的稿子已经发往各区了，这段时间要避免发生差错，我接受他的邀请只是缓兵之计而已。"

"你爱怎么解释，我不听，你不能去。"徐致远道，"寺山哪有什么'筹码'，之前我托念老板偷来了原版稿子……"

"偷稿子？"俞尧语气皱眉，打断道，"你们什么时候去做的？"

徐致远随口应对道："忘了。"

"以后做这种危险的事之前，必须告诉我。"俞尧道，"不准瞎逞能。"

"哦，"徐致远绕开话题，说道，"他那稿子上尽是对你的诽谤，没一句真话，你都只要你出面解释一下，再找几个有身份的证人，就不攻自破了。"

俞尧眼睫一垂，道："是什么内容？"

"就是……"徐致远一副不在意的模样，却在小心地观察俞尧的神色，道，"除了那些所谓的'鼓动学生'，无非就是在你的私德上造谣……"徐致远知道那些是泼向自己的污水,却连带着俞尧一起沾脏了,他蹭了蹭鼻尖,说道,"我从前做事任性,得罪的人太多,留下的烂摊子给他们递了造谣生事的原材料,一时半会儿还解释不清楚……你暂时跟我保持距离就好……"

"没必要,"俞尧仍然直视前方,说道,"我和你……还有徐家,同进退。"

第12章 温良

徐致远一时没有反应过来，继续说道："你也说过清者自清。我不担心你门下的那些学生怎么样，就是怕曹……"

声音戛然而止。他转头看着俞尧，听到车子平稳行进的机动声，道："……啊？"

"我们同进退，"俞尧又重复了一遍，"谣言而已，躲闪什么？"

徐致远静了半天，才笑了笑："这样……"

徐致远的反应平静过了头，俞尧忍不住瞥了他一眼，徐致远忽然说："你不怕吗？"

俞尧不知该如何回答。他觉得自己并不是过于珍惜羽毛的人，他年少留学国外时也遇到过傲慢无理的人和事，被污蔑诽谤也不少，但他从没上过心。可几年过去，自己仿佛活倒退了似的，被流言蜚语玩弄得束手束脚。

俞尧方向盘上的手指摩挲一下，说道："怕你。"

"怕我做什么？"

"动不动就去涉险，每次的行动还都出乎我的意料。"俞尧淡淡地数落他，"尤其是事后我还说不得，否则动不动就参毛，从外面捡只狼回来养都比你安分……你说我怕什么？"

小兔崽子可听不得这种话,他眉头一拧,说道:"骗子,你昨天才说我让你放心……"

俞尧踩刹车,徐致远猝不及防地往后一倾,把话咽了下去。

徐致远怨道:"尧儿,你开车不行。"

俞尧下车,对他说:"到家了。"

稿子已经按计划发往各区,俞尧与同袍正在不停地寻找仰止老板的下落。

风波暂时平静期间,俞尧依旧在既明大学任教。

之前时不时在办公室或教室会被以曹向帆为首的学生——甚至是老师有意刁难,但后来随着冬以柏的插手以及夏恩等人自发的维护行动,俞尧的负担相比开学时减少了很多。

俞尧起初并不知道他们下学生的计划,直到他发现自己凡是走在既明大学,就会有一两个他的弟子以问题或者各种借口跟随他左右,人员换得十分有规律,他这才察觉端倪,并且了解到这群小崽子暗中讨论定下时间表轮流来保护他的事。

俞尧心生温情之余,也有些哭笑不得,不过还是佯装不知,默默地接受了他们的这份好意。

但他知道这派平和的好景不会太长久,只要冬家在既明占股一天,冬建树就一天跟自己过不去。

果不其然,俞尧前脚回到学校,校长就找到了他,聊了一些无关紧要的闲事之后,委婉地询问了传言的真假。

俞尧知道他要提解聘,不论他是非对错这都是迟早的事,于是并没有多做挣扎,主动给了校长一个台阶下,

俞尧毫不犹豫的决定让岑校长大吃一惊,他愣了半天,这让他提早准备好的那些循循善诱的措辞全然变成废纸了。

在岑校长眼里,俞尧给他的不是台阶,简直是架滑梯。他一脚踩到地,俞尧仿佛直接在告诉他开不开除对他来说无所谓。

虽然尴尬,但也省了许多口舌麻烦。

俞尧与校长约好了期限，他认为至少要把自己的重要的课程上完，到时候他会自行离开。

校长同意了俞尧的要求，看了这个端正又温润的年轻人许久，才深深地叹了口气，嘱咐道："俞老师，我本以为你有无限的前途，现在却……唉，希望你好自为之吧。"

俞尧以笑回应，谢了岑校长一年多的提拔和赏识之后，轻轻合门离开了。

他刚走出办公楼，就有一个学生追上他，说有问题请教。俞尧知道按计划表，该这小孩"轮班"了，于是自然而然地让他跟着了。

他看着身旁学生尚且青涩的笑颜，心想着要怎么跟自己的学生说自己要离任这件事，忽然旁边人唤了他一声。

"俞老师，"像是鼓起了很大的勇气似的，那男学生说，"我是压线招进来又被调剂到物理系的，我其实……并不喜欢学这些东西。"男学生挠挠头道，"但是我喜欢听您讲课。"

俞尧回过神来："嗯？"

"我想起您跟我们说的，要去找最适合自己的路子，我想了想……觉得自己不适合做研究，但是却很适应、很喜欢学校的这种氛围……"

"所以我以后也想来既明当老师。"他兴奋到有些口吃，道，"和跟您一个办……办公室。"

俞尧笑道："好事啊。"

他拍了拍少年人的肩膀，得到了认可的学生在一旁絮絮叨叨地说着，他却没办法回一句"那我便等着你"。

路上许多学生朝他鞠躬问好，他一个个回应着，让他差点以为这条走廊可以没有尽头似的一直走到黑似的，到了教室门口才如梦初醒。

男学生的任务完成，心情明朗地跑进教室了。而俞尧收拾了一下心情，回去拿了书准备上课了。

进屋时抬眼扫了圈自己的学生，在最后一排发现了翘课足有一周的徐致远。

他低下头去看书，说了声"上课"。

即使要离开,课还是依旧老样子上。

俞尧昨天起身时把腰闪了,站久了还有些微微的酸意。讲到一半,他双手分开撑在讲桌沿上,双肩微耸,将重心移走,放松了一下腰身。中途趁学生做题的时候,他又伸手轻揉了一下腰。

而此时,徐致远举起手来提问。

俞尧瞥他一眼,只好走过去,俯下身来轻声问道:"什么事?"

"我算了一个跟书上不一样的数,找不到错误点,"徐致远把特地身边的凳子推过去,乖巧道,"老师坐,帮我看看好吗?"

俞尧一般对于"求学问道"的行为没有戒心,于是拿过本子来看了。

俞尧正给他解题,只听徐致远叹了口气,问:"怎么了?"

徐致远道:"真难。"

"不难,"俞尧指着一处步骤,道,"你钻牛角尖了。"

俞尧正认真地和他说着思路,徐致远的注意力却不在纸上,他不断地拉动着身边的凳子,没隔多长时间就喊声"小叔叔你先坐下"。

俞尧:"……"

他皱眉:"你上课都在看哪儿?"

徐致远下课被俞老师拎走,原因是无故旷课需要于写检讨。

俞尧在办公室将他写完的检讨展开,扫了一眼又立马合上,说起课上的事:"徐致远,私底下你爱怎么闹都没关系。但在学校里,你要知道我是你的老师。"

徐致远模样看上去认错态度诚恳——虽然他的检讨一字未沾,还画满了"老俞"的小人画。

他双手背在身后,像是吃了哑巴气似的,面无表情道:"嗯。"

俞尧忍不住瞥了垂头耷眉的他一眼。他知道徐致远是注意到了自己腰酸,假装问题喊自己过去也是好意关心,于是心软道:"我没有其他意思,单单就事论事……你明白吗?"

徐致远还是那般无精打采,道:"嗯……"

"你怎么还委屈上了?"俞尧皱眉看着他的神色,只好把声音用温和过渡一下,道,"明白了就回去上课。"

徐致远还是没说话,把他长长的睫毛一垂,失落地道:"嗯。"

"……"

他这三声哼唧循序渐进地让俞尧心绪纠结起来,他怎么没想到自己会栽在可怜兮兮的三声"嗯"里。

他自己把自己说服了,扶额说:"你回来。"

徐致远若无其事地退回来:"嗯?"

"你……"

俞尧沉默半天,说:"……谢谢。"

徐致远的正常恢复得极快:"不客气,学生该做的。"

俞尧本身是喜欢平淡的人,就算这种生活重复不断一直到他老去,也不会腻。

新生事物在平稳之前会有一段疯狂而高涨的时间。但俞尧总觉得徐致远对生活的热情会一直炙热下去,就像地壳之下不息的熔岩,即使偶尔沉寂,也能用肉眼望见之上的滚烫温度。

他羡慕徐致远这种性子。本以为自己可以站在岸边一直遥遥地望着这份燃烧的景象,没想到竟然有一天,会看到这丛熔岩热烈而渐进地侵入他的领地。

他想起在北方湿地看到的日出,地平线上的一场盛大灿烂的壮景,白鸟在其中时起时落。

该怎么去与熔岩平和相处?

大概不需要理智和技巧,只要迎着热潮义无反顾地跳下去,骸骨随岩石一起熔化、熄灭。

清晨的时候,熬了个通宵的李安荣才回到家里,管家去迎她,大概是得到了俞尧大哥的什么消息,她第一时间便问俞尧在哪儿。

管家抱歉地说昨晚有事,跟少爷申请早回了家,没候到俞尧回来,俞先生现在大概是在房间里睡着。

李安荣抱着一份信件，噔噔噔地上了楼，将要去敲门时，徐致远边穿衣服边从自个房里走出来，制止母亲道："哎……妈，我小叔昨天睡很晚，您先别叫他。"

李安荣敲门的手指停住，皱眉问道："学校出什么事了吗？"

"没什么大事，就……"徐致远道，"有学生故意顶撞他。"

"冬建树安排的是吗？"李安荣无奈道，"阿尧在既明受委屈了。"

徐致远小声道："倒也不是……"

李安荣没听清："你说什么？"

"我说你去歇着吧，都有黑眼圈了，"徐致远扶着母亲的肩膀，试图将她推回去睡觉，"你要说什么事，我替你跟小叔叔转达。"

李安荣上下打量了他一轮，说道："你最近……跟你小叔和好了吗？"

"我俩就没差过。"

看他状态正常，李安荣在心中松了口气，说："孟彻要上任了，他女儿过几天就来淮市，到时候你抽出空闲来……"

俞尧沉睡不起，一直到下午才醒。

徐致远从既明的图书馆回来时，见到俞尧和也是刚睡醒的李安荣在商讨东西。这两人忙起来如出一辙，颠倒昼夜，睡眠时间不定都是常事。

"……方景行大概率被关在淮市郊外，暂时没有什么危险，因为金吉瑞不敢贸然去伤害他——方家也算小有人脉，他家里人也在尽力交涉。"

徐致远知道方景行是仰止书店老板的名字。

"金吉瑞……"俞尧揉揉眉心，他声音里铺着一层细微的哑，道，"金吉瑞是联合政府的议员，人脉深广。廖德则担任工部局总务处总办。两人分别是寺山在联合政府和洋政府的两只手。而仰止书店的法人是英籍，方家老爷子又在中英享有学术盛名，金吉瑞管不着洋人，廖德这只手又断了，没有确切证据的话，寺山要动他是需要思虑三分。"

"那我们需要去助方家吗？"

"不用，"俞尧说，"本来老板被抓就是因为跟我们扯上了关系，这时候我们回避反而更好。"

"好……对了，"李安荣道，"吴桐秋之前写的文章和吴深院的遗书已经整理完了，明天会在抚临和北城刊登，名字是我一个编辑朋友起的，叫作'致盗火者'。"

"盗火……"俞尧微微笑道，"还不错。"

为给人间"偷窃"光明而宁愿粉身碎骨的人，正适合吴深院和他的同袍。

他们正说着，徐致远走过来趴在沙发背上，说道："你们聊完了吗？说完的话，我就和小叔叔一起出去吃饭了。"

俞尧疑惑道："什么？"

"去吧，早点回来，"李安荣忍不住看了面带微笑的儿子一眼，道，"我再去睡会儿……"

徐致远在老地方包了个间，菜上好了也不着急吃，给了那弹琴女人几块银圆，让出来钢琴前的空位，自己坐上去瞎摁了几下，觉得有趣儿了，就仰起脑袋来向后看向俞尧，说道："小叔叔，你教教我。"

俞尧走上前去，一边指点着一边摁键。徐致远看样子并不是真心实意地想学，听着俞尧的指点胡乱拨弄了两下，就给俞尧让出座位来了。

俞尧抚顺身后的衣摆，坐正，修长的手指在琴键上跃动一番，奏了一曲与方才截然不同的欢快调子。徐致远搬来一张椅子，趴在椅背上目不转睛地看着，说道："你什么时候学的钢琴？"

"小时候。"

"小提琴也是吗？"

"嗯。"

"尧儿，"徐致远看着他的侧脸，道，"你给我讲一讲你小时候的事，讲讲丹顶鹤。"

"这说来话长了，一时半会儿讲不完，"俞尧的手指停了，说道，

"你不是来吃饭的吗?"

徐致远说:"我想听你讲,你就长话短说,挑自己最喜欢的说。"

"我想想……"俞尧认真思忖了一会儿,道,"讲我怎么跟镇平认识的吧。"

徐致远欣喜道:"行啊。"

……

俞尧算是俞家的私生子。

虽然他的母亲是在俞老爷的正房去世后才娶进门的,但俞尧早在这之前就出生了,少时都是跟随母亲度过的。

俞尧刚被接来徐家的时候六岁,模样好看,安静又听话,"爹"叫得清脆好听,一声就能叫得他那个上了岁数的风流父亲乐半天。

可俞尧跟母亲最亲,除了他同父异母的大哥俞彦,换了谁也养不熟——俞家不止一个孩子,但他俞尧只喊俞彦一个人叫大哥。

俞彦和徐镇平是发小,两人打小就一块儿在泥里跑。那时俞彦年已十八岁,大他两岁的徐镇平在家乡小有威名,两人早过了胡闹的年纪。但俞彦觉得人就得趁着小孩的时候放肆地玩,总想着怂恿自己的文静弟弟光着脚丫子去地里跑。

"不知险恶"的俞尧就乖乖地跟他去了。

乡亲踏出来的阡陌小路复杂交错,还有杂草、芦苇的遮挡——于是第一回带俞尧来,俞彦就把他方向感并不怎么好的弟弟给整丢了。

那时候李安荣也在那里游学,三人一起火急火燎在乡田里穿梭,喊着俞尧的名字。

无神论的俞彦在心里给佛祖上了一坛子香了,终于在傍晚时分,找到了灰不溜秋的弟弟——正抱着一颗蛋。

俞彦问他去哪儿了,他指了个方向。那里暗藏着许多危险的沼泽地,就算是身强力壮的成年人一不小心踩进去都得九死一生。

俞彦后怕得背后冒汗,而小俞尧若无其事地举起手中的蛋来,用稚嫩的声音说道:"在那里捡到的。"

……

"大哥等了半天，没有见到半只鸟的影子，心想既然我能把它顺利地捡回来，亲鸟应该是遭遇不测了，我手里的……也大概只是一颗死蛋。"俞尧说，"但是看见我抱着它不放，还是想办法去孵了。他们也是门外汉，放在鸟巢、鸡窝里的怪法子通通都试过，竟没想到折腾一番过后，真有雏鸟破壳而出了。"

徐致远跷着二郎腿，望着天花板，问道："是丹顶鹤吗？"

"那时候我不认识，是大哥告诉我才知道的，"俞尧怀念道，"我只记得它很小一只，摇摇晃晃的好像一吹就能倒，是个脆弱又坚强的小生命。"

"那后来呢，你救了它一命，它有报恩吗？"徐致远打趣道。

"它回到鹤群里了，最后一次见它是南飞。"

"我记忆有些淡了，后来……"俞尧想了想，认真回答道，"后来我一直住在大哥那里。安荣怀了你，和镇平一起离开去了淮市。你长到七八岁的时候，我去了欧洲留学……虽然回国又去北城边疆的丹顶鹤栖息地待了一阵，但这么久过去，我也认不出它来了——我都不知道它还在不在。"

"怀了我？"徐致远抓歪了重点，好像知道了什么新奇事，一下子来了精神，道，"怪不得我妈要和我爸私奔呢。"

俞尧道："那时候镇平和安荣都很年轻，我初次见到他们时，他们还没有在一起，印象里两人总是吵架，我以为他们关系不好。"

"他们现在也老是拌嘴，"徐致远道，"但是我爸说不过我妈。"

"那时候也是。"俞尧轻轻笑了一声，说，"我记得最深的是，我们一起抓了只野兔子，安荣要养，镇平要吃。两人一直在争。后来镇平争不过就把那兔子给了我，我便抱了兔子在屋里藏着，看他把一盘切好的猪肉块放到安荣面前。"

触到了记忆里的吉光片羽，俞尧嘴角都是带着笑意的弧度的："安荣特别生气，她说这兔子死不瞑目，指着镇平诅咒道：'我是治不了你了，以后你就等着你儿子治你吧。'"

徐致远："哈？"

"安荣没想到，一语成谶了。"俞尧一边感叹着，一边掰着他的手指放到正确的琴键上，弹完了最后几个音。

　　其实，他没有说的事还有很多——就比如徐致远的名字是他起的。那时李安荣认真问七岁的他，有什么好想法，俞尧小时候就有一派小大人的模样了，面容庄重，坐姿正经，说道："先生近来教我，非淡泊无以明志，非宁静无以致远。可以这样取——是妹妹就叫宁静，是弟弟就叫致远。"

　　那时候他也不分什么辈分，只说"弟弟妹妹"，李安荣笑了半天，说道："你大哥和徐镇平称兄道弟，这小孩得管他叫叔，叫你得是小叔叔。"

　　俞尧把作业本摆齐，深呼吸了口气，说道："讲完了，早点睡。"

　　徐致远动弹了一下，问道："尧儿，你喜欢北城边疆吗？"

　　俞尧愣了一下，没回话。

　　"我看到你在说那些事的时候，都在笑，"徐致远看着他，说，"要是喜欢的话，我给你在北城盖座冬暖夏凉的房子，你老了就去那里安顿，挑水洗衣做饭，自己种东西吃。我没事就去看你，或者我也去住着。"

　　"行啊，"俞尧忍不住笑，道，"要是你能盖起来的话。"

　　日升日落如常，俞尧预计离开既明大学的倒数第三天，离别时却生了些不舍，头一次申请了去既明的教师宿舍暂时寄宿。晚上睡不着，他便在偌大的校园里散步，像是一种仪式感，他算是完整地见过这里的日夜了。

　　……

　　也是这两日之后，一直沉闷无风的淮市终于迎来了一场"雨"。

　　一篇题为《致盗火者》的文章安静地诞生，印在几分钱不等的薄报纸上，与新生的油墨味和稚嫩的吆喝声一齐流入街坊巷里，茶酒饭馆。

　　这是纸上文字的最短暂而平凡的命运——在人的眼前一亮相，接着被新潮埋葬，变成糊窗户的料、烧灶台的火引子、孩童风里赶的纸鸢。

而后它们继续诞生，再次这般死去，循环往复。

倘若某篇文章、某个字眼，能叫偶然遇见它的人恍然皱起眉头，久久不能释怀，或是叫落没不得志的人摘下眼镜，流下两行同情的眼泪，抑或让胸中慷慨的人拍案而起，仰天叹啸……那它就挣脱了被纸桎梏的命运，如同雕塑上的英雄一样，成了后人的一段历史，今人的一把开拓天地的火。

《致盗火者》洗刷了淮市的舆论。

俞尧和李安荣也没有想到反响会如此之大，它近乎是一路火花地从发表地炸到了淮市——或许是因为呼应了天时地利人和，在这样一个特殊的时期，在北城抚临这两个正被战乱侵扰的地方，在一群同样渴望"山河盛世"的人心里，才会如此引起触动吧。

淮市的统治者们在一篇声讨的浪潮中处境十分尴尬：向联合政府总部请示只得到一句"自行解决"，他们又好像有点自知之明，知道联合政府内忌同袍会、外怕洋人军队，是只两头都缩伸不成的硬壳王八。而那位权高焰盛的新军长还未到任，手无寸铁的自己只是一群酒囊饭袋，于是毫不废话滚去抱外洋政府的大腿，大概是熟手的缘故，滚的姿态都是圆润而顺畅的。

外洋政府身驻淮市，心却在蚕食中原各大区的"蓝图"里。精力现在被缠在北城边疆的军事冲突中，相比之下，文人们的口诛笔伐就是小事了。

而舆论又在他们眼里是最好控制的东西，于是外洋政府就将"捂嘴任务"全然交给了租界警务局以及寺山等手眼通天的东洋人了。

而寺山与他上头一样心不在焉，都火急火燎的关头了，满脑子的奸计还放在俞尧身上。同时忙着和妻子以及情人们周旋，把这任务全然交给手下的人了。

金吉瑞的名字又出现在文章里面，在口诛笔伐的风口浪尖上——

于是层层递，层层推托，最后"遏止舆论"这任务就落到了冬建树头上。

气得冬建树在家中大骂寺山。

《致盗火者》文中的吴家兄妹虽然改成了化名，但做了亏心事的人最熟悉鬼的模样，他们猜也能猜得出这说的是吴深院。

冬建树虽然和寺山关系密切，但其实跟吴深院的死并没有干系，没接近过吴桐秋也没有参与抓捕同袍会情报员，连那次抓捕吴桐秋和廖德死去的晚宴都借口没去。不像被骂惨了的金吉瑞，在群众眼里，冬建树明面上还是干净的。

本来他可以借此扮红脸暗箱操作，可寺山偏偏要他唱黑脸去负责，去压下为"盗火者"讨公道的声音。

冬建树在房间里踱来踱去，没有听到下楼梯的细微动静，更不知道他儿子正躲在墙后，想待会儿借口外出。

"这篇文章八成是俞尧他们暗里做的，"冬建树生气地坐到沙发上，说道，"徐镇平究竟是什么立场！竟然放任自己的亲信去支持同袍会。"

"或许……他们一直瞒着徐镇平呢，只把他的身份当作保护伞而已。"老管家说道，"徐镇平也许连这两人的所属都不知道，同袍会的人最擅长隐瞒了……"

听到这里，墙后的冬以柏停住了动作，皱起眉头来。

冬建树忽然计上心头，说道："如果因为这场舆论风波暴露了俞尧和李安荣的身份，不管徐镇平知道还是不知道，都是包庇同袍会的重罪……"冬建树笑了起来，说，"你说徐镇平是背叛联合政府呢，还是放弃俞尧和他的妻子呢？"

"不管怎么样，他都会先把这次舆论摆平。"老管家面不改色地接上话，"这样就不需要先生出手了，这是个好计谋。"

"不过我们还是要做点什么的，"冬建树哼了一声，说道，"俞尧就是个致命的瘤子，越留着隐患越大，想个办法把他除去。"

"先生是想……哪样除？"老管家以为让既明解聘俞尧，或者将其赶出淮市就已经是"除"了。

冬建树淡淡道："离开人世的'除'。"

老管家一顿，慢慢颔首点头。

忽然，他听见身后的楼梯口咣当一声，像是有人逃跑时绊了一跤。冬建树警惕地走过去，目光捕捉到儿子的一片衣摆，皱眉吼道："冬以柏！"

没有回声。

"对了，"他想起了什么，回头对老管家道，"手续在办了，一周之后就让他滚到国外去上学。"

"是。"

"看好他，走之前他不能踏出这个房子半步，"冬建树抬着头对楼上——似乎知道冬以柏在听着，怒哼道："这不孝的白眼狼胳膊肘子往外拐，再待在既明一天，怕是就要跟着人家姓俞了。"

冬府的暗潮汹涌之外，各个大学十分热闹。

俞尧昨晚难得睡得安稳，今早时被动静吵起来。

收拾好了出门，他这一睡把早餐给耽误了，只好出校门去找收摊晚的包子铺。

沿途见到许多学生活动，朗诵或是自发的舞台剧演出，大都是与"盗火者"相关。俞尧不禁莞尔，知道这股潮流笼罩了淮市，还点醒了学生们，他欣喜中也带了一些担忧。

他在包子铺旁边见到了诊华还有几个学校的学生在联合募捐，听他们的宏图，说是要自助成立由学生主笔的社会报纸，名字叫《普罗米修斯报》。

俞尧叼着包子："……"

先不说资金之类的物质问题——学生不具有经济能力，靠募捐肯定撑不起一家长久而优秀的报纸，如果要寻找投资方，学生的主笔地位肯定要被干涉。

就单说这个名字——报纸要办好一定要顺应大众，《普罗米修斯报》的确是有寓意和国际味，可大多数普通百姓读都读不顺，更别说记住了。

俞尧小口咬了一下包子，没咬到馅，他静静地观望那些意气昂扬、自信满满的讲演学生，心里仍觉得有尝试就是好的。

果然，俞尧傍晚再来到这儿的时候，只剩下小贩的吆喝声了。他们大概一分钱也没募到，正失落地抱着"普罗米修斯"的箱子，坐在一起抱怨，而发起者正在就他们出现的问题争论得不可开交。

俞尧叹气，低头笑了一下，摸索身上找到了些钱，正要走过去，却被一声稚嫩的童声拉住了。

"先生，您买花吗？"小姑娘道。

俞尧停下脚步来看向她。

她的短发在脸颊两旁带着些小卷，干净的灰裙子打着补丁，帽子要比小脸还大了——大概是家里大人的。

她像是小猫幼崽的黑眼睛又大又亮，正盯着俞尧。身上斜挎着一只大大的包，小手小心翼翼地拈起最后一枝花来，说道："您可以送给您的家人。"

她手里的是一枝花杆底滴着水的百合，尚且鲜艳。俞尧这才看见她的包里装的是一个个小水瓶，也不知道一直背着沉不沉。

俞尧问她价钱，将三文钱递给她，接过了百合花。

小女孩开心地说声谢谢，蹲在地上将三块铜板分开，嘴里念叨着什么。

俞尧弯腰问道："你在做什么？"

"妈妈说，把花卖完，最后一枝的钱就给我了。"小女孩也没有戒心，回道。

"哦，"俞尧饶有兴趣地称赞她自食其力赚来的"巨款"，道，"这么多钱，你要怎么花？"

女孩骄傲地将一块铜板放进左口袋："这个攒着买书。"一块放进右口袋，"这个买糖人吃。"剩下一块攥在手心里。

俞尧不语，看这小姑娘黑眼睛里尽是不舍地看了这铜板许久，终于一咬牙，跑去了那群学生那儿。

抱着募捐箱的学生昏昏欲睡，他们有的在聊天有的在争吵，谁都没有注意到红帽子女孩的靠近。

小姑娘踮起脚来，伸长了手才够到那高学生抱着的箱子。

一声清脆的叮当声，空荡荡的募捐箱里，进去了第一块铜板。

动听得就像是希望在耳边打了个响指。

那学生一下子清醒过来，但反应过来的时候，小姑娘已经连蹦带跳地撒丫子跑远了——水也稳当得没洒。

"欸，谢谢你……小姑娘——"那学生急忙大喊。

俞尧目睹这一幕之后也起身，看着那小小的身影远去。

她见这群大哥哥大姐姐忙活了一天也没赚到钱，自己有"很多"铜板，就心想着把自己手里的分他们一点，她还没完全学会生存必要的利己和私心。

小孩不懂怎么开报社，不懂什么是"盗火"，也不懂什么是"救亡图存"——这只是天生的温良和怜悯而已。

俞尧心想着，走到那呆愣的学生面前，把几文钱也投了进去。

他离开的时候，听到那学生叫道："你们别吵吵，别吵了！有人捐钱了。"

俞尧听见他们登时安静，又轰然闹开，最后朝他鞠躬喊"谢谢先生"时，嘴上都是带着弧度的。

他在家门口遇见了倚着门框等他回来的徐致远，自己的好心情也"惠及"了这小兔崽子的身上。

徐致远一掀眼皮，见他回来，阴阳怪气道："小叔叔，你还知道回来。"

俞尧将手中的百合递给他："喏。"

徐致远："……"

徐致远把百合取过来，道："怎么？"

"摆家里。"俞尧一边说着，一边走进家门，换鞋换衣。

徐致远惊讶地上前去打量了他一圈。

俞尧也问："怎么？"

徐致远看了一眼百合，又看了一眼他，蹙眉道："你今天怎么有这

104

闲情逸致？"

俞尧袖子挽到一半，问道："安荣在家吗？"

"还没回来。"

于是俞尧说道："那今晚不用麻烦别人了，我下厨。"

"你吃鱼吗？"

徐致远说："你做就行，我都吃。"

"那行。"俞尧一边说，一边嘀咕着，"挺好，还不挑食儿，容易养活。"

徐致远："哈？"

他感觉到俞尧刚才投来的目光，就像是赶集的老手在篓子里挑兔子，相中了就揪起耳朵左右打量一番，再称称几斤几两，满意地拍板道："就这只吧。"

有自尊心的兔子去厨房闹腾他小叔去了。

他开心地问道："你怎么今天忽然想到要亲自做饭了？"

"后天不是你的生日吗？"俞尧背对着他，一边忙活一边说，"过完就十九岁整了。"

徐致远稍稍愣了一下。

按徐致远的习惯，肯定提早几天就恨不得在俞尧床头上摆只会说人话的鸡，天亮打完鸣就提醒他你的小侄子还剩几天过生辰。

可前些时日事情太多，让他把这件事给搁到脑后了，没想到倒是俞尧主动捡了起来。

"正好后天我要从既明离开了，"俞尧道，"当天我想请学生们聚在一起聊一聊，可能没有时间陪你了。"他说着，"所以今天晚上和明天，给你补上。好吗？"

徐致远还没来得及兴奋，从他一番话里拣出了并不令人愉快的信息，皱眉问道："你要从既明离开？"

"嗯……"

徐致远冷下脸来，道："冬建树那浑蛋又给你使绊子了吗？"

"不……"

"尧儿,什么事我们一起商量,我不会让他赶你走的。"

"不是,是我主动辞职的。"俞尧解释道,"'致盗火者'引起的社会关注太大了,淮市政府一定会查。而我只要待在既明,冬建树就会想尽办法来找麻烦,主动退出这个局面也是为了避免节外生枝。"

"我今天还见到工部局门口有人在游行示威,大概也是在替其他数不清的'盗火者'而请命的吧。"徐致远忽然想起了还在被关着的仰止老板,淮市政府无视他的家族庇佑贸然将他抓起来,也是对俞尧和其他同袍会社员的警告。

徐致远垂下眼睫,说:"可你这之后要怎么办?"

"我的身份特殊,越在淮市待越危险。"俞尧叹气道,"本来我打算调查完吴深院就回北城的大哥那儿,可是现在暂时回不成了。"

"对了,"徐致远张了张嘴,突然想起去年自己在俞尧抽屉里见到的信纸,问,"那个偷偷看过你志愿书的……有查出来是谁吗?"

"是周楠。"

徐致远思忖半天,道:"没有印象。"

"从志愿书草稿丢了我就一直在查,其实在你送来那天,我心里就有几个怀疑对象了。"俞尧道,"周楠的背景没问题,他是因为成绩不合格怕被记录,想要点小聪明去偷偷把自己的成绩单取出来,无意中翻到了。"

"可……他不会说出去吗?"

俞尧心中尚存留着对自己门下弟子的信任,沉默一会儿,摇头道:"不会,他是我的学生。"他说道,"从去年到现在我都相安无事,如果这件事泄露出去……按照冬建树和寺山那种捕风捉影的习性,一定不会放过的。"

"好吧,"徐致远心中泛起些隐隐的担忧来,但听到俞尧平坦的语气,还是稍稍松了一口气,他说,"你刚才说……"

他顿了一下,俞尧道:"嗯?"

"你说……你打算回北城,是什么时候打算的?你早就想辞职了吗?"

俞尧坦然道："我想了很久……"

徐致远瞥了一眼案板上那条被收拾好了的鱼，说："那你现在呢，要是你大哥安定好了寄来音信，你还会回去吗？"

"嗯。"

徐致远："哦。"

"你愿意的话，和我一起去吧。"俞尧憋了好久说道，"大哥他还没见过镇平和安荣的孩子长什么样子。"

徐致远怔然："我和你回去？"

"嗯，你不是要在北城边疆盖房子吗？"

"可是……"徐致远撇嘴说，"可我爹娘还一门心思地要送我去孟家联姻呢，他们能同意我这个节骨眼上跑去北城吗？"

"这次只是暂时住到我家，就像我寄居在镇平家里一样。往后的事情慢慢和他们商量……"听着他的话，俞尧的声音里带上了笑意，他正切姜葱当调料，刀落在木板上的声音清脆，不紧不慢地响着。

"我小时候，徐镇平喝醉了酒骗我一次，到现在我还记他仇。"徐致远回忆道，"我最不喜欢别人骗我了。"

俞尧道："你也不数数你骗了我多少次。"

徐致远清脆地笑了几声，说："以前不算，我发誓肯定不了。"说着，语气掺杂着些期待，"小叔叔，你别骗我。"

第13章 祸起

这小少爷的五指被母亲教育得好歹沾过阳春水，干起家务活来不别扭，甚至自己还会做饭。这些吩咐对徐致远来说本来是简单事。但此时他当着俞尧的面"娇生惯养"起来，仗着即将过生日的是自己，什么也不干。

但没闲多长时间，李安荣就回到了家，把游手好闲的儿子拎到他小叔身边去帮忙。被揪疼耳朵的徐致远不乐意。李安荣训道："每次让你干活你就一肚子理由，到底是跟谁学的？"

俞尧腾出空来给徐致远说了个情，道："安荣，你让他玩吧，我自己来就好。"

没等徐致远得意起来，俞尧又补充了一句："他来帮忙也是添乱。"

徐致远："哈？"

小兔崽子吃了一记激将，要去厨房证明自己，又被母亲半路逮了回来摁回沙发上。

"行了，你别去给阿尧招麻烦了，"李安荣说道，"正好坐下来我跟你说点事。"

"什么？"

"徐镇平后天要回来……"

听到"后天",徐致远瞧瞧地瞥她一眼,试探地道:"回来做什么?"

"因为公事。"李安荣说道,"妙常到时候也会来淮市,她提前一点,大概明天到。你们两个先见见面。"她细细观察着徐致远的小表情,"怎么了你?"

徐致远道:"你不觉得后天是什么重要日子吗?"

"什么日子?"

"没事,"徐致远自作多情的惊喜荡然无存,他往柔软的沙发上一靠,说道,"妙常是谁?"

"孟彻的女儿,孟妙常。"李安荣说,"你应该有印象的,你小时候——"

"没有印象。"徐致远将脑袋往沙发上一仰,说,嘻道,"你还想着这回事呢,你跟徐镇平真想要这个儿媳妇。"

"是,"李安荣垂下的眼睫上似乎挂着心事,她认真地说道,"我从提出开始就没有跟你开玩笑。"

徐致远本来一派大好的心情里蹿了一簇小火苗,他问道:"见完面之后,你们怎么打算的?"

李安荣不容置喙道:"相处熟了之后,商量一个订婚的日子,按你们的想法来,最晚只能拖一年。"

"我不喜欢她,你们再催也没可能。"

"慢慢磨合,总会合适的。"

徐致远原先只把父母嘴上的订婚当成一门威胁,如果他听俞尧的话,收敛脾气安下心来,与父母好好沟通,李安荣的逼迫也会消停下来,但似乎事与愿违,他道:"不喜欢就是不喜欢。"

"你总要成家。"

"成家是也我自己的事!"徐致远咬牙道。

他没想到自己的母亲沉默了,她抿了抿嘴唇,道:"不管你怎么说,这件事就这么定了。"

徐致远刚要发作，一只手摁住了他的肩膀，俞尧不知道什么时候出来了。指尖上还沾着点水，他说："安荣，我跟致远说好了，这阵过去随我去北城边疆住着。"

肩上的手动作很轻，传来的力度却很令人安心，徐致远不再说话了。李安荣抬头看着俞尧，眉间似乎有些为难，说道："阿尧，你也听到了，他不能跟你去……"

"只是去游玩放松而已，不耽误他的学习生活，"俞尧道，"如果那位姑娘愿意的话，可以跟随我们一起去。你不是说要让她和致远培养感情吗，那地方清静，最适合了。"

徐致远："什么？"

他不可思议地抬头看向俞尧，刚张了张嘴，肩膀上细微的力度在暗示他不要说话，徐致远只能一口气憋回去。

"这……"李安荣思忖一会儿，知道儿子最听他小叔的话，便顺着台阶下了，说道，"主意是好主意，但北城现在不安定，孟彻有可能不会同意女儿到那里去，不过等些日子风波平息了，我和镇平倒是可以和他商量商量。"

徐致远越听越急，父母同意了他和俞尧去北城是件好事，可这条件里非要添个额外的孟妙常，他就浑身不舒服，脱口道："我不……"

"那就这样说定了，"俞尧拍了拍徐致远的肩膀，袖子还没有撸下来，对李安荣笑道，"你想吃什么菜，今晚我做。"

李安荣叹了一口五味杂陈的气，道："我都行，辛苦你了。"

徐致远这一顿晚饭吃得不安生，胃里一半都是气。平常每逢餐桌上有鱼，俞尧的碗里都是堆满了小兔崽子挑好刺的鱼肉，而这顿饭碗空了下来，这最直观地让俞尧感知到了他在闹脾气。于是晚上主动去敲了徐致远的房门，果真拖了半天才有人来开。

徐致远开门之后，往椅子上一坐，面无表情地开口，第一句就是："我就给你三分钟的时间来解释。"

俞尧哭笑不得地关好门，说道："之前安荣和我谈过你和孟妙常订婚的事，这个意向本来是镇平提出来的。安荣最初也是心急，原以为镇平和她一样想通过这婚约让你收敛玩心,加之和孟家联姻的确对徐家有益,就答应了劝你。"他说道,"她后来见你状态好转,又和我与镇平都商量了一番,可是镇平执意要将这门婚事定下。"

"为什么?"

"我也不知晓其中的内情,镇平这么做肯定有自己的利弊权衡。尤其是这段社会舆论沸沸扬扬的日子,和孟彻一方打好关系的确对我们有利。"

徐致远皱眉道:"拿他儿子的婚姻当筹码,他这些所谓的商量里根本就没有考虑到我!你还觉得他这样做合理?"

"致远,明天你去见孟妙常,不要和她闹翻,明白吗……"俞尧并没有直接回答问题,可是字里行间都让徐致远觉得不舒服,他见俞尧还要说什么,截断道:"三分钟到了,我不听了。"

"嘶……"俞尧特地去看了一眼表,道,"再续三分钟。"

徐致远双手盘在胸前,瞪着他。

俞尧面容平淡,继续说了:"和孟妙常闹翻有什么好处,空给两个人心里添两道堵罢了,你要学会心平气和地解决问题。"

"所以你解决问题的方法就是让我和她去北城边疆'培养感情'?"徐致远生气道,"小叔叔,你是不是在耍我?"

俞尧低下眉目,说道:"安荣说她喜欢你。"

徐致远道:"她的喜恶关我什么事……"

"她这样勇敢地去表达对你的爱意,还能得到旁人的支持和祝福……真的是一件美好又令人艳羡的事。"俞尧摩挲着手指,说话声还是一如既往地温和,让听者很容易就安静下来。

徐致远欲言又止。

徐致远眼里的小叔叔温润清淡得就像一捧水,好像没有什么能让他在意的事情。可又与"逆来顺受"不沾边,他的性子里中带着一点好强而坚毅的韧劲,抓住某样东西时也是如此的用力。

徐致远还是很在意之前的约定,说道:"可是北城边疆……"

"一步步地来,先这样让安荣同意,再与孟姑娘摊开了说,跟不跟着去她一定有自己的思量。"

徐致远叹了口气，勉为其难地答应俞尧明天的见面不出么蛾子。

咖啡馆里奏着爵士乐。

这里的女侍们不爱涂脂抹粉，冷淡得就像是房子里一贯的黑白色。工作也只是问你要点什么，把吃的喝的端上来，并无嘘寒问暖和眉开眼笑这两项额外服务。仿佛招牌上刻的不是"某某咖啡馆"，而是四个大字——"爱来不来"。

但许多人就偏爱这种清静，淮市租界中心的这一家总是预订不到座子，有时挂上了满员的牌子，而空旷的厅堂只寥寥散散地有几个座位，剩下的地方大可凑起来再建一座小吃房。

常客视这贵地为文艺的照妖镜，若"造诣不深"的人物来此地长坐，附儒风雅的皮面定然被周围的绅士扒个底掉。

而徐致远算是修炼多年的"大妖"，相貌与举止跟这咖啡馆的气氛契合十分，让人看不出深浅来，一眼瞥过去还是道赏心悦目的景。

于是他仅仅只是坐着等人，就有许多目光不自觉地掠过那里。

徐致远不喜欢苦的和没味的东西，盯了那咖啡发了半天的呆。让这环境和气氛衬托得他深沉严肃，好像在思考什么哲学问题似的——实际上他脑子里尽装着今天晚上想吃的饭。

发呆一直持续到咖啡不再冒热气，终于有人走到了他面前坐下。

徐致远抬眼一看，坐在他面前的女孩身穿着黑皮外套，扎着一条乌黑的马尾，五官即使不着粉黛，也张扬着热烈的艳美。

徐致远见到她之后，脑海里冒出的第一印象：难缠。

但徐致远还是熟练地露出一个笑容，将交叠的双腿放下，温声问道："您是孟小姐？"

孟妙常也说："你就是徐致远？"

徐致远："我是。"

还没等徐致远礼貌地挑个话头，孟妙常自己叫来了女侍者，点了杯名字难念的东西，然后切入正题道："你死心吧，我不喜欢你。"

徐致远顿时傻了。

他倒是没想到这孟小姐如此开门见山，更没想到这开头如此出乎意料，准备的措辞全然派不上用场了。

"大妖"原形毕露，笑容一僵，撑回去："我还没说让你死心呢。"

孟妙常奇怪地看他一眼，说："你是徐致远？"

"如假包换。"

"我爹说徐致远喜欢我，要跟我结婚。"孟妙常道，"你确定你是？"

徐致远再次无语。

他说"不是"，但又一想说了声"是"，觉得这俩哪个都有歧义，心里骂着这是什么鬼问题，揉了揉一下眉心说："你等会儿。"

孟妙常："到底是还是不是？"

"这都什么乱七八糟的。"徐致远把前面绕得杂七杂八的问题撇干净，直接解释道，"我姓徐名致远，至于你爹说的那些东西全是胡扯——谁要和你结婚。"

孟妙常也皱眉。

她说："那你来这里干什么，来这里不就是要'约会'的吗？"

徐致远原话还她："来这里是因为我爹说孟妙常喜欢我，要和我结婚。"

孟妙常："胡扯。"

"……"

两人面面相觑。

正好孟妙常点的东西端上来了，他们各自端起面前的东西啜了一口稍做冷静。咖啡入口徐致远才想起这是苦的，面目狰狞地将它放下。

冷静完了，徐致远总结道："我们都被自个儿的爹赶鸭子上架了。"

孟妙常沉默无言。虽说状况尴尬，但徐致远却如释重负，他看了一眼孟妙常，她似乎也是跟自己一样的心情。

"我对你还有点印象，"孟妙常想起之前短暂的邻里日子，道，"所有的小孩里最吵的，还经常发脾气。"

徐致远道："我对你倒是没印象了，我们说过话吗？"

——俞尧若是在场听见这俩刺头的对话，估计就明白自己昨天晚上的叮嘱让徐致远咽肚子里去了。

"这样很好，"孟妙常毫不废话地道，"你我就保持这种的关系，我要应付我爹。"

徐致远好奇心爬到嗓子眼，很想问一下孟彻逼自己的女儿结婚的原因，但又觉得这是别人的家事，他这样问出来并不会得到什么答案，于是道："正巧，我也是。"

孟妙常把他接下来想说的话全都说了："你回去就说我们两人相处得还不错，商量着熟悉一下，婚期定在一年后。你只需要这么说，到时候我就跑了，不用你再费口舌解释。"

徐致远哭笑不得，双手交叉放在腿上，道："看来你是早有打算？"

孟妙常淡然地一语惊人道："我要离家出走。"

徐致远："……"

他好像知道了什么不得了的事，顺带着连刚才想问的"孟彻逼自己的女儿结婚的原因"之一也知道了。他让这个回答噎了半天才开口说话，心想自己和她大概还没到可以畅聊这种秘密的地步，疑惑地问道："你就不怕我说出去？"

"你不会自寻麻烦。"孟妙常道，"我们是一条船上的。"

"贼船，"徐致远道，"我如果上不了你能拿我怎么办？"

"能怎么办？简单。"孟妙常道，"我跑不了，你就得跟我成亲。"

徐致远的表情渐渐冷却下来，直勾勾地看着她。

孟妙常小酌咖啡，淡然地说道："你我各自都拒绝不了家中的逼迫，想要打破僵局，总得有一个人采取点极端措施吧。我不管你怎么想的,这个破局的出头鸟我来做了。你家人也苛责不到你。"

"这种两全其美的事……你若不从,那我就只好信了报纸上的鬼话:徐之长子是个脑子不好使的。"

徐致远瞪了她一眼。他看着她越过桌子伸过来的手,听她道:"现在……我们是一条船上的了吗?"

徐致远沉默半天,不知在想些什么东西,终于也伸出手来,敷衍地刮了一下她的手指。

徐致远没想到自己就这样和一个近乎是陌生的人"互通有无"了,两人并没有聊什么多余的话,光是这样对面坐着,就让徐致远莫名生出一种轻松感来。

"下次见面去大剧院吧,"孟妙常喝完了自己的饮品,她的声音清亮,适合哼首婉丽又明媚的调子,她说,"我喜欢听戏,不喜欢爵士乐。"

身在既明大学的俞尧还在担心着徐致远和孟妙常的相处,绝对想不到咖啡馆的两位刺头已经握手言和,相见恨晚了。

再过上几个月,俞尧就在既明任教满一年了。他也曾想过能够一直待下去,因为他喜欢这个地方,走在路上偶尔会在某一隅撞见让他惊喜的景色,就像是秋日九号教室前的银杏树——他彼时来,此时将走,只可惜不能轮回一个四季。

他上午在九号教室外的台阶上坐着,听平时在那里练习的音乐系学生拉琴,偶尔会有几个学生认出他鞠躬问好。

俞尧莞尔摆手,让他们继续。他们拉的是《送别》,歪打正着地应了景。俞尧在琴音里跟着调子哼了一段。

头顶的树叶正茂盛,忽然听到了啁啾鸟鸣,抬头的时候被树叶碎缝里漏出的阳光刺了眼,伸手遮时,小小的黑影已经展翼从叶间飞过去了。

这让俞尧倏然想起了曾经在岳剪柳的笔记上看到的那句"鸟儿的歌声是曙光从大地反响过去的回声"。

他微笑了一下，回过目光来，继续看着不远处青春洋溢的学生们。

他估摸着时间要到了，站起身来整理衣摆时，时间卡得正好，在下课铃中拎起公文包，慢慢地穿过了人群，去了那间最常去的教室。

徐致远请了假要去和孟妙常"约会"——他仗着老师随时可以给他面对面补课肆无忌惮地请假，已然成了课堂上的稀客。俞尧替这崽子发愁，成绩是一码事，他今年的考勤大概要不达标了。

除了冬以柏和徐致远，以及早不见人影的曹向帆，今天的教室里人到得很齐，岳剪柳也得了空来蹭课。

俞尧一如既往地教学，学生听惯了他温和的声音，也没察觉出与以往有什么不同。

直到讲完备课录上的最后一行，俞尧合上本子，忽然说要让学生来做题。

零零散散地点了四个举手的人，俞尧在黑板一旁上写了几组公式，分给了这几个学生。然后道："你们分别用这些公式——也只能用自己组的公式，来做课本上这道题。"

俞尧的课堂本来就是时不时会有"新活儿"，下面的人和黑板前的人听到他这么说，立马来了兴趣。看清了俞尧写的课本页码，安静的教室里响起窸窣的翻书声。

岳剪柳并没有教科书，但是熟识的同学将自己的往她那边一推，二人共享起来。

这是一道并非考验性质的"证明题"。

条件给得"琳琅满目"，它的结果不是具体数字，而是个显而易见的结论。就像是给了旅人目的地，他们任选交通工具去往太平洋彼岸。目的是承上章启下章引起学者兴趣，一般在课上都是要忽略过去的。

那个曾经和俞尧诉说理想的男学生的公式是最直接的一个，于是他回头在黑板上写了个解，仅用了一个条件的数字代入，算了一小会儿就写上了证明完毕。

夏恩头疼地挠了挠后颈，从自己这组琐碎的公式里挑了挑，分类摆了出来。由于俞老师定的规则是只能用"自己的公式"，他不习惯地擦了好几次才啰啰唆唆地进行完了比较，也写上了证明完毕。

而他旁边的女学生手中也有许多公式，但和夏恩的不同，加之这名女孩的基础很扎实，看出自己组的是几道分式，代入变形竟得出第一组的总式来了。

她不知道这样"符不符合规则"，下意识地看了俞尧一眼，俞尧温声道："只要是用你手中的工具做出来的，都可以。"

于是女孩自信地提笔，有了总式之后，证明的步骤就和第一位男学生一样了，也简洁明了地写上了"证明完毕"。

最后一个高个子男生面容尴尬地看着自己的公式，在黑板前迟迟没有动笔。下面学生能看得见每个人的公式，所以对他的情况心知肚明，憋笑得难受。

高个子苦笑道："俞老师，这是量子力学的题，您给我的公式是牛顿三定律……没用啊。"

俞尧淡然道："那你就解题失败了。"

高个子愁眉苦脸地哀号道："……这不公平，我根本没法做。"

他大概是班上人缘较好的明星人物，窘迫的表情给座位上的朋友提供了笑料，有人笑着打趣道："你快快写几笔，说不定能改写物理书。"

"脚踩诺贝尔奖！"

"哈哈哈……"

"……"

他在这些起哄声中终究没敢"亵渎"课本，只写了一个横平竖直的"解"——和一个冒号。

傻眼的大高个不服气地在"嘲笑声"中和写完的三人站在了一块儿，看着俞尧压了一下手示意所有人安静。

俞尧转身又在黑板上写了一道题目，他的板书工整漂亮，等不及的少年人们有的站起身来，抻着脑袋看——只见俞尧写下的，正是一道同样简单的机械运动证明题。

"你们再来做这一道。"

这次,四个人里只有那高个子男生写了"解答完毕"。

俞尧问:"这样'公平'了吗?"

高个子只挑了挑眉,没有回答。

大家好像明白俞尧要说什么了,窃窃私语起来。

"你们都看到了,"俞尧一指黑板上四种不一样的笔迹,道,"学校把万千数字和符号教给你们。如何组合,如何使用,都要你们自己决定。"

"你们将来都会拥有自己独特的公式和步骤,没有任何一个是毫无用处的。"他转头看向高个子,道,"是吧,王同学?"

高个子男生在笑声里蹭了蹭鼻尖,轻声解释道:"我特指对付那道题嘛,又不是说牛顿他老人家算的式子没用。"

俞尧无奈一笑,轻拍了一下他的后背,对四人说道:"都回去坐着吧。"

俞尧重新站回讲台上,被熠熠生辉的黑眼眸们注视着,他说:"我希望你们三年之后不只是坐井观天,碌碌于金钱和生活。井口外有无数的远方,无数的人们。你们有责任用既明教给你们的公式去解最适合、最理想的步骤——不需伟大,只要无愧。"

"或许有些老套,"俞尧莞尔,"这就是我想和你们说的话。"

一直认真看完这一切的岳剪柳忽然鼓起了掌,连带着全班一起,久久不息。

"这就是我给你们上的最后一堂课,"俞尧道,"望诸君前程似锦。"

"……"

就像是骤然停止的一场暴雨,教室顷刻变得鸦雀无声,只有下课钟声如约而至地响了起来。

"……最后一堂课?"

夏恩站起来问道:"俞老师,您是什么意思,您是要离开既明了吗?"

"明天离任。"

果不其然声音忽然轰地炸开,他们不可思议地、急切地问着。俞尧只能从七嘴八舌中听到一句声音大的——

"您为什么要离开?"

俞尧也不知道该如何回答,见到几张熟悉的面孔上的笑容渐渐僵住,不敢将目光在他们身上多逗留一会儿,只能用平静无澜的微笑回应道:"因为公事。"

学生们并不相信,尤其是夏恩等知晓些内情的学生,他们以为又是曹向帆兴风作浪了,于是异口同声地道:"俞老师,我们相信您的,如果校长误会了我们可以证明……"

俞尧谢了他们单纯的好意,心里提前打好的那些草稿塞在喉咙里,怎么也倒不出来了。

他只能先让所有人安静下来。

本来打算告诉他们明天他会在华懋安排一场送别宴,但就在此时,外面传来紧促的脚步声,教室门被粗暴地踹开了。

学生见到外面这伙穿着警服的人都愣住了神,俞尧则是骤然蹙眉。听到为首的警官粗着嗓子道:"俞尧在这里吗?"

俞尧从呆愣的学生堆里地站了出来,面色从容道:"是我。"

警官瞥了一眼手中的"通告",又瞥了一眼俞尧,说道:"有人报案说你拉帮结派殴打学生,散布谣言攻击淮市当局,勾结同袍社暗中进行危害社会的违法活动……多项罪名共担,现在我们要立案调查。"

他说完,没等任何人张口反驳,拿下巴一指俞尧,下命令道:"抓起来。"

徐致远从咖啡馆回来,心想着母亲大概早在门口摆下了十八道关卡,要等一一盘问之后再将他放行,于是到玄关长吁一口气,想好了对策。但是开门之后只见管家一人在客厅忙活,徐致远本以为逃过一劫,问管家李安荣是不是还没有回来。

管家却朝楼上使了个眼神,说道:"夫人正在书房招待客人。"

书房那是家里"谈大事"才去的地方,徐致远知道这不是寻常客人,问道:"什么客人?"

"熹华报社的牟先生。"

"我妈都已经从熹华辞职了,"徐致远眉头一皱,问道,"他又来做什么事的?"

"……关于俞先生的。"

徐致远的心猛然吊起,问道:"我小叔怎么了?"

管家目光躲闪,像是有什么事不能与徐致远道明,他说:"具体的事我并不详知。"

徐致远两步当一步地跨上楼梯,管家赶紧拦住他,说道:"少爷,夫人说谁都不能去打扰。"

"尧儿他去哪儿了?"

"他今早去既明上课了。"

徐致远又转头下楼,道:"那我去既明找他。"

"少爷!"管家紧紧地抓住他的手腕,道,"夫人让您回来就到房里好好待着,其余的事情我们会办好的。"

徐致远盯着他的眼睛,从中察觉出了些乞求的意味,久久之后说道:"好。"答应之后他瞥了书房的门一眼,回自己房里待着了。

徐致远进屋合门,趴在门上听见管家脚步远离时,撸袖推窗,按照老路子翻下了屋子。

他刚一落地,拍了拍手上的灰尘,就从栅栏的缝隙望见外面一个熟悉的身影在徘徊。

徐致远皱眉,大步走过去,拨开缠上栅栏的爬墙绿植,道:"你在这里做什么?"

冬以柏被这忽然出现在身边的声音吓了一跳,向旁边踉跄几步,认出栅栏后的脑袋是徐致远,先是骂道:"你有病啊!"而后缓了一会儿,道,"夏恩他们来这里找过你,你怎么不见!"

"什么时候,我没有见过,"因为和孟妙常见面而错过的徐致远疑惑道,"到底怎么回事?"

"俞尧他被工部局警察厅的人抓走了。"

这句话让徐致远心脏滞停了一下,忽然明白那牟先生来的目的了。他抓住栅栏起跳向外一翻,手心上被锈铁刺了一道黄红的痕迹,他道:"什么时候,什么原因?"

"今天上午,"冬以柏道,"夏恩说是因为殴打学生、散播谣言……勾结同袍会之类的。"

"殴打学生?"徐致远的声音降到冰点,想起了曹向帆在九号教室前闹的那场事,说,"你们家真是养了一条反咬成性的好狗。"

"关我……又不是我指使的他,这时候你朝我喊打有什么用处!"冬以柏一顿,生气地反驳,"要不是我今天……好不容易出来到既明一趟,俞尧死哪儿你都不知道!"

到处找不到人的夏恩在校园里撞上了逃出来的冬以柏,因为冬以柏之前有跟他们"合作"过,情急之下,夏恩把二人之前的过节放在了一边,将俞尧被捕的消息告诉了他,大概是希望他以这个"少爷"的身份能做点什么——奈何冬以柏也是别无他法。

徐致远眉心拧了一个疙瘩,道:"你什么意思?"

"我爹他要杀掉俞尧,案也是他报的。"冬以柏还是说了出来,道,"过几天我就要去留洋了,我能怎么办,我什么都做不了。"

徐致远攥紧拳头,说:"前两条'罪名'都不足以定死刑,至于勾结同袍会……如果他们借此去审判俞尧,那也就相当于坐实了徐镇平的包庇罪,这不是一件小事,没有确凿证据不可能轻易去动用这项罪名。"

"我爹不会想不到这层的。"

"别说这些有的没的了,"徐致远冷静道,"先去公共监狱救人。"

跟在徐致远身后的冬以柏脚步一停,道:"我去不了。"

"我知道,"徐致远哼道,"你去了我麻烦更大。"

冬以柏不吭声了，等两人的距离拉远了，站在原地的冬以柏才说了一句："你别让俞尧死。"

徐致远捕捉到了他的声音，却没有听清内容，回头问道："你说什么？"

"你别让俞尧死！"冬以柏咬牙切齿地喊了一句，仿佛在骂他耳朵聋似的，一句之后匆匆地扭头走开了。

公共监狱并不是什么隐晦的地方，徐致远出现在这里时，把正在巡逻的巫小峰吓了一跳，他左顾右盼地出了队伍，将他拦住静悄悄地道："少爷您怎么来了！"

徐致远开门见山道："我小叔在哪儿，带我去。"

"俞先生特地叮嘱我，千万要拦着少爷你，"巫小峰露出难堪的神色来，道，"您回去吧，俞先生没事，我替您看着。"

巡警见到徐致远，斥道："那边人来干什么的！"

巫小峰扭头连忙回应："是来探监的家属，我正拦着呢……哎少爷！"

徐致远趁着这不注意的工夫直接闯了进去，随手给巫小峰扔了一袋子钱，巫小峰劝不动他，只好一边擦汗，一边把钱递给方才斥他的那行人，嘴里赔笑地念叨着："通融一下，通融一下。"

巫小峰手脚嘴一块儿忙着，把徐致远领进了狱房。走廊阴暗，但也不用着他给徐致远引路——因为里面传来了一段缥缈的小提琴曲子。

徐致远脚步一停，他听得出调子是《月光》，于是顺着声源寻去，见到牢房里许多蓬头垢面的人扒着铁杆向外张望，也在好奇这清亮声音的来历，那神色就像是在夜里游荡久的蛾子遇着了一团遥远的火。

巫小峰跟在他身后絮絮叨叨的，徐致远也没听见，他只听见琴音渐近，终于在尽头见到了牢房里的俞尧。

那个景象徐致远永远也忘不了。明亮从这间牢房里唯一的窗户漏进来，几道光束里飘着灰尘，埋进破落的草堆里，洒到"回头是岸"的掉漆红字上。

俞尧面对这那扇窗，闭着眼睛拉着小提琴，自在极了。

徐致远愣了半天，在栏杆外道："小叔叔。"

声音戛然而止，俞尧转身见到是徐致远，快步走过去，皱眉道："你怎么来了，我不是说……"

巫小峰低头道："俞先生……我拦不住少爷。"

"你等会儿，"徐致远用力晃了晃铁栏杆，用力一踹，将铁墙门摇得丁零作响。他上下打量着，又看向那把锁，说道，"我救你出来。"

"少爷……少爷！"这动静闹得巫小峰连忙查看周围，劝道，"您别冲动，没有警察厅的指示，这里谁也不能放人啊。"

俞尧温声道："你不用担心，回去待着。没有证据，他们不会拿我怎么样的。"

"没有证据他们还将你关到这种地方！"徐致远转头对巫小峰道，"你只管告诉我钥匙在谁那里。"

巫小峰："我……"

俞尧一手伸出栅栏缝隙抓住了徐致远的手腕，看着他的黑眼睛，说道："致远，听话。"

徐致远默然半天，说："那他们什么时候放你出来？"

巫小峰连忙答道："警察已经在调查了，俞先生是清白的，肯定很快就能放出来。"

徐致远还是不放心，他探了一眼监狱之中，潮湿的草灰味挠得他鼻子不舒服。徐致远放开了铁栅栏，说道："那我也过来住着。"

"你当这是什么地方，想住着就住着。"

徐致远执拗道："小叔叔，不看着你我不放心。"

俞尧看着他的落魄又担忧的模样严厉不起来，只能头疼道："你又不听我话了。"

巫小峰见二人对峙不下，主动提出和缓的意见来，道："少爷……要不我跟这里的大人说说情，你什么时候来探监就什么时候放你进来。这里终究不是什么好地方，所以你就安心地在家里住，想来看俞先生了再过来，行不行？"

徐致远攥紧了五指，说："行。"

徐致远怕出了什么事赶不及，没告诉俞尧和李安荣，他这两天一直在酒店里留宿。李安荣对他的"抓捕"全让他躲过去了。

俞尧被抓的事闹得沸沸扬扬，徐致远这才知道俞尧在淮市原来知名度不小。有人在传他是《致盗火者》的匿名投稿人，也有人说他被捕是因为师德败坏——不过前者的声音很快就压倒了后者，因为俞尧门下的弟子自发地去工部局门前请命，初夏的太阳还是带着些烈头的。

一群人纹丝不动地在骄阳下整齐站着，引得路人们都频频回头观望。

徐致远去探监的时候遇到一次，派出来"调解"的官员正在和领头的夏恩说话。

夏恩和一众学生的诉求一致——澄清谣言，还俞老师清白。

那官员看模样就是个千锤百炼过的笑面人，熟练地拿"程序"和"正义"的官话应付着这群涉世未深的学生。

夏恩问了同行人的意见，他们虽然勉强信了官员的话，但还是决定将"请命"延续到俞尧被释放为止。

于是跟他们纠缠半天的官员的笑面一沉，不耐烦地原形毕露。拿退学威胁他们，还喊来了警务处的巡逻准备驱赶。

夏恩他们大概下了死决心，坚定道："我们不走。"

徐致远见冲突将起，立马上前叫住了夏恩，这群人见到他像是抓住救命草了似的，纷纷弃了那变脸如翻书的官员，围上来问道："徐致远同学！你知道俞老师怎么样了吗？"

徐致远道："不必担心，他一切安好。"

吊了许多天的一口气这才松开，徐致远趁机说道："他让你们不要意气用事，全部待在既明认真上课，不然等他出来要罚你们的。"

学生之间面面相觑，夏恩问道："是真的没事吗？"

徐致远一指门口，道："我现在便能进去看他，进出随意。"

夏恩见他从容的模样，心也跟着放了下来，便和同学商议。每隔两天派一个同学来打听消息,以确保那官员和他们承诺的事情不掺假。

学生散去,徐致远走进去,迎上了鬼鬼祟祟的巫小峰。

他轻声细语地跟徐致远说今早有一个女人专程来探望了俞先生。

听巫小峰的描述,徐致远眉头一皱,问道:"她是姓孟吗?"

"不知道,"巫小峰说,"那小姐只来了一会儿就走了。"

"知道了,"徐致远蹭了蹭下巴,朝他伸过手去,道,"钥匙。"

巫小峰不情不愿地将藏了半天的一把钥匙放到徐致远手上,说道:"少爷,您可要快点出来,我好送回去……"他嘟囔着,"这下王叔得骂我了……"

徐致远揣了钥匙走到铁门前时,俞尧正闭目养神,窗户透进来的光照了他一半身子。徐致远静悄悄地打开锁走了进去,脚步踏进干草之中的声响让俞尧警惕地睁开眼睛。

俞尧轻声说:"你怎么进来了……你哪来的钥匙!"

徐致远说:"我托巫小峰拿的。"

"任性,"俞尧责道,"你不要总是为难他,快点送回去。"

"我知道规矩,我不带你走。"徐致远闷闷道。

俞尧不说话了,叹了口气。

"牟先生来找我聊过,传达了寺山的意思,我只说考虑,并未答复。安荣她怎么样了?"他的探望让俞尧觉得稍稍放松了些,他碎碎念起,"外面发生了什么事吗?"

"我不知道,我这两天没有回去。"

"你……十九岁的人了,做事怎么还是随心所欲的!"俞尧着急道,"赶紧回家给安荣报声平安。"

"我知道了小叔叔,"徐致远说道,"孟妙常是不是来过了?"

"嗯。"

"她和你说什么?"

"没有特殊的事情,只是互相认识了一下。"俞尧自嘲道,"没想到和她的第一面竟是在监狱里。"

徐致远试探道:"你觉得她怎么样?"

125

俞尧知道他在故意绕开话题，于是又扯回去，道："看起来很稳重的一位姑娘，我搞不懂她为什么会喜欢你。"

徐致远本想接着和俞尧坦白他与孟妙常的真实想法，听到这话时不服气了，道："喜欢我怎么了？"

"我不和你掰这些，"俞尧道，"待会儿乖乖回家一趟，知道了吗？"

"哦。"徐致远还是赖着不肯走，说道，"我刚才看见为你抗议的学生了。"

这在俞尧的意料之中。仓促中被抓走，没来得及叮嘱这群小孩不要轻举妄动。他问道："他们现在还在吗，你帮我转达几句话。"

"我刚才已经劝了他们，我说，'俞老师让你们不要意气用事，全部待在既明认真上课，不然等他出来要罚你们的'。"徐致远道，"于是他们回去了，不过仍旧商量了一个法子打听你的消息。"

俞尧松了口气，评价这小兔崽子："偶尔还是靠些谱。"

徐致远喃喃道："他们一定很担心你。"

徐致远第一次步入狭小的监狱之中，望着身边的幽暗的铁栏杆，忽然产生了一种错觉：俞尧像在这片天地栖息的鸟儿，他不会再北飞南往、呼朋引伴、他会一直被关在在这里，他的可贵也不会有人发现……

这一瞬间的错觉让徐致远惊愕了一下，他闭上眼睛清除多余的心绪。忽然，听到一声遥远又不真切的"徐致远"。

徐致远的六魄许久才回神，看清楚了铁门缝隙外两道身影。他目光紧紧地盯着那高大的男人，恍惚地答道："爹。"

听到那声音俞尧也愣了一瞬，而这时徐镇平已经哐当打开了铁门，大步走进来了，紧接着，他给了徐致远重重的一巴掌。

身后跟来的牟先生目睹这番场景，眯眯眼笑道："没想到小少爷竟在这里躲着。"

徐致远眼前黑了一瞬，再看清楚他父亲的脸时，徐镇平又扬起了手来。

"镇平!"俞尧费了好大劲抓住了徐镇平的手腕,他下意识地拦在中间,张了张嘴,却不知道说什么。

徐镇平面如冷窖,直盯这失踪两天的逆子,眼睛里全是怒火,他道:"阿尧,你不用管了。"

"他没有故意消失,他这些天一直来看我。"俞尧仍旧没有松手,两只手便在微微颤抖地僵持着,俞尧说,"我纵容他的。"

大概以为这是长辈的恻隐之心,他甩开俞尧的手,指着徐致远,怒道:"一会儿再跟你论道。"

徐致远像是头被父威压制住的小狼,只是看着地面,一时说不上来话。

牟先生见缝插针地道:"徐长官,既然小少爷在这儿,我们要谈的事是当面说,还是……"

"'盗火者'本质是动摇淮市统治,身为联合政府一员,摆平舆论亦是我的责任。不过,我做我分内之事,你们也不要越俎代庖,将闲手伸得太远。"徐镇平冷静下来,横眉冷目地直接道,"俞尧是我们徐家一员,我可用信誉担保,你们阐述的罪名尽是莫须有。"

"唉……那姓吴的偷窃联合政府的情报被抓,竟被那篇陈词滥调的文章捧成英雄了,百姓的怒火被这样有意地点燃起来,消下去可不容易。"牟先生对这徐镇平笑道,"既然有徐长官担保,我们一定是信的,毕竟勾结同袍会不是小事……待我上报之后,就可以放俞先生出来了。"

牟先生又轻飘飘地说道:"您也知道,淮市的情报一直在泄露,抓了吴深院、方景行,仍旧无济于事。上头早就怀疑淮市有条潜伏的'大鱼',还因此派来了孟长官……这不事情没有得到解决,难免办事的心急抓错人,还望俞先生不要错怪。"说完,他朝俞尧鞠了一躬。

"不用你操心,徐家不容叛徒,"徐镇平没有看他,背在身后的五指一攥,上面还残留着那一巴掌余下的热麻,微不可察地发颤了一下,他说,"如若有,我会亲手解决。"

说完，牟先生眯眯着眼睛点头，说是回去上报了，只剩下徐家父子与俞尧三人。

徐镇平冷声对徐致远道："现在给我滚回家去，你妈找了你两天。"

"我不走，"大概是被那句"亲手解决"给刺激到了，徐致远空长了一个顶撞父亲的胆子，说道，"你这么能耐，干脆把我也关进来算了。"

徐镇平："你说什么？"

"我不走，就在这和我小叔一起。"

"致远。"俞尧抓住徐致远的手腕，将他向身后一拉，气头上的徐镇平这才没跟他动起手来。

俞尧看着徐致远，亲自劝道："你还记得不记得我刚才说的话？先回去和安荣报个平安，不要任性。"

徐致远望进他温和的眼眸里，闭口不言。

"我不跟你废话，混账东西。"徐镇平怒火压着，徐致远的顶嘴以及在俞尧身边低眉顺目的模样却给他火上浇油，他负在身后的拳头握得青筋鼓起，他道，"你究竟回不回去？"

徐致远感受到手腕上的力度逐渐缩紧，又看了俞尧一眼，只好缄默地走出牢房，将铁门摔得哐当直响。

待脚步声消失了，徐镇平才缓缓开口，说："他给你添麻烦了。"

虽说是"致歉"，徐镇平的语气中的冰冷和怒意却仍未消融。他对于俞尧这荒唐的纵容心存不满，但又不好和儿子对话那般撕破脸来说。

俞尧说："抱歉。"

徐镇平深深望了他一眼。俞尧以为他会问起自己究竟是不是加入了同袍会，但是徐镇平没有，两人像是各自有着一层不为人知的膜，透过模糊的视角相互静默。

"警察撤销立案也需经过程序，再委屈你在这里待一天，后天我来接你。"徐镇平留下这句之后离开了。

狱里空荡荡的，怕被发现偷钥匙的巫小峰赶紧溜回来把锁上好，环顾四周之后，悄悄问道："俞先生，您需要什么东西尽管和我说。"

"不用了，"俞尧抵着额头，疲惫地在石床上坐下，抬眼看着他说道，"请你这些天帮我留意一下致远。"

巫小峰点头道："好。"

徐致远离开工部局的公共监狱时，心乱如麻，阳光灼疼了他脸上的伤痕，晃得眼前白花花一片，脑海里还在不断回放着刚才的情景。

他担忧俞尧，父亲的突然回归让他不祥的预感更盛。他的眼前仿佛被成形的冗杂情绪拥挤着，只能看得见脚下走的这条路。

他撞到了人，匆匆地说了声对不起。那人的首饰被撞到了地上，徐致远捡起来还回去，发现对方是个魂不守舍的女人。

她在伸长了脖子朝工部局张望，神色急迫又迷茫，徐致远叫了好几声"女士"她才回过神来。

是个中年妇女，身着锦衣绣裙却不修边幅，憔悴的面容让人看得出是因他事失了魂，无心修理妆容。

女人呆愣愣地将徐致远递去的手镯取回，点头道谢，嘴中念念有词地向工部局走去。而那几个巡逻的士兵似乎见怪不怪一样，直接略过了那女人。

徐致远只是留意了一下，没有思忖太多，独自走回了家。

李安荣开门时眼睛发红，看见是徐致远，扬起手来就要打，可儿子落魄的模样映入眼帘，也没舍得将巴掌真的落到他身上。

"你还知道回来！"李安荣收回手来，生气道，"上次也是这样，你总是在最危险的时候和我玩失踪，徐致远，你什么时候长记性！"

徐致远只说了一声"对不起"。

母亲能饶了他，但是徐镇平却不能善罢甘休——管家和李安荣两人拦着才没有让他大动干戈，但徐致远这番任性之行不可不训，徐镇平只好退而求其次地让这逆子在老地方跪着。

徐镇平在客厅来回踱步，骂了他好长时间。

李安荣的身影被多日的担忧和失眠折磨得微微踉跄，看着跪在客厅的儿子说不出话来，拒绝了管家和丈夫的搀扶，慢慢地独自上楼了。

直到徐镇平也骂不出什么东西来了，恨铁不成钢地叹了口气，对管家说："就这样让他跪半个时辰，看着，他别让他离开一步。"

管家点头答应。

徐致远听见脚步声渐渐通往楼上，想要自嘲地笑一笑，却连嘴角都提不起来。

半个时辰过去，管家想要提醒他，但门外似乎来了什么人，于是他出去一趟，没一会工夫就回来，对跪着不动的徐致远道："少爷，起来歇歇吧。"

膝盖麻得没什么知觉，徐致远到沙发上躺了一会儿，问道："刚才是什么人？"

"没事。"

"您不用瞒着我。"

管家资质老，认识的人和消息门道也多，深叹一口气道："是工部局廖德的夫人，自从在家门口见到廖大人惨死的尸体，精神就出了点问题，人都说她疯了……可还是能正常说话交流的。"

徐致远蹙眉，拖着发麻的腿蹒跚一步，走到窗边，看到了那个女人的身影。巧合此物真当玄乎非常——他从监狱回来时撞到的那女人便是廖夫人。

徐致远问："她来我们家做什么？"

"不知道，我问过夫人，她也没和廖夫人有什么约会。"管家道，"在廖大人死之前我们两家并无联系，反倒是这几日廖夫人来拜访得勤，加上今天是第三次了，可她到了门口也不进来，只问主人在家吗，我说完她就走了……看样子是真的有点疯。"

徐致远却觉得有些不对劲，心里回想着廖夫人在工部局门口急切地张望，背后总有些不好的预感。

果真，他猜测得没错——傍晚时分，他在自家后院的栅栏墙外的老地方，见到了前来报信的冬以柏。

冬以柏双手抓着生锈的铁杆，轻声喊道："姓徐的！徐致远！"

徐致远敏锐地察觉到了他的声音，翻身下楼，赶紧过去道："怎么了？"

"你一定要跟俞尧说……"他好像是跑着过来的，声音里带着些气喘吁吁，他道，"让他提防廖德他老婆。"

他这一点醒，让徐致远的心中吊起了块大石，说道："什么？"

"我爹前些日子经常见她，我本来觉得没什么，廖叔生前和他本来就是常见面的好友……"冬以柏道，"但是你知道吗？那女人疯了。"

"知道。"

"我今天才偷听到老管家和我爹的谈话，他们给那女疯子洗脑说……是俞尧杀了廖叔！他们要教唆她去找俞尧报仇。"

徐致远脸色阴沉下来，手劲没控制住，掰下一块铁锈在手心捻成碎末。

"你一定跟俞尧说，现在就去，"冬以柏难得语气中露出些恳求来，道，"明天寺山会请俞尧去做客，这是洗清他罪名、撤销立案的条件……到时候廖夫人和我爹都会在场。"

徐致远："知道了。"

冬以柏松了一口气，拍了一下手中的锈迹碎屑，将要离开，听见徐致远叫住了他："你等一下。"

"怎么了？"

徐致远别扭地张嘴："谢谢你。"说着扔给他一个铁盒，冬以柏接住的同时认出来，那是俞尧曾在办公室试图给他但被他拒绝的糖果。

"拿着吧，你俞老师的。"

"……"

在那算不上正式的"联络地"，两人之间的前嫌似乎冰释了些许。

而在即将笼罩淮市的夜幕之中，两人谁也没有注意到，隔着一条街的繁华处，停着一辆不起眼的吉普车。

车上的老管家和冬建树看着他们家的少爷屈尊纡贵地将简陋糖盒往兜里随便一塞——冬建树身为父亲最清楚，儿子这副嫌弃的表面下明明是开心的。

　　见冬以柏的身影又偷偷沿着小路跑回去了。老管家才对冬建树道："先生，我们走吗？"

　　冬建树一面达成了"目的"，一面又知道了儿子一直在通风报信——虽然早有察觉，但还是心生怒意。于是脸上混合出了一个扭曲的表情，阴沉地哼了一声道："走吧。"

第14章 大雨

今天本该是立案被撤销,俞尧被接回来的一天。淮市却忽然下起了一场暴雨,它来得突然且猛烈,把许多毫无防备的车与人都困在了外面。

徐致远被关了禁闭,为了防止他再翻墙跑出去,禁闭的地点是连一张床都没有的书房。他困了只能在桌子上趴着小憩。中间被雷雨声吵起来,拉开窗帘一看,外面的乌云如墨,虽然是白昼时分,却与黑夜并无二致。

心里想着俞尧的事,徐致远的心情不由得紧张了起来,坐立难受。

他敲了敲书房的门,喊自己的父亲母亲,却只得到管家的一句:"老爷和夫人去接俞先生了,大概在外面被雨困住了。"

徐致远攥起手指,找了个肚子不舒服的借口让管家从门外打开了锁。他故意在厕所待了许久,又捂着肚子装模作样地在客厅逗留了半天,喝了杯管家替他煮好的热水。管家看得出他似乎在等待些什么,问道:"少爷是约了人吗?"

徐致远清了清嗓,掩饰道:"没有……我就在这里歇会儿……"

他话音刚落,不停向窗外飘的目光就捕捉到了昏暗中一抹不起眼的身影,打着一把被风吹得歪斜扭曲的伞,艰难地往徐府的房子跑来。徐致远将杯子放下，立即站起来，打开门朝风雨里喊道："脚下！小心绊倒啊。"

那身影正是巫小峰。

耳畔全是哗哗的雨声，他听不清徐致远的喊话，眯着眼睛将吹得变形的伞面从眼前拿开"啊"了一声，紧接着就被不起眼的铁门槛绊了一跤——虽然不至于摔倒，他手里的伞却趁机飞进风里，七零八散地回归"自由"了。

徐致远啧了一声，只将外套往头上一遮，跑进雨里将被淋蒙的巫小峰带进屋子里。管家赶紧递了两条干燥的毛巾，徐致远顾不上擦身上的雨水，问道："怎么样了？"

巫小峰将脸上的雨水用力一抹，喘气道："寺山今天出现在公共监狱，把俞先生接走了。警察说经调查之后证据不足，所以俞先生无罪，可以释放。"

徐致远磨了一下后槽牙，道："我嘱咐你的事，你跟我小叔说了吗？"

"说了说了，一字不差。"巫小峰赶紧点头，道，"俞先生也让我对您说，让您不要担心，他会平安无事地回来。"

"你看到我爸妈过去了吗？"

"徐老爷和夫人是在俞先生被接走之后才到的，车子的发动机坏了，现在正在局里办公室里歇息，他们等雨停了就会回来。"

得知一切顺利后的徐致远松了一口气，往沙发上一瘫，说道："辛苦你了，喝点热水吧。"

巫小峰边擦水边道谢，身子被入喉的热水暖回来一些温度，他嘀咕道："偏偏这时候下雨，这恼人的天气。"

徐致远仰头倚在沙发背上，转头看向窗外——他的心中仍旧充斥着莫名的不安。他知道俞尧接受寺山的庇护是为了借其手撤销立案，掩藏身份。

报案人既然敢提出"勾结同袍会"这条罪名，肯定是察觉到了什么，加之他同伴仰止老板的"嫌疑"并未洗清，若是任警察去调查，说不定会暴露什么致命的蛛丝马迹，到时不仅是功亏一篑，还会牵连到他的"保护伞"徐镇平。俞尧也将被推到进退两难的风口浪尖。

楼梯口的电话响了，管家前去接起，静静听另一边表明目的之后，说了声："抱歉女士，俞先生不在家。"

徐致远绷紧的神经几乎要对俞尧的名字过度应激了，他问道："是谁？"

"是裴夫人。"管家道。

徐致远早就忘记继续演"肚痛病人"了，他翻过沙发，接过管家手中的话筒，道："是六姨吗？"

话筒另一边是两个声音，吴苑小心翼翼道："小少爷？"裴林晚接着道："阿尧还没有接电话吗？"

徐致远刚安抚好的心脏又不禁失速地跳了起来，他问道："怎么了？"

吴苑似乎不怎么习惯用电话和别人聊天，磕磕绊绊地道："小少爷，我是要找俞先生……俞先生是不是不在啊？刚才有人说的。"

"俞尧是不在。"徐致远经过了这些时日，性子里逐渐沉淀下些耐心来，道，"刚才是我们管家接的电话。六姨，你打电话来找俞尧是有什么事吗？"

"我担心小……担心裴禛，是林晚提的主意，让我打电话给俞先生。她说嗯……她说俞先生会知道。"

徐致远并不能理解吴苑的意思，他知道裴林晚比其他同龄小孩聪明懂事，便引导道："您可以把电话给林晚吗？"

"哦哦，林晚——是徐少爷在说话，你来替六姨接。"吴苑把话筒递过去了，静默一会儿，徐致远听到一声稚嫩又清脆的"致远哥哥"。

"林晚，你叫六姨打电话来是有什么事吗？你爹去哪儿了？"

"是这样的，"裴林晚解释道，"刚才下了好大的雨，雷声轰隆隆地响，可是爹忽然接了个电话，是中心医院的大叔叔喊他过去，要给人做紧急手术。"

"大叔叔？"

吴苑在旁边解释道："是小裴的领导，中心医院的院长。"

"于是爹就让我好好在家里待着，听六姨的话，自己开车出去了。"裴林晚道，"可是外面的雨越下越凶，中心医院又打不通电话。六姨担心得紧，我就和六姨说找阿尧，我从前遇到麻烦总是会找阿尧。"裴林晚许久都没有见到俞尧了，忍不住岔开话题，轻声问道，"致远哥哥，阿尧回来你能让他给我打一个电话吗？写一封信也可以，我给他写了好多。我有点想他了。"

徐致远愣了一下，先答应了下来："好啊。"又接着问道，"你说庸……你爹去做紧急手术？是有人出事了吗？"

"爹也这么问大叔叔了，大叔叔只说，'暂时还没事，来医院候着'，除了爹他还叫了四个医生。并没有说是给谁做手术。爹好像也很疑惑，一直皱着眉头。"

"……"徐致远忽然觉得这事情有些诡异。听裴林晚描述，裴禛要参与的手术大概是只有几个同事知道的秘密工作。没有人知道这场手术的主人公是谁——如果是原在医院里随时可能垂危的重症患者，身为主任的裴禛听到消息时不该是疑惑的，而如果是外来的伤患，"暂时还没事"是什么意思？有人即将冒着大雨把一个"暂时没事"的伤患送进医院，院长还秘密召集医生候着给他做紧急手术？

不知为何，心中乱七八糟的心绪杂糅着，徐致远看着外面的大雨，越来越心悸。

淮市上方的天空像是块漏了洞的黑锅底，水瓢泼般地往缺口涌。

铁门打开，一辆黑色吉普车冒着大雨缓缓驶入寺山府上的院子。

肥胖的男人在门口恭候多时，车子一停，他身边的牟先生就撑开了伞，去迎接走下车门的俞尧。

俞尧身穿着寺山特地让人为他带过去的黑色西服，脸上没有多余的表情，气质比以往更为严肃不苟。

"俞先生，终于等到你了，"寺山说着，脸上肉纹挤出一个眯眼的微笑，他朝门里做了一个"请"的姿势，道，"我们在里面恭候多时了。"

俞尧颔首，背后袭来雨天的潮湿与寒气，进门时见到了许多宾客，在其中果真见到了冬建树……和廖夫人。

廖夫人还很年轻，身量苗条，穿着黑色底白色蕾丝的法式露背连衣裙，头戴网纱礼帽，化了浓而不艳的妆，正式而端庄。她正操着一口外语与沙发对面的日本女人有来有回地说笑，单看这两人会让人误以为这是一场贵太太的下午茶。

她这副样子与巫小峰描述里的"疯女人"大相径庭，俞尧不禁留意了她一眼，廖夫人显然也看见了他，表情像是忽然堕入了冰水里，一眨不眨地注视着走进屋的俞尧，瞳仁里闪烁着一些焦急和期待。

俞尧被这副目光笼罩着，从容地朝沙发上的一号人微微鞠躬，冬建树客套地也站起来迎接，伸过手去，皮笑肉不笑道："俞先生，许久不见。"

俞尧与他握手，也有许多他眼熟的人朝他伸出手来。牟先生随后紧跟来，恭敬道："俞先生，换下外套吧，有些湿了。"

俞尧将西服脱下来递给他。客厅上方巨大而华丽的吊灯散发着柔和的光芒，俞尧按照寺山的意思于沙发的空位置坐下，而正巧在廖夫人的对面。

廖夫人似乎不自在地挪动了一下位置，不敢去看他，紧了紧从进屋就一直罩在身上的披肩。

寺山在"主人"的地方坐下，处在妻子和俞尧的中间。他的女儿跑过来坐到爸爸腿上叽叽喳喳，寺山说了几句，接着把她递到了妻子怀里。

寺山夫人摸了摸女儿的头，女人的乡音糯软，朝在座之人解释一番，鞠躬退下了，临走之前还对聊得不错的廖夫人微笑着说了什么。而廖夫人摇了摇头。

牟先生知道俞尧"听不懂"日语，于是翻译道："夫人要带着千金回房休息了，让先生们好好聊。"

俞尧垂着眼睫，他知道她刚才在邀请廖夫人一起上楼，给他们腾出说话空间来，但是廖夫人谢绝了她的好意。

不过他还是兢兢业业地演着"语言不通"的样子，顺着牟先生的翻译点了点头。

寺山夫人乍一上楼，寺山便叹了口气，说道："俞先生，怪我没有早点知道你的冤屈，让你在狱里吃苦了。"

俞尧暗暗腹诽，他不但知道得不晚，还对他坐牢的原因"心知肚明"，却装出这副无辜又善良的模样来。

其余人马后炮地迎合道："俞先生的为人我们了解，冤屈我们也是知道。"

"定然是有心人的诡计，让您受委屈了。"

俞尧没有工夫来做什么虚伪的表情，从进屋开始面容就冷得很，他说："还要感谢寺山先生出面为我证明。"

寺山笑道："分内之事。"

有心人之一的冬建树瞥了他一眼，道："怎么，看俞先生的样子，似乎是不太高兴？"

"没有，"俞尧道，"狱中久待，出门又遭雨，身体有些疲乏而已。"

众人纷纷说着，廖夫人忽然出声搭话："俞先生为什么会蹲监狱呢？"

她这话好像空荡房间里的一阵冷飕飕的风。俞尧抬头望向她，她正直勾勾地盯着寺山，只有嘴唇翕动。

"因为……"

"都是些小事，"寺山打断俞尧的解释，似乎对于廖夫人在这里待着感到不满，话里对这女人下了些逐客的意思，说道，"廖夫人要问的事情我已经和冬君解释过了，如果你还有什么问题，我恐怕无言以对。"

"寺山先生多虑了，我只是好奇一问而已，并无恶意。您和冬先生的说辞我自然是信的，我还要多谢您……"廖夫人一顿，又继续说道，"多谢您这么关心廖德的案子呢。"

似乎是觉得在这等场合说死人的名讳不吉利，寺山道："不用再提了。"

廖夫人颔首，说是不再打扰，上楼找千金和夫人聊天了。

俞尧感受到廖夫人在自己身上深深留意了一眼，越发觉得心中不宁。始作俑者冬建树佯装不知，饶有兴趣地问道："俞先生，您是觉得廖夫人身上有什么奇怪之处吗，我见您一直在看她。"

俞尧说道："没事。"

"爱美之心人皆有之，看来俞先生也不例外。"

听到这话，在座一阵笑声，冬建树顺势看了看钟表，说到了该回去的时候，众人以大雨挡路挽留，冬建树却说是一些要紧的私事，挥别之后在门口与牟先生擦肩而过，牟先生给他递了伞，他便冒着雨找车子去了。

仆人来上酒，乐师在一旁奏起曲子来，人声的喧哗漫过别墅，逐渐胜过了窗外的雷雨声。

红酒不醉人，寺山却喝得有些微醺，眼睛眯起的弧度中逐渐染上了一点其他意味。他和俞尧大谈文学艺术，声称对中原文化十分感兴趣，说要请俞尧去看他珍藏的山水画。正好俞尧被喧闹吵得头疼，便同意了和他去个清静之地。

而寺山领他上楼的时候安静得反常，俞尧心中倒是开始警惕起来。

果不其然，他被寺山带入房间里，还没见着书画的影子，寺山就神秘兮兮地将门一关，拖着长腔道："您也不想再回那昏暗的狱里待着了吧。不如到我麾下做些事……"

俞尧淡淡地道："我还以为寺山先生是真心想找我赏析书画，原来别有用意。"

"您一直这样假矜持，"他露出了平常不会有的鄙夷眼神，嗤笑道，"您为了得到徐家的保护，不是还利用过徐镇平他儿子吗？"

俞尧的脸色阴沉了下来，但拳头刚攥起来，敲门声打断了这场对峙。

寺山屏住呼吸，听到门外静了一会儿，廖夫人的声音传来，道：

"寺山先生和俞先生在吗？"

"我在和俞先生赏析书画，"寺山不耐烦地道，"有什么事？没有事就退下。"

"夫人找您。"她说，"令千金有些不舒服。"

寺山蹙起眉头来，狠狠地唾了一声，道："刚才还不是好好的吗？"

外面沉默一会儿，廖夫人说道："您还是来看看吧。"

寺山只好整理了一下仪容，腮上的两堆肉扯了扯，说："等着，来了。"

"劳烦俞先生稍等片刻。"他瞥了俞尧一眼，强调道，"您今天要是走了，我日后还得去监狱接您一趟。"

俞尧沉默不语。寺山开门之后，他看见了门外的廖夫人，她还是那个一手紧着披风的姿势，神情像是覆了一层阴冷的死灰，双眼幽幽地盯着他，又转向了寺山。

门关闭，俞尧的拳头只能发泄在桌面上。他虽然脾气随和，但是却十分厌恶这样被动地受制于人。

他开门出去，蹑手蹑脚地走到楼梯口，发现有两个黑衣人就在楼下守着，大概率是寺山安排来堵他的。

他只好稳下情绪来整理思路，他回到房间里走了一圈，目光望向窗外。大雨还在倾盆而下，这里是三楼，外面光线昏暗且没有什么可以借助的攀爬之物，从这里翻下去不是什么简单事。

他打开窗子，雨声轰轰地涌了进来，他将身子探出去才发现，其实后院里有一棵大树，正巧对着旁边的房间。

他再次出门，而旁边的房间的门却并不在"旁边"，要绕过走廊的拐角才能找到入口，俞尧贴着墙根走了一会儿，却听到议论声渐近。

俞尧皱眉——是寺山和廖夫人的，原来他们并没有走远。

寺山暴跳如雷，用日语道："我已经说了，我与廖德的死无关。念他之前为外洋政府做事，没有功劳也有苦劳，补恤我已经派人送到了你的家里，你这个女人究竟还想怎样？"

看来"千金的身体不舒服"只是廖夫人的借口。她脸色苍白,紧紧地抓着自己的披风,忽然有了些"疯子"的模样,红着眼睛说:"不想要钱,今天是我来这里的最后一次,我就想知道他是不是被……"

"你问我我也不知道,"寺山甩开她的手,道,"蠢女人,不要打搅我的事情了。"

"我……"

俞尧向后撤了一下,因为他忽然感觉到廖夫人敏感的目光触碰到了他微微露出的衣角。

"俞先生,俞尧是你吗?"廖夫人的声音像是颤抖着尖叫。

俞尧闭上眼睛,想着就此站住不动了。可寺山却也转身向这边看来,问道:"俞先生……"

寺山的声音戛然而止,取而代之地是一片寂静和一声噎在嗓子里的惨叫。

听到这动静,俞尧瞳孔一缩,立马站出来,只见一把匕首刺进了寺山的胸膛——那匕首原来一直缝在黑色的披风之下隐藏着,此时穿透、扯破了薄薄的衣料,钉在了寺山的身上。

廖夫人踉跄地向后退了一步,而刀也伴着如涌的鲜血拔了出来。

寺山脸上的表情十分痛苦——刀刺进的是他的左胸膛,以廖夫人的力度并没有一击致命,但疼痛使寺山倒在染血的地上大口地喘气哀号。而疯魔的廖夫人脸色苍白地、尖叫着又往他身上刺了几下。

俞尧被寺山当成了一棵救命草一般望着,他下意识地上前救人,而廖夫人手中沾满鲜血的匕首也顺势挥向他。

她的冷艳的连衣裙上沾了刺眼的红色,像是在裙摆上绣了一朵可怖的红玫瑰。

俞尧没给她挥刀的机会,眼疾手快地抓住了她的匕首,扔出半米远去,用力抓着她的手腕道:"你冷静一点!"

可出乎意料的是,廖夫人两手抓住了他的衬衫衣袖。仿佛理智忽然回了笼,她激动得语无伦次地道:"俞先生,俞先生……你快走。我知道你是来帮我的,是他杀了我丈夫!是他!"廖夫人尖叫着指着地上的寺山道，"我知道你一直在帮我，你今天也一定会来帮我的，你是好人……"

"……"

白色的衣料上浸染了大片殷红的血迹，出乎意料的俞尧的背后被冷汗和凉意湿透。

他这才后知后觉——廖夫人的目标根本不是自己。

而后，听到动静出门查看的寺山妻子走到这里，见到了这血腥的一幕，大声尖叫了起来。

俞尧放开廖夫人，去扶奄奄一息的寺山，神色凝重地喊道："快去叫医生！"

寺山妻子听不懂他说的话，也并没有从恐惧中回过神，她的尖叫反倒把看守的仆人引了过来，所有人见到这一幕皆是一愣。

而凶手廖夫人已经趁这会儿工夫摸索到了地上的匕首，神志不清地喊了声"俞先生你快走"之后，将利刃刺进了自己的喉咙。

地上只剩下两摊鲜血，和一个百口莫辩的俞尧。

"还顺利吗？"

"十分顺利，正在送往医院。"

"俞尧呢？"

"和您计划的一样，一位宾客在他的外套口袋里找到了他与廖夫人私自来往的信件，加之寺山妻子的'目证'，罪名可以坐实了。可惜的是那疯女人没有把其他的信件送达徐府，不然还可以把徐镇平拉下水。"

"啧，俞尧口袋里的信是她什么时候塞的？"

"廖夫人今晚神经兮兮的，哪顾得上这个……当然是我塞的。"

"怪不得……你可千万别留下什么指纹，让俞尧他们抓着把柄反咬。"

"不会，没留下。而且证物都交给警察了。"

"还是老牟你办事周全些，廖德生前和金吉瑞一样，一个个都是些蠢脑子。"

"哈哈，冬先生过誉。"

"中心医院那边联系好了？"

"院长早就找了医生在那里候着了。"

"早就等着？那些人都可靠吗？"

"院长自己挑的下属，都是他信任的。那院长的为人和品性我是知道的，他答应这件事不是为了帮我们，而是他心里想着要'为国除害'呢。"

"那就好，熹华社的记者一会儿就赶到。明天的头条会很精彩。"

"您看……"

"你一定要做好寺山妻子的疏导工作，让她知道我们能替她报仇，严惩'凶手'。在田松银行争取到她的股份之前，不要让她离开淮市。"

"好的。"

"届时您也就是我们的股东之一了，屈居在寺山手底下做事，委屈了你的能力啊老牟。"

"哈哈……"

雨还没有停的意思。

裴禛已经在医院待了近两个小时，从医院到家里的电话线路不通，裴禛对妻女的担忧越来越重，而他们要等的"病人"终于姗姗来迟。

同事喊他过去，裴禛立马将心情平复下来。可是到达手术室的时候，却见到院长和几个一起被召集过来的同事围在手术台旁边，神情凝重地一动不动。

"怎么了？"裴禛看向中央那个胸膛尽是血的伤患，但是忽然发觉不对劲，上前查看了他的瞳孔，眉头紧紧地锁了起来，道，"他……已经死了？"

同事一直低着头，回道："二十分钟前，心跳和呼吸停止。"

院长和同事的反应更让他觉得不对劲。裴禛看着毫无处理迹象的尸体,不可思议地问道:"为什么眼睁睁地看着却不抢救?"

院长声音又轻又慢,说:"他是那个臭名昭著的寺山。"

裴祯这才仔细看了一眼尸体的脸,深吸一口气,让自己冷静下来,说道:"可这里是医院,用这种理由来为见死不救解释,很荒诞。"

"被送到这里的时候他已经死了。"

裴祯皱眉。

"小裴,你听我说,我知道你们很疑惑,我可以跟你们解释。"院长道,"有人提早告诉我,寺山今天会被行刺,就算伤口不至于一击毙命,送来医院的路上也会被下手。中心医院只需要配合走过场,拿出抢救无效的证明而已。"

裴祯和同事的表情一样震惊,道:"什么?"

"你们都是我最信任、重视的孩子。出了这个门,只需要对外界说'这场手术的结果很遗憾',其余的不需要提。"

"……"

过了很久,一个年轻人咬紧牙关,或许在找一个能和自己的良心相抗衡的理由,问道:"这是不是……淮市政府的意思?我们这算是配合工作吧?"

"是。"

"……凶手会得到严惩吗?"

"会的。"

"凶手是谁?"

院长摇头。

"他在路上就已经去了,就算是没有这件事,凭我们也是无力回天的,逮捕凶手是警察的工作。你们不必感到愧疚。"

这群人仍然低着头,五指紧攥着,好像在很艰难地过着什么心理上的槛,又互相劝慰了几句,说:"我们会配合的。"

之后他们开始处理,只有裴祯一声不吭地,阴着脸走出了手术室。

已经是深夜,雨声愈烈,砸在窗户玻璃上,时不时会有几道惊雷照进走廊。

裴禛看见了急救室外等候的"家属"——两个黑衣人一言不发地望着他走开，没有什么焦急的神色，皆是一副蓄谋已久的平静。

裴禛的心绪不宁。他历来行事坦诚，没有参与过这样阳奉阴违的事情，即使它的目的是出于某些"大义"。

他对寺山谈不上有什么好感，甚至是厌恶，但也十分反对院长的这种做法。

听院长的意思，寺山之死很快就会引来社会的关注。如果外界介入，他们其中哪怕有一个将寺山真正的死因透露出去，他们这群人都可能被冠上同谋罪。

而院长喊的这些同事，不只是他信任的，更是家中已有妻室或儿女的——这一点让裴禛十分不舒服，他甚至没有了解事情的全貌，在被打电话叫过来的那一刻起，自己就已经被动入伙了。

裴禛眉间的褶皱尚未消散，在无人的办公室待了很长时间。院长出来"语重心长"地和他聊了几句，而他只能点头，望着窗外的黑夜与雷雨，缄默不语。

这场大雨是白昼的噩耗，黑夜的福报。它冲去了无数的罪证，却淹死了本站在光明里的人。

"暴雨拦路，路途颠簸，局部停电，都是'延迟就诊导致抢救不及时'的理由，责任又不会全部怪在医院。他们不会拒绝的。"

"不管怎样，寺山一定得死。"

"那廖夫人怎么办？"

"那女人就无所谓了，她又说不了话了。"

"我有些好奇，冬先生究竟是怎么说服她的？"

"这说来话长。廖德是梨落坊老板杀的，廖夫人见到尸体受了刺激，以她的性子当然要去查，可这一查可不得了，廖德在梨落坊偷腥的破事全抖搂出来了。廖夫人不愿意信，天天来找寺山'讨公道'，直到后来神经崩溃。我就找了个洋医生给她催眠——告诉她廖德的死其实是寺山一手造成的。"

"为什么要选寺山?"

"哼,我倒是想选俞尧。只不过那洋医生说,给廖夫人灌输的意识最好是合乎她'认同'的,她与俞尧没什么交集,很难凭空去将他认定成一个仇人。倒是寺山……廖德肯定平时就对他的洋主子颇有微词,而潜移默化地影响了他的太太。加之寺山赶了'讨公道'的廖夫人太多次,她心中积攒的怨念很深,这才灌输成功的。再说,除掉寺山对我们也有不少好处。

"至于俞尧,那是附带的。他与外洋政府不和尽人皆知,又被一些人吹捧得高尚极了。让廖夫人以为他是一个'大义无私'的帮手,要比认知成仇人容易得多。"

电话一边发出一阵笑声来,像是卑鄙的庆功宴。

裴禛给家里道了平安,一晚上在中心医院里将就着度过。

翌日天空阴沉,空气里弥漫着暴雨冲刷后的腥臭气和潮湿,时不时地就会有微雨淅淅沥沥地下起来。

他也不知道后来那群同事与黑衣人是如何处理的,一上午风平浪静。

可直到他回家时在沿路听到了报童的号外声,听到路人碎杂的议论声。

"谋杀"二字刺进耳膜,裴禛赶紧买来报纸,瞳孔一缩,在嫌疑人三个字的下面,紧接着看到了俞尧的名字。

寺山死了。

外洋政府在北城吃的瘪一股脑地转成了愤怒,借此发泄到了联合政府身上,使得欺软怕硬的后者头上多了不少"欲加之罪"。

他们明白现在的和平是纸扎的,他们的洋大人迟早要找借口放一把火,而寺山之死太像一根"导火索"了,叫他们的心一下子从得过且过中猛然吊了起来。

淮市下完了雨,晴日渐渐地从阴云里浮现出来,随之而来的酷暑湿气，钻进人的骨头，惹得人心也惶惶。

老人的寓言都连着天命，土生土长的人们抬起苍老的眼来望向飘忽不定的薄云，咂摸出一些风雨欲来的气息来。

"咱们与洋人总要再打一仗的，只需要一个契机，没有多少太平日子了……"

路上的车子也没因为这般"杞人忧天"的言论而停下轮子来，报纸上仍旧奇闻逸事当道——淮市还是平常的淮市。只有路过茶饭酒馆听上一耳朵，才能听到平凡者的忧心和唏嘘。

"这可不单单是偿命的问题，寺山死这里了，外洋政府说什么也得借题发挥，至少割淮市的一块肉吧。"

客人饮了一壶酒，叹道："淮市这群无用的东西怎么就不能跟北城似的，脱离那个形同虚设的联合政府，跟洋鬼子们打一架。"

同伴做了嘘的手势，轻声责备道："什么话你敢在这里乱说，小声些。"

王叔说："不一样……外洋政府的大头就驻在淮市，可以直接指示淮市政府给他们办事，而其他的地方，抚临、吴州、北城……都是他们经过联合政府这个傀儡来扯线控制的。淮市要想摆脱他们，最难。"

同伴瞻前顾后地望了一圈，道："你们再这样谈这些东西，我可就要走人了。"

客人哼道："不谈，不谈了还不行吗？"

同伴点着桌子，无奈道："你们怎么就从俞尧扯到政府身上了，咱不就是单说他吗？"

"他不是同袍会的人吗，同袍会的人杀了外洋政府要员，已经不是简单的谋杀，怎么能不扯到政治上？"

客人疑惑："同袍会？什么时候查出他是同袍会了？"

"今天最新的报纸你没看吗，说是在他学校查出了证据，他为了免拷打自己招的，"王叔忽然把声音放低了，和他同桌的人见状下意识地凑过头去，说，"我一干儿子跟他关系挺好，他早就在我这里打听一个被抓的同袍会人，姓吴。那时候我就估摸着他的身份有问题了。报纸上八成说的是真的。"

客人说："唉，那他这还有回旋的余地吗？这样判死刑怪可惜的。"

"你可惜一个杀人犯干什么？"

"其他的不谈，寺山死了难道不是大快人心吗？"客人嗑了瓜子，将皮丢进盛垃圾的果盘里，说道，"再说又不是他亲自动的手，报纸上说只是'凶手的同谋'。"

同伴道："要真说是他亲手杀的，我还真有点怀疑呢。一个大学教授、知识分子忽然就捅了人，怎么着也叫人出乎意料。他这出谋划策，借刀杀人，不是我说……这就是读了书的才能干出来的。"

"反正他三日之后就上刑场了，现在怎么分析你都是你占理，马后炮。"

"哈哈……"

客人却有些犹豫了，道："他的学生不是还集体上书说他无罪吗，老师的品行怎么样门下弟子定然最是了解，万一……有冤情呢？"

"你不能看表象，你得讲证据，人证物证都确凿了。而且就算是有冤情的，以他这个同袍会社员的身份也得死。那句话怎么说……"

"欲加之罪，何患无辞。"

小二来上酒了，几人从盘里抓几把瓜子以做掩饰，小二挂着笑脸道了声"客官们慢用"之后走掉了，交谈声才又慢慢地恢复。

"徐家不保他了吗？他之前怂恿人去抗争外洋政府，不就是因为背后有徐家才安然无恙到现在的？"

王叔闷了一盅小酒，说："八成是不保了。俞尧都进审讯室两天了也没见徐镇平出面。再说徐家还保他干吗，告诉联合政府他们家是同袍会的同谋吗？"

"谁叫俞尧在徐镇平把'盗火者'舆论压下去之后出事呢，这下好了，将功补过不成，估计联合政府的质疑电文都不够徐长官喝一壶的。"

"那俞尧是必死了啊。"

一群人杯空酒又满，拍桌将这案子定了锤。
"肯定了。"

徐府。
陈延松来到这里时，客厅有许多仆人们守着，个个表情紧张兮兮的，像是在值岗一般。
管家上前迎接道："您来了，是老爷要带什么话吗？"
陈延松道："不是，我只是来看看，安荣和致远在吗？"
管家叹气道："夫人一大早就外出了，少爷……正关在房里呢。"
"致远怎么样？"
"老爷下了死命令，不能让他踏出这徐府半步。这几天白天黑夜我们都在这里守着，"管家说，"少爷两天没进水进食，前几天还有力气闹腾，今天没动静了。您一定让老爷回家和少爷好好谈谈，这样下去恐怕他的身体要出问题。"
陈延松揉了揉眉心，说道："他关在哪儿？"
管家带他去徐致远的房间，打开门锁。陈延松不见人影，却见了屋里一片狼藉，地上还有杯子与碗的碎片，他半天没找到落脚的地方，听到里面传来一声幽幽而沙哑的："徐镇平让你来的？"
声音来自埋在乱七八糟的书桌里的徐致远。
陈延松看清了他发暗的眼睛，把一杯温水放到他的面前，好不容易找到个整洁的地方落座，说道："致远，你听我一句劝……"
徐致远翕动干裂的嘴唇，说："俞尧怎么样了？"
他被关在家里中消息闭塞，只知道俞尧被牵扯进了谋杀案，其余的一概不知了。
陈延松的眼睫一垂，沉默半天说："罪名已定，判得死刑立即执行，为了防止夜长梦多，三天后俞先生将会被处决。"
徐致远脸上的不可思议逐渐转成了愤怒，他忽然站了起来，刚放到桌面上的水杯再次被掷成了碎片。
"人不是俞尧杀的，哪里来的罪名？徐镇平干什去了，他的大义在哪儿！"

陈延松蹭了蹭裤脚上溅到的水渍，说："就算另有隐情也没用了，俞先生已经亲口承认了自己同袍会的身份。"

徐致远一愣，说："什么？"

"抱歉致远，我说不了太多了，我知道你心中过不去，虽然安荣还在坚持申诉，但这次就算是老爷……也真的无力回天了。"

良久，徐致远才发出一丝颤抖的声音，道："他们是不是审讯俞尧了？"

陈延松沉默，正要起身，徐致远被杂物绊了个趔趄，上前死死地抓住了陈延松的胳膊，怒道："让我出去，我要见他。"

"你冷静点致远。"

"你告诉徐镇平，如果俞尧在那烂地方出了事，我不苟活。"

陈延松看着他的神色，知道他没有在戏言，心中反倒升起一股闷气来。

"徐致远，"陈延松的语气没有十分严厉，却句句刺耳，他说，"你父母将你供养到了十九岁，你是既明的高才生，你有无限的大好年华和光明前途，现在却在这里寻死觅活，你以为俞先生知道了，会觉得你十分勇敢、很有脸面吗？"

"道理我都懂，"徐致远忽然笑了一声，他道，"但是若俞尧因为这件事死了，我不知道什么是公平正义，我也不知道这腐烂的地方还能容下我的什么光明前途。"

房间里不照阳，只有从窗帘缝隙漏出的一条微弱光线，窗帘微动，它便摇曳着。

"你们觉得这是政派的钩心斗角，但是有人不一样——你去问问既明的学生，他们那么坚信公理，可如果他们看到俞老师遭迫害而死，你们这群'统治者'还有什么脸面让他们再去为狗日的公平和正义，不顾牺牲地奋斗？

"我从前目光短浅，根本就看不见那些所谓的理想、信仰。如果一年前俞尧没有来教我，我还是什么东西都看不到。我追随的从来都是他，他死了，你来告诉我前路该怎么走？

"徐镇平，冬建树，还有你，陈叔。你们这些可以左右生杀大权，却还在汲汲于自己那点利益的人，是最没有脸面来审视我和他们的。"

陈延松不语，一眨不眨地看着他。他以为徐致远只是单纯地要少爷脾气、任性、随心所欲。可现在明白了，他毕竟是徐家的儿子，不是个不谙世事的愣头青。

"你不能这样说镇平。"陈延松只能这样回复，他神情复杂地望着地面，寓意不明地说道，"算了，有想法就好，你再自己仔细考虑一下吧。"说完，他拽了一下衣角，轻手轻脚地走出去了。

徐致远听到门合上的声音，掀翻了眼前唯一一张还立着的桌子，书籍、纸页撒了一地，尽被地上的水染湿了。

他看到了一个本子敞开，那是他曾经在考学时的笔记。

他将本子捡起来，乱糟的碎发垂下来遮住了视线，他浑浑噩噩地坐下，看着上面俞尧批改的内容发愣。

忽然，他的手指在碰到了什么冰凉的东西，转目一看，原先在陈延松坐着的地方，多了一枚钥匙，一发子弹……和一支手枪。

工部局门前，人们沉默地站着。布告栏上张贴的挂着人像的判决通知，在这群人面前渺小而荒唐。

巡逻和守卫大概被下了命令，对这场安静的请命不管不问。

卖花的小女孩仍旧戴着大人的大号贝雷帽，包里还有剩余的百合，路过这里时看到了这一幕，于是蹦跳的脚步停下，在布告栏前久久地驻足，踮脚，仰望。

刚会读些难字的她一字一字地念着那些句子。

她问人群里的一个大哥哥，说："这个人为什么三天后要被处刑啊？"

夏恩惊醒，目光下移，看到了这个小女孩。

她问："他是坏人吗？"

"不，"夏恩张了张嘴唇，发颤说，"他做了最正确的事。"

"那他是好人了。"

"嗯。"

"好人为什么要被枪打死呢？"

夏恩答不上话来，站了半天的他这才发觉今日碧空万里，烈阳耀得他睁不开眼睛。

小女孩看着不语的夏恩，也没有继续问下去。

她离开了，走之前从包里掐下一朵沾着露水的百合，安静又轻地，放在了布告栏前。

一日之后。

这是一个夜晚，审讯室里不见天日。

俞尧本来需要转移到秘密监狱去，等两日后行刑再放出来。这里却得了上面秘密下的命令，在处决之前尽可能得从他嘴里撬出什么有用的东西来，于是那些"人道主义"的论调就变成了狱卒唾出的一口痰。

看守的人换班了，后脚刚来的警官一桶水将凳子上的人泼醒，冷水顺着皮肤上的血痂留下来，染了猩红的锈味。

外面一阵脚步声，是狱里常见的巡逻声响，两个警员也没在意，深夜值班这件事就已经叫其心情烦躁得很，无暇顾及些细微怪处。一个吐掉口中的牙签，将水桶往旁边一丢，询问同伴道："今天这儿的人怎么这么少？"

同伴道："今天傍晚租界多处地方闹事——这一下子抓的人够咱这地方两年进的，人都调过去看守了。"

"什么人闹事啊，"警员用下巴一指凳子上虚弱的人，说，"他那些整天来堵门口的学生？"

"不是，前些日子不是闹什么盗火者嘛，这把'火'是压下去了，可总存留着余孽。一堆人吵嚷着要公开秘密监狱的犯人名单，释放无辜的同袍会社员……同袍会一直不是都在淮市政府的黑名单上面吗，这不明摆挑事。"

那精瘦的警员哼了一声，提了一下腰带，用手里的警棍戳了戳"犯人"的肩膀，粗着嗓子喊道："哎，你醒了没？"

俞尧被他戳到了肩膀上的伤，吃力地咳了几声，仿佛嗓子里沥了血，他说道："我没杀人，无可奉告。"

"你来回就这八个字，说了无数遍了，"警员烦躁道，"哪怕是给爷们说点好听的客套话，也犯不着吃皮肉苦。"

俞尧仍旧说："无可奉告。"

夜使人疲，警员也少了折磨人的兴趣，拖了一只板凳在他面前坐了下来，跷着二郎腿，说道："你现在那可是外面的大红人，铺天盖地都在聊你跟徐家。"

"不说同袍会，你告诉我们点其他的，今天就不打你。"他盯着俞尧的发旋，吐着口中的臭气，轻声说道，"报纸上说的是真的？徐镇平这一家子是不是都不干净？"

俞尧抬起眼来，尽是血丝的眼睛穿过湿透的额发，冰冷、愤然地盯着他。

另一个在饶有兴趣地应和道："肯定是真的，不然在这之前徐镇平也不用跑吴州区避风头了。"

"是不是你说话啊，这又不是什么组织机密，就随便问问。"警员露出个皱纹扭曲的笑容来，用警棍轻拍了几下他的脸，道；"小道上说他儿子徐致远不正常，他是不是有什么病啊？"

"……"

铁链忽然被挣得丁零作响，那靠得极近的警员防不胜防地向后仰摔了个四脚朝天，才反应过来自己的凳子刚被俞尧抬脚踹翻了。

"你还有力气找死？"身上沾了脏污的警员爬起来，朝也身上挥了一棍子，恼羞成怒的男人骂了几句难听的话，拽起了俞尧的衣襟。

正在此时，传来一阵拍门声，警员暴躁地问了一句："又有什么事？"

门外的人没有回答，一直敲着门。正在气头上警员他颐指气使地瞪了同伴一眼，后者只好悻悻地走去开了。

可是门刚敞开，黑漆漆的枪口就抵在了他的脑门上，声音在嗓子里卡了壳，他看着来人，"啊"了半天没啊出个所以然来。

警员听到不对劲回头，"砰"的一声巨响，他肩膀上的血肉便炸开了。

惨叫、倒地声当中，俞尧抬头望见那个朝他大步走过来的人，惊愕地唤了一声："致远？"

徐致远蹲在来给他解开铁链，俞尧不知道身上哪块骨头折了，被他搀扶起来的时候，胸口的刺痛让身躯都打了个战。

虽然他忍住没有出声，但徐致远还是感受到了，他沾了两手的血污，眼睛的血丝烈得仿佛在里面杀了个人。他问："他们打你了？"

俞尧没料到自己还能再见他一面，他紧紧地盯着这副面孔，脸上攻击的神情全部瓦解了，他有些疲倦地扶住了少年人的宽实的肩膀。

而徐致远忽然起身，朝那两股战战正欲逃跑的人的大腿开了一枪，哀号一声之后，紧接着将枪口抵在了那胳膊淌血的警员脑门上。

精瘦男人一动也不敢动，喊道："我没打他！是之前的畜生干的！"

怒火烧得他拿不稳枪，手指在扳机上微微发颤，但他最后还是没有扣下去，只用握枪的手狠狠地给了那人一拳，又泄愤地踩到他中弹的肩膀上。

在撕心裂肺的号叫之中，俞尧喊住他，徐致远的理智才回笼。他咬牙切齿地问这警员索要了钥匙，打晕了两人。把大衣脱下盖在俞尧身上。

鉴于俞尧的伤势，徐致远动作小心将他背起来，可俞尧忽然用力抓住了他的胳膊，说道："我如果从这里逃出去，镇平……和徐家会被连累的。"

"是陈副官的意思，今天被抓的闹事人员也都是他组织安排的，他们早就计划好了，"徐致远不顾他的挣脱，抱起他踏出门外，说，"你就把这当成我爹的指示吧。"

"陈副官？"俞尧觉得事有蹊跷，忧虑道，"镇平怎么可能让你来劫狱，不行……"

徐致远加快了脚步,说道:"就算不是我爹的意思,我也会来。"

"可是……"

"你不要说话了,"徐致远感受到他呼吸中的虚弱和急促,说道,"俞尧,你说好了带我去北城的,你别想先死。"

俞尧想起了自己曾经说过的玩笑话,嘴角扯了一下。

他有气无力道:"你胡闹……"

"我没有。"

俞尧说:"对不起。"

巫小峰在转角处等待多时了,见两人来赶紧环顾四周,仗着黑夜的掩护和熟悉的路线,弯弯绕绕地将徐致远领出了门。

徐致远将俞尧放上车,自己却没有上去。

俞尧发现车上有两包行李,再次望向徐致远沉静的双眼时,俞尧心下意识地慌了一下。身体的伤痛助长了他的疲弱,这大概是他作为"长辈",第一次在徐致远面前有些束手无措,他叫道:"致远?"

巫小峰扭头回避他们的谈话,沉默地爬上了车的主驾驶位。

徐致远轻轻地呼吸着,说道:"我给你们两个买了去北城的火车票,你们今天晚上就离开淮市。"

俞尧愣愣地看着他:"可是……"

"我也想跟你去北城,每天晚上都在想,我想去看丹顶鹤。"徐致远的黑眸子清凌凌的,委屈地倾诉着,说,"可我不能和你一起走,狱是我劫的,我要留下来为我爹顶罪。"

"小叔叔,我又骗你一次,我发誓,就食言这最后一回了。"

俞尧使不上劲儿来。忽然有一瞬间不想让徐致远这么"懂事",若他还是最初那个我行我素、随心所欲的小少爷的话,就不用去谋划这危险的一切,又这样隐忍地在他面前强颜欢笑。

"北城……"

可北城战乱,大哥踪迹不定,除了能逃离追捕,又有什么他的容身之所呢。

155

徐致远他知道，此一去，重逢都是难事，他说："尧儿，我在淮市等你四年。如果没有你的音信，我就去那里找你。"

俞尧望了他很久，艰难道："好。"

巫小峰小声提醒说："少爷，俞先生，这里不是什么好地方，我们快点离开吧。"

徐致远放开他的手，关上车门，听着车子启动，目送着他远去。

路旁只有一盏灯，像是天上的月亮。

月亮落下了。

徐致远就像是目送世界远去的人，和一盏垂死的灯渺小又单薄地站在原地，像一块孤独的岩石——脱水、疲倦和疼痛像是肆意疯长的藤蔓，爬了他满身。一阵风，一段不长的岁月都能将他的骨头风化，吹散。

但他猜得出俞尧在透过车窗看着他，所以面朝这远去的车子，笑得十分开怀。

淮市政府想要不断地扼杀反抗的萌芽，这次以儆效尤的计划却又失败了，大概是不想再次在民众面前失去那点可怜的公信力，公共监狱在处刑的前一天死守住了俞尧"越狱"的消息。

徐致远记得，俞尧"处刑"当天，既明大学的物理系主动停课，九号教室有鸟儿啼鸣，银杏树下响起了《送别》的琴音。

"长亭外，古道边，芳草碧连天。"

他记得学生的横幅上是这样写着——"君不见桃李无言一载去，下自成蹊已十里"。

当时的既明大学的面积狭仄，可是校园里的道路连起来，一定是比十里长的。

我拉开书桌上的一盏灯，将一部分信读完之后，天色已经暗了下来。离闭馆还有一段时间，我问旁边的陌生人借了点墨水，给爷爷写了一封回信。

我告诉了他我的近况，又解释了一直疏于联络他的原因之后，在最后一段是这样写的——

"您寄来的信我正在慢慢地读。我在上面没有找到拆封的痕迹，想来您从来也没有打开过它，我大概能明白您在想什么，我尊重您的选择，不过如果哪天您想知道俞老师这些尘封的话，我随时可以跟您转述……"

后面一段我画去重写了。我心想，爷爷把信留着，大概是想给心里的俞老师留一丝鲜活，就像是我遇到自己最爱的书，会留下几页不去读完，给自己一种书中世界尚未完结的错觉和盼头——可总有一天要读完的。

这就是我本来想表达的。我想说爷爷已经到了这个年纪，完全可以放任自己去把这些作为"念头"的信件读完。"老去"这个令人生怯的字眼，在这此时恰好是他的侥幸。可以让遗憾的岁月不要那么绵长。

虽然没有出现相关的字眼，但这句话字里行间都在写着"死亡"，我记得爷爷的教训，这样对别人说话并不礼貌，于是便涂去重写了。

"学业比我想象中的要顺利得多，我即将在国外读研，继续进修。而业余时间对数字计算机产生了很大的兴趣，这将是我往后的从业方向。我大约还有接近四年的时间就会回国，我答应过您，一定会回去的……不过我们的见面用不了那么久，假期我可以回国一趟看您，我也想看丹顶鹤了。"

我是踩着黑夜的尾巴离开图书馆的，第二天，我在信里夹了一张我的近期照片，寄回了大洋对岸。

爷爷再次寄来的包裹里又夹杂了许多东西，包括了一本厚皮笔记本和一本全是鸟儿的相册。

笔记本上粘贴着一些文字的剪切纸片以及涂鸦，从笔迹和内容上来看，大概只来自俞老师和爷爷两人。这都是爷爷一直珍藏的东西，现在却一股脑儿地全都给我寄来了。

我疑惑地打开爷爷的回信，熟悉的"耳提面命"透过文字劈头盖脸地扑面而来。

"没良心的东西,你读大学的时候整整四年一封信都不写,问候都装模作样地托你爹转达,现在知道装孝顺孙子了?我用不着你漂洋过海回来一趟看我,四年之后带着你读完书的脑子再一并回国得了。寄过去的东西你都替我保管着,我没几年好活了,我怕我死了你爹他整理不全——你爹五大三粗,幸好有你母亲中和,让你的基因不至于蠢得像他——又怕这些信件在我面前,让我老想着去翻,空留些心堵。所以都送你了,等我死了怎么处置随你。

"我说完了,你一切顺利就好。丹顶鹤等回来再看吧,时间到了总会飞回来。你的一生还很长,总会遇到只自己的候鸟的。"

我:"……"

这个称呼真的是好久不见啊。

我不明白爷爷最后一句话的意思,附在后面显得十分突兀,感觉格调都与整封信甚不相符。不过从前面来看,他倒一点也没有"没几年好活"的样子,骂起我和我爹来还是那么的逻辑清晰、精神矍铄。

我挑了挑眉,继续在老地方翻开他寄来的东西。

巧合真是十分精致又美妙的东西,许多年之后,我的妻子和我谈起与我的初遇,竟然就是在国外市立图书馆那段时间。

她说她见到一个清秀的男孩连续很多天都在同一个座位读信,于是心里奇怪我是不是很受欢迎,为什么会有那么多信。

让她说得我有点不好意思。

不过当时的我并不知道,虽然我和她成为朋友,在往后的许多年也仍旧没有察觉到,甚至回国的时候都是单身的。

四年之后,爷爷八十三岁,不知为什么生了场病。

我之前回去看望过他几次。终于该到了回国的日子,在买了船票的前一晚上,我做了一场梦,是曾经在北城和老头一起住的时候梦见过的,一个人在盐湖上拉小提琴。

醒来的时候，我久久不能心平，在困顿的夜里愣了许久的神。

第二天的午夜，父亲和我打电话，说爷爷去世了。

我在摇摇晃晃的船板上渡过太平洋。回家放下了自己的行李，第一件事便是来到了爷爷的墓碑前。

我沿途买了几枝天堂鸟，橙色的花瓣展翅欲飞，听说它"人如其名"，是只可以飞到天堂上的鸟，将墓前的人语转述给逝者。

直到我来到他的墓前，见到碑上的照片，我觉得沿途买天堂鸟的钱白花了。

他应该不用"转述"，他笑得还挺开心的，我都没见他这么笑过。

"……"

我转头问我爸："你怎么给爷爷挑了这样一张照片？"

"他自己说的，"我爸将老头的话原汁原味地告诉我，道，"人间太躁，待得越久屁事越多，眼不见心不烦，死了倒是开心得很。"

"……"我说，"他真是一点都没变……这是什么时候照的？"

"之前拍表彰证书的时候。"

我又看向爷爷，盯着他的黑眼睛，沉默了半天，不知道为什么，忽然生出一些复杂的情绪来。

我是人们口中的海归博士，脚刚踏到故乡的泥土上，还没开始创造什么成果，就已经让人镶上了这样一块辉煌的"噱头"。许多人羡慕着我这个未来可期的"青年才俊"，而我真正羡慕的，却是这样一个行已就木的老人。

他有自己的坚守，毕生都在守着这群鸟儿，望着它们，死去的时候亦笑得开怀，没有什么遗憾。

或许这份情绪是因为不甘心吧。

"我不该买天堂鸟的，这花跟爷爷不搭。"久久沉默之后我说话了，念念自语道，"……应该买瓶酒，跟他喝一壶。"

抱着这样一个和爷爷"攀比"的念头，让我后来几年的人生都专注了许多。

某年十月中旬，我和我当时的女朋友——也是现在的妻子——再次去那块碑前拜访爷爷。

她看见爷爷照片的第一眼就忍不住也勾了嘴角,然后她跟我道歉,我说不用,这老头不介意,他自己都挺开心的。

她笑着说:"爷爷从前一定很有趣。"

我去了他年轻时在北方的旧居,那里尚保留着,不过听邻里说这块地方马上要拆迁了。父亲也将择日到这里收拾东西。

我不虚此行,竟在抽屉里找到了数封归属各不同的信:有未拆封的——来自不同的人,也有未曾寄出的——写给不同的人。

我想这应该是那时他将所有的信件寄给我之后才有的,便将它们收了起来。

于是我在一段很长的空闲时间里,顺着这些信的地址走访、询问,零零散散地找到了爷爷故事里的几位主角。

傅书白先生得知我的来意时,专门挑了一个下午,将我邀请到了他的家中。他朝书房一位白发苍苍却气度不减的女士喊道:"桐秋啊,有时间的话帮我泡一壶茶。"得到回应之后,他在晌午阳光洒了满地的落地窗前,郑重地戴上眼镜,打量了我一会儿,说道:"你说……你爷爷是远儿……徐致远?"

"是的,"我说,"傅先生您好,我叫俞长盛,我听爷爷说起过您。"

他嘴里念叨了一遍我的名字,因衰老而干瘪的脸上露出一个笑容来,他双手的五指缓缓地放在膝盖上,说道:"徐致远现在怎么样了?我没见他……好多年了。"

"他去世了。"我说。

"喔,"傅先生没有太惊诧,"去世"在他们的年纪是平常词汇,他只是稍愣了一会儿,又说道,"对了,你说你是远儿的孙子,那你的父亲是他的亲生儿子吗?"

我摇了摇头。

我已经长大成人,那些陈年老事父亲也没打算瞒我一辈子。我在爷爷去世后得知,从前爷爷骂人时说的"你爸是捡来的"的气话原来是真的。我爸并不是老头的亲生骨肉,爷爷之所以老拿这个事儿阴阳怪气,是因为父亲年少叛逆的时候也老说"我又不是你亲生的,你凭什么管我"这样的话来气他,这只是爷俩的以牙还牙。

所谓长江后浪推前浪——前浪也是会记仇的。

"这样……"傅先生又说,"你爷爷和你讲过我的事,那他和你讲过俞老师……和你姓名的来历吗?"

"讲过俞老师,但没有那么细。"我有些好奇,问道,"我的姓名还有什么深刻含义吗?我爸说是取自古诗词。"

我的母亲是外国人,所以我有两个名字。之前留学的时候总是被人叫英文名字,所以刚回来时听到我爸喊"俞长盛"还要反应一会儿。

傅先生问:"你有兄弟姐妹吗?"

我又摇头。傅先生便推测道:"那你的父亲,是不是叫作'徐长生'?"

从傅先生口中听到父亲的名字时,我小愣片刻,莞尔道:"先生,您认识我的父亲?"

"并不是,"这次轮到傅先生摇头了,他说,"我只是知道你们的名字来源。"

我恭敬道:"愿闻其详。"

吴女士将沏好的茶端到我们二人面前,朝我点头问好,没说什么话,之后又去书房忙了。

傅先生盯着袅袅的热气,说:"我刚离开淮市的那段时间,远儿其实经常和我写信,也没什么要紧事,就是想把一些鸡毛蒜皮的事讲给我听罢了。"他轻轻笑道。

傅先生说:"那时候太多孩子流离失所,远儿想领养一个,就问俞老师取什么名。"

我忍不住嘴角上挑,问道:"那俞老师起了吗?"

"当然,"傅先生撇嘴道,"我可没忘,徐致远儿最拿手的可就是软磨硬泡了。"

他说着:"你也已经知道,他取的名字是长盛和长生。至于为什么有两个,远儿说他也问了,俞老师说他的愿望是'山河长盛,岁月长生'。"

他说完又慈祥地看着我,说:"不说别的,你的性子总让我想起俞老师来。"

我道:"您这是过誉了。"

我们同时笑了起来。

之后我从傅先生那里听来了一段故事,得到了几封"鸡毛蒜皮"的信。我作别了他,在前往下一个主角家中的路上,于颠簸的车厢中,展开了这几封陈旧的信。

我怅然看到了一个"葬"字。信上那句话开了个玩笑,说:"……等我老了要葬在北城。"

我久久地盯着这个字,莫名其妙地觉得有些不对劲,这份不对劲并不是来源于伤感,而是一种……说不上来。

这种感觉一直持续到我下车,我紧紧地盯着那个字,忽然福至心灵,大脑空白了一瞬。

身上没有带笔,路边也没有小卖部,我好不容易找来一个路人借到了支铅笔,在手心上一遍遍地写着这个字。

葬、葬。

我又急切地回家,从爷爷让我保存的信封中好不容易也翻找到一个"葬"字,信件的落款是俞尧。爷爷的字体不怎么好看,中间的"死"是正常的上下结构。而俞老师的字迹清秀,但"葬"字中间的"死"字写成了左右结构,左歹右匕,这大概是他的一个写字习惯。

我看着信,呆呆地怔了半天,胸膛中渐渐地涨出一种被岁月潮水蔓延的恍惚之意,发现了一个让我忽略了许多年的细节。

我脑海恍然浮现出我年少时,手指在一块大岩石上轻轻抚过的画面,那上面有一行字,刻作"十月,他葬在这里"。

也有一个"葬"字。

我当日便买了火车票回了北城。

因为看了很多遍，即使过了许多年，我对岩石上这个字的"形象"仍有印象。当我再次拂去尘埃看到它时，更加肯定了我的想法。

果然，石头上的"葬"，中间的"死"是左右结构。而我一直忽略的事便是……爷爷他怎么可能写出像岩石上这样清秀的字体。

我想起我多次问爷爷"这些字是你刻的吗"，而爷爷从来没有一个肯定的回答，最有指向性的就只有一句你觉得是就是吧。

这些字竟然在一开始，是俞老师刻下的，而"他"是指的徐致远。

我不明白，爷爷那时明明还活着，俞老师为什么会在石头上刻下这些文字呢。

我在清晨的风中蜷起了手指，不由得觉得心中隐隐发颤，心跳加速。

我从来都没有那么想知道一件事……俞老师究竟是怎么去世的？

第15章 四年

梅雨时节，天气开始阴晴不定，太久没回家的人，衣服上都渗着阴森森的凉意。

淮市的郊区湿得过分，或许阴曹地府的环境都比这儿好点，美名曰：鬼都不愿意待。

人烟稀少的路段旁矮立着杂草，若是徒步从这一带走过，裤脚定然要被浸湿的。车轮压过路边草，沉闷的发动机声"隆隆"地滚过去，最终停在了一座工厂的大门口。铁门敞开时的刺耳声音比得了关节炎的老头的呻吟还要惨，听了叫人浑身不得劲。

牟先智从车上下来，戴上了一顶黑帽子，对敞门的看守说："该上点油了。"

看守弯腰颔首地"哎"了一声，就听到工厂厂房里接连传来几声枪响。牟先智默默地数着次数，结束之后皱眉道："这是抓到人了？"

看守被吓缩起的脖子还没弹出来，也不敢多言，道："今天老板带来了几个人，其余的我不知道。"

问他也问不出什么东西来，牟先智正要迈开步子，就在此时，枪声响起的长房大门拉开。一个高大的男人正叼着一根烟，一边穿着深棕色大衣，一边从里面走了出来，两个跟从紧随其后，牟先智想看一下里面的景象,映入眼帘的只有一片鲜红和几个清扫的人,门就被迅速关上了。

男人套上了最后一只袖子,理了一下领口,含着烟对旁人弹了个响舌,说:"带火了吗?"

跟从闻言去摸口袋,牟先智立马过去"补上",摆出一张笑脸来,道:"徐总,忙完了?"

徐致远掀了一眼牟先智,神色淡漠地看着他手里捂着的火光芒跳动,道:"别,您这么叫我是要掉辈分的。"

牟先智道:"也差不了多少……那我还是叫您小少爷?"

徐致远也不废话:"你来干什么?"

"两日之后冬先生会与淮市慈善会在小教堂举办晚会,还邀请了昆剧名家义演,希望您和夫人可以到场。"

烟被徐致远含在嘴边,慢慢烧着,四年让他的个子长了不少,大多数时候需要睨着看人。他没说答不答应,只说:"这种事什么时候不可以说?你非用得着来这里找我?"

"嗐,这不是……孟老爷说您外出办事,两三天没回家了,我也是怕传达不到位,谁知道没赶上时候,少爷别怪罪。"见徐致远扭头要上专车了,连忙喊道,"哎,少爷,孟老爷让我给您带话,叫您今天去见他。"

徐致远一撇手,道:"行了,我知道了,你走吧。"

牟先智又忍不住往紧闭的厂房门看了一眼,鞠躬应了一声,回自个儿车上了。

徐致远把嘴里咬着的一丝未抽的烟吐掉,踩灭,淡然说道:"晦气。"

问跟从要了火,换上了根新的。

徐致远回了家——不过不是徐府,而是孟彻在淮市的新府邸。

仆人迎上来接了他的大衣——七月份的暑气刚刚冒头,有太阳的日子会十分闷热,上午还是个晴天,所以徐致远身上就只穿了一件薄衬衫,哪知道下午天就变了脸。

他的背后被水渍和汗渍沾湿了一小片，隐隐可以看到一条痕迹从背肌一直爬到脖子根，在衣领处露出一截来。徐致远说："爹呢？"

仆人答道："在房间等您呢？"

"你告诉他我回来了，先去洗澡。"

徐致远去房间把衬衫脱了下来，肩胛骨上陈着的那道狰狞的疤就一览无余地显出来了。

——这伤痕出自徐镇平之手，在四年前徐致远劫狱之后。

俞尧在外已经"死"了，劫狱这件事只有利益相关的少数人知道。而那时的孟彻正好来了淮市，徐致远劫狱救同袍会"罪人"的行为简直就是拉扯着徐家往枪口上撞。徐致远本应按联合政府的法律以叛徒罪处刑，连带着徐家一起被调查、处置，却由于怒其不争的徐镇平当着孟彻与冬建树的面差点将儿子"打死"而暂缓了下来。徐致远在床上待了几个月，而孟彻看在曾经同僚的分上主动提出要助徐家将这件事摆平。

但他对徐镇平的怀疑并没有消除，所以他帮忙的前提条件是徐致远要入赘孟家，往后徐致远要在他手下办事，试探徐镇平敢不敢将儿子作为保证的筹码……再说，他最终也要将家业托给未来的女婿，孟彻大概通过徐致远的劫狱在他身上看到了他青睐的品质，于是将他当成了块可塑之才培养着，徐致远两年前刚从既明毕业，就被他提拔成了联合政府的职员，又接手了孟家的部分酒饮产业，做了总经理。

事实证明孟彻也没看走眼，青年人二十出头就相当有他的父亲当初的影子，有勇有谋，敢为敢断，不负重托地将"徐总"做得有模有样的。

沐浴完毕的徐致远擦干了头发，换了一身居家的服装，敲响了孟彻的房门。孟彻看到进门的是他，说道："事情办妥了吗？"

徐致远的拇指在食指关节处摩挲了一圈，说："四个同袍会社员，杀了三个。"

"怎么还留了一个？"

"他说他知道一些情报，会全部告诉我们。"

"行吧，我以为你留了点心思呢，"孟彻意有所指地笑道，"听说你最近在北城找人？是找谁啊？"

徐致远沉默。孟彻从不会像徐镇平一样跟他发怒，他在别人眼里甚至是和蔼可亲的。但是他在孟彻面前却会打心底油然而生出一种畏惧，这种畏惧和在父亲面前的感觉截然相反——徐镇平像是一只不容冒犯的、威严的盾，而孟彻却是一把涂了暗毒、出了一半鞘的剑刃。

比起隐瞒，在孟彻面前大方承认要聪明得多，徐致远说："找我小叔。"

"哦。"孟彻神色并无波澜，一副尽在意料之中的模样，说，"致远啊，你最好把心安分下来，他已经和你们徐家脱离关系了，你再去招惹，岂不是又要将你们家往风口浪尖上推吗？"

"我明白，"徐致远不动声色，说道，"我只想知道他的安危而已，没想别的。"

"你懂事我知道。对了，"孟彻说着起身，从书架上取下了本书递给徐致远，笑道，"之前你让下人给你买的书，听说找了好几条街都没找到，我这里正好有本老早收藏的。"

徐致远看着那老旧的封皮，静了一会儿。

他要自己的仆人买书是两个月前一件再平常不过的小事，他也并没有声张过，此时孟彻却忽然在"劝诫"之后提起这件事，颇有警醒的意味——暗暗地告诉徐致远，他整个人是在自己的眼皮底下的。

"谢谢爹。"徐致远徐致远接过书，道，"没什么事的话我先去休息了。"

"冬建树的邀请你知道了吗？"

"牟先智去跟我说了。"

"后天你抽出空来，和阿妙一起去，也算替孟家出面。"

徐致远皱眉。

当年徐致远遵从父命和出逃失败被抓回来的孟妙常结了婚，而由于孟妙常情绪不稳定，婚礼对外声称"戒奢从简"，并没有轰轰烈烈的仪式，"夫妻"两人也很少共同出面。孟彻也知道自己的女儿心思不在徐致远身上，四年以来没有逼过两个人一定要恩恩爱爱，他和孟妙常也心照不宣地尽量避免共处一室。这还是他第一次听孟彻提出这样的要求。

"如果阿妙不同意，你们就共同商量解决分歧，这次出席不可以因为你们的私人情绪耽误了。"孟彻看着徐致远为难的神色，手指敲了敲桌子，说道，"夫妻之间总要磨合。"

徐致远只好说："行。"他接过书来，和孟彻道了谢。

徐致远闭着眼也知道孟妙常的人在哪儿。

徐致远踏进大剧院的时候，偌大的场子只有孟妙常一个观众，她在中间的座位上闭目养神，耳畔昆腔细腻婉转，这《玉簪记》是她固定要听的——听得徐致远都要熟了。

这才刚刚开场。仆人见徐致远来，绕到孟妙常前面，说道："小姐，徐少爷来了。"

孟妙常非但没回应，正巧台上演到初遇一幕，她也跟着慢慢地哼了起来。

徐致远让仆人退走，后者也知道避嫌，便出门口等着了。他隔了一个座位到她身旁坐下，说道："后天有个晚会，你爹说我们需要一起参加。"

孟妙常没回他，直到台上戏子唱罢，才说道："不去。"

徐致远直接道："据线人说，那日晚会上有情报交易，届时潜在商界的两位地下同袍会成员会将几条重要消息给他。但是线人现在被抓了，这件事只有我知道。"

孟妙常跷着腿，淡漠地道："你真的很喜欢给自己找麻烦。"

"我需要你帮我。"徐致远道，"我会把这些情报一份不落地交给方景行。"

"可以，给我个条件，我为什么要帮你？"孟妙常道，"再说，你要是莫名其妙地和我'商量'好了，我爹肯定也要问。"

"我找到你姐姐的下落了，她在北城养伤。"

孟妙常像是被惊醒了似的，脸上的冷意融化了大半，猛然转头看着他，沉默半晌，说："你……你怎么知道的？"

"查的,"徐致远说,"虽然是大海捞针,但一个人又不能凭空消失,捞捞还是有概率找到的。"

"……"

"好,我可以和你去,"孟妙常接下了这个条件,嘴唇有些发颤,但还是冷静地道,"不过我爹那边你要怎么应付,你找到她的事,我爹知道吗?"

"不知道,他那边需要你自己编个理由和他解释,他信你总比过信我。"

"好,"孟妙常五指轻扣,小声说,"她……怎么样了?"

"一切安好。"

孟妙常松了一口气,问道:"俞尧呢?你去北城查人,不只是为了我姐吧?"

徐致远静默片刻,说:"没下落。"

孟妙常原话回道:"人又不能凭空消失,大海捞针,捞捞还是有概率找到的。"

徐致远笑了一声,伸出一只手指,说道:"你这叫拾人牙慧,我没有感受到一点诚意,安慰的说辞难道不能创新一点吗?"

孟妙常:"你有什么牙慧……得了吧,这也算牙慧?"

"喊。"徐致远一撇嘴,起身要走了。

孟妙常远远地跟他说了声"谢谢",这还是徐致远头一次从她嘴里听到这个词。

晚会的地点是冬家的礼堂。

徐致远已经告别既明两年,可是关于这所学校的回忆却在脑海里久久地珍藏着。他看见被灯光照耀着的彩色玻璃,记起第一次参加学生活动,就是跟岳剪柳来的这个地方。

那时候他尚且青涩,身上没多少知识浸润,却换了身"儒者"装束,捧了一本笔记,就来大胆地来跟才识过人的姑娘论道了。

现在想想,当时的徐致远肯定不会预料到他会真的会有一天,换上了一身正式西服，受邀重新来到这个地方。

只不过台上的说辞从学生们慷慨激昂的救国之道，变成了资本家们虚伪至极的陈词滥调罢了。

身边的孟妙常冷漠不语，只有见到人望过来时才会象征性地将手往徐致远胳膊上搭一下。

她见身旁无人了，小声问道："人在哪儿，那线人告诉你线索了吗？"

"在最西北方，第十九个去取酒的人，我现在数到十个了。"

孟妙常说："你确定？一般只有服务员才会过去主动取酒……又一个。"

"第十一个，"徐致远说，"不确定，但线人只给了这些提示，我没有其他的辨别手段。"

"大概到时候他会随机应变地制造一些巧合。"孟妙常忽然起身，在目的地旁瞄到了几位谈笑的宾客，说道，"我过去一趟，说不定能给他给个创造时机的机会。"

"行。"

她正要从徐致远身边离去，两人便听到礼堂门口传来一阵奉承的声音，徐致远随意地抬眼看去，只见人堆里有个相貌堂堂的熟悉面孔。

徐致远："……"

历史总是在重复上演着，他这一望过去，对方也赶巧地用不经意的余光瞄过了这边，两人瞬间对上了视线。

冬以柏："……"

四年前他被冬建树强行送到了海外留学，现在也是该毕业的时候了。

徐致远将目光挪回来，拽了一下衣领，不知为什么有些尴尬。

"怎么了，"十分会察言观色的孟妙常问道，"那个人你认识？"

徐致远："我……"

冬以柏告别人群走向了这里，他眼里有着几丝陈旧的恨意，没等徐致远声音落下，便咬牙切齿地笑道："哟，这不是徐家大少爷徐明志吗,真是好久不见,四年了,我才发觉您身上这件'马甲'可真漂亮。"

孟妙常看了一眼徐致远的西服马甲,也没瞧出什么端倪来,脸上缓缓露出疑问:"怎么了?"

徐致远蹭了一下鼻尖,把话说完:"不认识。"

冬以柏道:"你不认识谁?"

见两人之间的气氛并不友好,孟妙常挑了一下眉,说道:"你们自己的事自己解决,我先过去了。"

冬以柏目送她了一段路,孟妙常前脚刚走,徐致远就说:"没什么事我也先过去了。"

"你不打算跟我叙叙旧吗,徐少爷?"冬以柏脸色阴沉,他整理着领口,说道,"我们好歹也算熟人……是熟人吧。"

"……"

这场重逢在徐致远眼里并不是很愉快,他因为盯梢脱不开身,便取了根烟含在嘴里,说道:"你有什么事直说就行,我没空。"

冬以柏道:"听说俞尧四年前被处死了。"

徐致远的手指一滑,歪了一下,打火机只是"啪嗒"一声,并没有将烟点着。徐致远的目光像是趁机磨了一把刀子,阴鸷地投向冬以柏,他环视了一下周围,说道:"过来。"

他们找到了一处清静处,徐致远把烟点着,吸了一半。

冬以柏嘲道:"你不是没空吗?"

徐致远不耐烦地道:"有什么话快点说完。"

"我只是和你'叙旧',没什么要紧事。"冬以柏背靠着墙,"刚才那个在你身边的是孟家的女儿吧,你夫人?"

"是。"

冬以柏嗤笑一声:"你攀上高枝了?"

"我的生活用不着你多嘴,"徐致远说,"如果你就想说这个,那恕不奉陪了。"

见到要走,冬以柏忽然离开墙壁,抓着他的衣领向前推了一下,说道:"俞尧为什么会死?"

徐致远默不作声,轻描淡写地看着他。

"我问你,"徐致远眼里的不在意助长了他的怒火,他又一字一顿地重复道,"俞尧为什么会死?"

徐致远对冬以柏的感情十分复杂。如果单论他两个人,徐致远也不会将过往的梁子小肚鸡肠地记恨那么久,何况冬以柏骨子里并不坏,只是个像他从前一样任性和傲慢的少爷。

可人处在社会之中,是无法让他"单论"的。

四年前俞尧出事,全靠他父亲冬建树的"推波助澜",加之冬以柏的错误的报信也对徐致远造了一点心理上的影响,让徐致远很难对他完全放下芥蒂。

徐致远望着天花板,将烟从嘴里摘了下来,缓缓吐了一口气,睨着他说道:"关你屁事。"

冬以柏被烟味呛得转过头去,手上用的劲更大了,可他的体格毕竟还是比徐致远弱一头,这么多年也没什么长进,很容易就让徐致远挣脱了。

冬以柏攥紧拳头,鄙夷地喊了一声,嘲道:"你是不是还觉得俞尧死了正合你意?耽误你徐大少爷攀孟家的枝头了是吗?"

徐致远并没有跟他争辩纠缠,将嘴中烟头摁灭在手边的垃圾桶上,就离开了。

"徐致远!"

冬以柏愤恨地看着他远去,一瞬间好像在他后领处见到了一小截疤痕。但徐致远整了整领口就遮住了,那一瞬仿佛错觉。

徐致远回到大厅,在人群中找到了孟妙常。

两人站一块儿"郎才女貌",引得跟孟妙常交谈的几个小姐夫人连连称赞,徐致远摆出笑脸客套了几句,等到人散时问孟妙常道:"第几个了?"

"加上刚才路过的那两位太太,已经有十七个人过去取酒了。"孟妙常说着,一边观察着这附近的客人们,一边说,"刚才那个找你的人是谁,你从前的朋友?"

他道:"开什么玩笑,从前的仇人还差不多。"

"我没开玩笑,"孟妙常从桌上端起一杯香槟,认真地说道,"你们看上去挺合得来的。"

徐致远庆幸自己嘴里没喝东西。他忍不住歪了话题,说道:"我挺好奇,我在你眼里究竟是个什么人。"

孟妙常道:"从前我以为你是个招蜂引蝶的风流花瓶,现在看来,竟然意外地纯情,啧。"

孟妙常用清冷而平淡的声音发出的那声"啧"不失为"点睛之笔",让徐致远陷入了一种灵魂深处的沉默。

如果身边这位是傅书白,他大概已经上脚了。

徐致远也取来一杯酒,小啜一口,反驳道:"纯情怎么了,你离家出走被你爹抓回来那会儿不是也闹过吗?我还以为你已经超凡脱俗,看淡红尘了。"

"怎么可能。"然而徐致远的反讽对孟妙常毫不起效,她将胳膊肘轻靠在等身高的酒架上,把自己的半杯酒往徐致远面前一递,长睫毛垂下来,淡然道,"喏,敬纯情,纯情可爱。"

徐致远今天跟这词是过不去了,瞥了她一眼,还是端起自己手中的酒,和她碰了一下杯。

玻璃轻轻相撞,达成共识地清响一声。

孟妙常眼神一直不离西北方,碰完说道:"第十八个了。"

徐致远也看见了,他忽然问孟妙常,道:"你酒量好吗?"

从进门开始,就没有一杯完整的红酒在孟妙常手里待热乎过,徐致远瞥见桌子上的一堆空杯,觉得自己好像白问。但是孟妙常将手里的一饮而尽,配合道:"了解,一会儿我会装醉掩护你们离开。"

徐致远说了个"谢"字,往西北方望去正好看见一个生意上的熟人,装作问好地走过去。

他们一口一个"徐总"地叫着,时不时还问一问孟彻和徐镇平的近况。徐家和孟家分别是吴州与淮市的"两柄兵器",徐致远又是两家的独子和宠儿,他这几年在商界、政界的炙手可热可想而知,连冬建树也得忌惮他三分。

冬建树本意欲联合孟家与徐镇平对立,却低估了孟彻和徐镇平的同僚交情,也没猜透孟彻阴鸷多变的性子,一时没有扼杀住两家的暗中联姻,竟放任了徐致远长成了他最大的威胁。

从前的冬建树为了展现与孟彻联合的诚意,谋杀寺山又嫁祸徐家,给孟彻在淮市铲了一条顺畅又舒服的路,哪知道孟彻竟然要主动给徐镇平洗清罪名,还把徐致远当亲女婿养。自己的这些"功劳"反倒给别人做了嫁衣,把冬建树气得五脏六腑都埋了火,时不时地就生个病。

不过功劳被糟蹋了,他的"苦劳"好歹没被辜负,冬家与孟家保持了十分亲密的关系。但是有徐致远横在那里,这亲密总让冬建树觉得尴尬。

不过孟彻这个人高深莫测,连他冬建树都猜不透这个人做这一切是为了什么,他更不信徐致远能猜透。

这一点冬建树倒是没想错——徐致远确实不知道孟彻心里想的是些什么,他总觉得自己现在的位置危如累卵,自己以为很稳当,却指不定哪天孟彻忽然抽了一块砖去,他脚下的整座高楼就塌了。

徐致远虽然对徐镇平心中有恨,却不得不承认父亲敏锐的嗅觉和长远的目光,又或许是因为了解孟彻的性子,徐镇平早就为他提前砌好了许多保障——就比如和孟妙常的婚事。目的并不是逼他收敛玩心那么简单。

徐致远一想到父亲,背上的陈伤就开始隐隐作痛,不禁回想起四年前,徐镇平在牢狱里朝自己下了近乎可置他于死地的重手,他知道,那是一个愿打一个愿挨的迫不得已。那……当初徐镇平说会亲手解决"叛变"的俞尧,是不是也存了一丝心软和伪装呢?

徐致远无从得知,他也很久没有去探望身在吴州区的父母了。

他一边心绪纷飞,一边听宾客们聊着,忽然见到一个身材中等、戴着一串佛珠的男人接近了西北方,与朋友们有说有笑地谈论着,正巧路过香槟桌，他顺势放下了空杯子，把手伸向了桌子上的酒杯。

徐致远紧紧地盯着他，将心里的数字又默默记上一笔："第十九个人。"

可就在这时，一个路过的服务员脚下一绊，身躯撞了一下桌子，酒杯也跟着摇晃起来。

玻璃杯很幸运地没有摔碎，撞到那宾客身上的服务员戴着面罩——这里送酒的人都戴着面罩——朝那人鞠躬道歉，并且尽职尽责地从桌上取了一杯酒，恭敬地朝他递过去。

只见那宾客也面露尴尬地说了声没事。服务员端着酒盘走了，宾客站在原地，目光微不可察地向旁边转了一圈。

徐致远一皱眉。

没想到暗号交接出了问题，第十九个取酒者意外变成了"两个"，这个宾客或是这个服务员。

根据那线人的提供的线索，取酒的应该是一个参宴的宾客，而看那个男人在取酒失败后的神色，徐致远猜想，他应该才是原本的第十九人。

那个路过的服务员可能只是意外之过。徐致远在人海里好不容易找到了那个身影，但不知怎么的，心猛然跳了一下。

而孟妙常的忽然拍肩让徐致远的警戒心又吊了起来。她问："那个服务员，你看到了吗？"

徐致远的目光一直紧紧地追踪在他身上，轻声回应她道："看到了。"

果不其然，孟妙常说："他可能有问题，你刚才和你朋友出去聊的时候，他一个人就来取了四次酒，现在又撞了第十九个人。而且你觉不觉得那服务员……"

徐致远瞳孔一缩，这个服务员的动机在他心中警铃大作，他立马压低声音和孟妙常道："你和客人聊一会儿，我去跟着那个服务员。"

"有点熟悉吗？"孟妙常把上句话说完，看向那个手脚有些不自然的宾客，又道，"你注意安全，如果服务员真的有问题，那就说明这次接头暴露了。"

徐致远点头，神情冷了下来，双眸中暗暗地压了一丝捕猎似的杀意，错开人群，悄悄地跟上了那位服务员。

也不知怎么的，他跟得越近心脏便跳得越快，仿佛血肉下有一颗残余的种子，感应到了甘露的气息，正蠢蠢欲动地想要吐芽。

而就在徐致远左胸膛的搏动处，有一把冰冷的枪。

终于，不知那服务员是感应到了跟踪，还是有些内急，将酒盘托付给了同事，只身一人往礼堂外面走去——礼堂外有一家酒馆，他们这些做工的人一般都去那里解手和清洗，因为礼堂的厕所在二层，那是只有宾客和指定服务人员才能踏足的地方。

因为是夜晚，黑暗遮住了酒馆与礼堂的一小段路，徐致远为了压制住莫名其妙疯狂起来的心跳，嘴里含了根烟。快步尾随上去，在光芒的一块死角，从胸口的内口袋中掏出枪来，顶在了那服务员的后脑上。

服务员的脚步戛然而止。

只有烟的光点在虚弱地亮着，徐致远沉着嗓子说："双手背在身后，快点。"

服务员顺着他的话，将左手背过去，右手却举了起来，徐致远一边将枪口往前推了一下，以示警告，一边冷冷地问道："怎么了？"

可是服务员没出声，举起的右手从脖子上拽下一个东西，向后递给了徐致远。他的两只手被徐致远趁机抓在了背后，整个人被拖到了墙根处。

徐致远见到四下无人，将服务员全身上下摸索了一遍，察觉无危险之物后平淡地吸了口烟。他看了一眼手中的东西，登时怔住了。

服务员从脖子上摘下来的是一块穿着红绳的银佛。

徐致远好像被迎头泼了一盆热水，浑身炽热了起来，刚才在心脏里不停跳动的那颗种子瞬间破土而出。

他张了张嘴，摘下了服务员的面罩，那近在咫尺的人终于发出了声音——似乎在忍笑，温声说："长高了，变机灵了。"

因为黑暗,他努力看清俞尧的脸时就像是在梦里寻索出路一样,一点也不真切,直到俞尧出声,他才猛然清醒,唤了一声:"尧儿?"

徐致远最先反应过来的不是爆发情绪,而是下意识地将烟吐掉踩灭,像个偷偷做坏事被父母现场抓包的小孩——虽然遮掩已经于事无补。

徐致远还是无措着的,一眨不眨地盯着面前人的脸,张了张嘴说了声:"我没抽,就是叼着……"

他发觉手中沉甸甸的,又慌乱地把枪收起来,说道:"拿……拿出来防身的。"

俞尧看着他解释完,说:"没有了吗?"

徐致远低着头,声音有点委屈似的:"嗯……"

四年和夜晚把重逢伪装得像梦境一样,徐致远呆愣愣的,也不知道自己为什么总看不清事物,直到一滴清澈的晶莹落到了他的嘴角。

俞尧听到他的声音有点哽,想去看看他的脸,问道:"哭了?"

"没有。"

徐致远现在的力气也不再弱过俞尧,身高也比俞尧高一个巴掌。

俞尧要微微抬头才能看见他的脸,他说:"还说没哭。"

徐致远转移话题道:"尧儿,你怎么会出现在这儿,你……"他迫切地想要知道俞尧在北城了无音信的几年过得怎么样,但是生生忍住了汹涌的思念,没忘了当下还有正事:"你为什么要打断接头……是那个宾客出了问题吗?"

"是,他叛变了,如果这次交接成功,淮市的同袍会将得到一些让他们暴露身份的错误信息。我是被组织派来扰乱这次对接的。"

"原来是这样。"徐致远神色凝重,他想起孟妙常还在那里和叛徒交谈,凭她的敏锐和聪颖,应该已经察觉出端倪了。他说:"你们打算什么时候处理他?我随时可以帮你……今晚都行。"

俞尧见刚才还拿枪指着他的徐致远直接倒戈,心中欣慰与无奈掺杂着,道:"你既然是做情报工作,就要有自己的思考和判断,有理有据地下定论,不能轻信任何一个人,包括我——你就没想过万一我才是撒谎的那个呢？"

"那我也信你。"徐致远毫不犹豫道，"再说你也舍不得骗我。"

俞尧拧了他的脸，发觉真是一年长一层厚度。他道："我会将情况上报的，不需要你来动手。"

他说："你先回去吧。"

可徐致远不放人，俞尧明白他的心思，说道："吉瑞饭店往东有一家咖啡馆，在二楼有个书店，名叫'行止'，也是方家开的，你如果能抽身，可以去那里找我。"

徐致远这才答应道："好。"

这场重逢短暂得只够一支烟的工夫，俞尧的身影没进黑暗里了，徐致远也恢复常态，回到了晚会上。

孟妙常再次看到他时，双手抱在胸前，一歪头，皱眉道："你去干什么了？"

徐致远心情舒畅地道："要你管。"

孟妙常望了一眼周围，轻声问道："那服务员不会是你熟人吧……俞尧？"

徐致远有时候会觉得孟妙常在他身边埋了许多双眼睛，不然她的直觉放到正常人身上实属有些离谱。

徐致远瞪着她，那眼神在说："你怎么知道的？"

"我本来就觉得那身影眼熟，"孟妙常道，"而且……你回来的时候整个人都精神了，跟换了个魂似的。徐总，这还用猜吗？"

徐致远及时止损，用正事搪塞她，道："刚刚那人怎么样了？"

孟妙常的状态切换也快，说道："我觉得他有点不对劲。"

徐致远说："他叛变了，俞……服务员是来打断接头的。"

"怪不得，"孟妙常分析道，"他方才左顾右盼，神色恍惚的，半天没什么其他举动，像是心里十分恐惧似的。一般情报人员被意外打断行动，不应该都是要么一切如常，静随其变，要么试图用其他方式继续发出信号吗……"

"哎,"徐致远道,"我有些好奇,你的姐姐究竟是怎么样的人?"

孟妙常一噎,说道:"为什么忽然说这个?"

徐致远真情实意地佩服道:"能治得了你的人,'修为'定是要比你高的。"

孟妙常抬起高跟鞋来,面无表情地踩了他一脚。

行止书店的陈设与仰止相比变了很多,但风格仍是相同的。

过午阳光正好,俞尧正兢兢业业地履行着书店员工的职责。他鼻梁上架着一副眼镜,在双面梯上站立着,怀里抱了一堆书,另一只手指在高层书架上挨个点过。

风把窗帘吹动,阳光在他眼前晃了一下,因为过于专注而没有注意到有个蹑手蹑脚的身影走到了他后面。

直到俞尧梯子爬了一半,手里的一大堆厚书被一个大东西凌空逮了下去,他才出口嗔道:"你急什么,轻点拿?"

徐致远若无其事地吹了声口哨。

他把眼镜夹到口袋里,跟在徐致远身后,看到他今天穿了一件白色长衫,衬得身材修长,头发也乖顺地放了下来。俞尧恍惚间还以为见到了那个在既明的教室里插科打诨的调皮学生。

走道里的两人身披着午间阳光的暖意,徐致远继续走在这条长度有限的道上,忽然觉得这样正好,不想再去问起那四年的苦难了。

他唤道:"小叔叔。"

"嗯?"

徐致远肚子里有千言万语,从嘴里倒出来就成了平平无奇的白开水,他说:"四年不见,你还好吗?"

俞尧正将客户预订的书挨个分开。他悄悄地瞥了一眼身边的徐致远,心绪翻涌了一会儿。

他到北城的那四年过得并不安生,他千辛万苦才联系上大哥,养了很久的伤病,后来几年一边帮俞彦打理家事,一边做着同袍会的工作,终于等到时机成熟才再次潜入淮市。而短短几年却物是人非，徐府无人，既明大换血……尤其是他在晚会上再次看到徐致远的时候，见他西装革履，熟练地叼着一支烟在人情世故里周转，心中不禁油然而生一种痛楚。

从前他老是责怪徐致远像个没长大的小孩，可他真正要独当一面了，俞尧才发觉自己其实更加不忍心。

他在心中轻声哀叹，并未回答，却不经意地瞄到了徐致远脖子后的陈年旧疤，眉头一皱。说："这是怎么伤的？"

徐致远淡淡地道："徐镇平打的。"

俞尧也明白徐镇平为什么会下此狠手——徐致远当初劫狱救他是足以论死的罪名，假如没有这道疤，徐致远大概都不可能站在这里和他说话了。

俞尧眼睫一垂，胸膛中泛了酸楚，他喃喃问道："你既然知道危险，当初又为何要那么做呢？"

徐致远微微笑起来会露出虎牙，模样像只狡黠的狐狸。

俞尧只是望着他，不作声。

徐致远脖子后的皮肤狰狞、凹凸不平，像是功勋者在碑上用力留下的刻痕。人们也只是注意到这最明显的痕迹，碑身被风刀磨过的千万遍，全都湮没在沉寂里了。

俞尧问道："你从既明毕业之后，去了哪儿？"

"去给孟彻做事了。"徐致远趴在前台，说话时下巴会在桌上一硌一硌的，道，"尧儿，我现在能赚很多钱了，以后就算你丢了工作，我也能接济你。不过你要是还想去既明任教，我也能想办法……到时候我就跟在教室后面听着，专门教训给你捣乱的小屁孩。"

听完俞尧失声笑了。

在既明大学的时间，对于徐致远来说大概是很珍贵的。他对美好的东西喜旧厌新，一段平和的时光却能让他记上很久，且余生一切回忆与愿望都与之相关。

可时光在向前走，他对念旧的人向来残忍，"回去"一直是个奢侈的词汇。俞尧现在已经"死了",九号教室是他再也回不去的地方。

但是俞尧并没有泼下这盆冷水,只是说:"好。"

倘若念旧之人天真,也算是残酷中的一丝慰藉吧。

俞尧和徐致远聊着,终于,一直在远处角落安静坐着的孟妙常说:"我觉得,你们叙旧的时间可以缩短一点。"

这声音使俞尧一惊,他没想到徐致远还带了别人,转头看向正在托腮望向窗外的孟妙常,但又被徐致远安慰道:"小叔叔不要慌,她是来掩护我的。"

孟妙常眼神飘过去瞪他一眼,漠然地道:"我不想来的,他怕我爹找人跟踪他。"

俞尧也知道徐致远和孟妙常的形式婚姻,但对于两人之间的印象还停留在两颗刺头上,也不知道他们相处究竟怎样,于是好奇地问道:"你们……"

孟妙常道:"这是我闺密。"

徐致远道:"这是我兄弟。"

两人指着对方异口同声地介绍完,面面相觑,皱起眉头,互相对自己的新称呼感到不满。

徐致远:"谁是你闺密?"

孟妙常:"谁是你兄弟?"

俞尧:"……"

原来四年还是太短,没能把这俩刺头的棱角磨平。

孟府。

裴禛在门铃前犹豫了一会儿,最终还是摁了下去。出来迎接的仆人是个女孩,见到新客人时恭敬地鞠了个躬,裴禛也还以笑容。

他每个月都会固定去几次孟府找徐致远——但是大多数时候他都不在。

几年前他答应了院长的请求,为了保全参加秘密手术的医生的安全,并没有在俞尧被舆论谴责的时候站出来说出真相,这给他的心底埋了巨大的愧疚，经过多年养成了一种心病，每当看到徐致远或是触碰到俞尧相关的事情的时候便出来作祟。

他总以为俞尧的死与自己有间接关系，如果你的挚友深陷危机，可以救他于水火的你却没有站出来，不论自己以什么理由寻求安慰，裴禛只会觉得那是懦弱者为自己所做的开脱。

背负内疚是他本该有的，必要的惩罚罢了。他想尽自己所能去帮徐致远，可知道内情的徐致远也曾未接受过他的帮助。

"徐少爷今天和小姐外出了，"仆人说道，"您有什么事情，我可以转达。"

"我没事。"裴禛不自在地将双手插进兜里，道，"他……什么时候能回来？"

"大概晚上吧，我也不知道。"仆人说着，赶紧对忽然从房间出来的孟彻道，"老爷。"

孟彻一边整理衣袖，一边抬眼看见了裴禛，笑眯眯地道："是裴医生啊，来这里有何贵干啊？"

裴禛礼貌地道："没有什么要紧事，只是想作为朋友邀请致远吃个饭罢了，碰巧赶上他没在家。"

"哦，是找致远。"孟彻的笑容里好像埋着什么隐晦的暗器，他到客厅里坐下，道，"来，裴医生，坐下喝杯茶再走吧。"

裴禛谢绝道："谢谢您，不必了……"

孟彻端起茶来小啜一口，道："听冬先生说，裴医生以前是俞尧的朋友吧？"

闻声，裴禛转身的动作一滞，转头望向他，并不言语。

孟彻再次指着沙发道："裴医生，坐下聊。"

裴禛站了一会儿，最后走到了孟彻的对面，坐了下来。孟彻将茶杯往他的方向一推，裴禛抬手挡住了，说道："俞尧从前的确是我的朋友，您有什么话就说吧。"

"没什么，"孟彻拿俞尧引他过来，却又说了其他的事，道，"听说裴医生的医术高明，正好我在抚临区有个朋友身体出了问题，一直得不到合适的医治,如果裴医生方便的话,我愿意重金聘请你去出诊。"

裴禛说:"您谬赞了,我只是个普通医生而已,面对疑难杂症同样束手无策。"

"去看看嘛,只是费一趟工夫而已,你的路费和住宿费由我来包办。"

裴禛仍然没有放下警惕心,说道:"您那位朋友是什么人?"

孟彻笑道:"你应该认识的。"

"我在抚临没有什么熟人。"

孟彻虽然调任,但身后人脉和派系仍像树根一样扎根在抚临区,继任他位置的仍旧是他的傀儡而已。在淮市他尚且需要顾忌联合政府和外洋政府,但在抚临完全可以翻手为云覆手为雨。

孟彻说:"是俞尧的大哥。"

"俞彦?"

裴禛倒是听俞尧说过他有一个同父异母的大哥,在俞尧出事之后也试图寻找过。可他不知道的是当时北城的战乱使俞家遭了重创,俞彦居所不定,所以裴禛的寻找无果,也从来没有见过俞彦一面。

裴禛皱眉道:"他病了?"

"他本就在战乱中受了伤,又颠沛流离了好些些时日,熬出一堆毛病来。"孟彻道,"又因为弟弟冤死而伤极攻心,所以情况并不乐观。"

裴禛本是半信半疑,可孟彻话里的"冤死"二字,就像是一记尖锐的钟声,他抬头看向孟彻,说:"您……"

孟彻将双手放在膝盖上,道:"裴医生是想要个让你相信我的理由吗?"

裴禛的五指在口袋里紧紧地攥了起来,在手心抠出了几道发白的印子,他扯了个微笑,说:"我孤陋寡闻,不知道你们之间有什么明争暗斗,也不会轻易相信谁。"

"裴医生,我既然向你求医,也就和你坦白了——镇平和俞彦是我曾经的同窗,而对我个人而言,镇平这个师兄一直是我崇拜的对象,他年少时可以不像我和其他学生一样虚伪地讨好老师，在课堂上能无畏地说出'我不知道为什么而读书'这种话来惹人发笑，可他随心所欲又从未放松对自己的要求，真是坦诚又自在极了。只是后来他拥有得越多，做事的顾忌也就越来越多，这一点我并不喜欢。我一直想要提醒他，但是他从来没有听过。"孟彻有笑有叹地说完，这番话里竟也有那么几分真情实意，他又道，"你看到我们之间关系僵硬只是表象而已，我仍旧是在意从前的情谊的，不然我就不会和徐家联姻，保他们在四年前的风波里无事了。"

裴禛从前也想过将徐家故意推到悬崖边的暗手中会不会有孟彻的一份，但又觉得徐孟联姻与陷害相矛盾——正是这份矛盾让孟彻在裴禛心中一直处于"可信"与"不可信"的边缘线上。

裴禛本来就有些动摇，孟彻便亮出了最后一个筹码，道："几年前，寺山……在送去你们医院之前就被人处理掉了，是不是？"

藏了多年的隐情被人公然挖了出来，裴禛心头一震，猛然抬头看向他。他说："所以您才……知道俞尧是冤死的？"

"他的死也不算冤——就算杀人是假的，同袍会社员一罪同样可以置他于死地。"孟彻说了一半，道，"裴医生，你怎么不喝茶，都要凉了。"

裴禛摇头，继续说："您知道他的冤屈，又顾念曾与徐俞两家的情谊，于是才愿意出手帮致远……和俞大哥吗？"

孟彻笑起来的时候眼睛一弯，像条收起毒牙的蛇，道："是的。"

裴禛十指攥紧，问："我能知道当初陷害俞尧的人是谁吗？"

适当的袒露是寻求信任必要的一环，所以孟彻也不含糊，说："冬建树，金吉瑞。"

裴禛沉默，终于说道："我明白了，抚临我会去的。谢谢您和我说这些，不过我还是想和致远谈一谈。"

"你知道他不会搭理你的。你当初既然选择了隐瞒事实，就已经相当于和他为敌了——即使我知道你是有苦衷的——你这四年找他的次数难道还少吗？"孟彻道，"不过如果你真想告诉他，我也不拦着，我就是怕他知道你要去给俞尧大哥就诊，会做出什么冲动的事情来。"

裴禛神色平静，看不出喜怒来，却能让人感受到他的全身正笼罩着一股失落与低迷的气息，他说："谢谢您提醒……"

门铃响了几声，仆人用清脆悦耳的声音说道："少爷小姐好。"

孟彻立即换了神色，问候道："回来了？玩得开心吗？"

孟妙常看了一眼父亲，说："一般。"

徐致远则是在门口与起身的裴禛对视，说道："你怎么来了？"

孟彻替他说道："致远啊，裴医生是来找你的。"

"抱歉，我没什么空余时间。"徐致远面无表情，也不去看裴禛，道，"有什么事情改天吧。"

说完徐致远上楼去了，孟妙常一边换鞋一边替他解释道："今晚和明天他的确有约。裴医生有什么话想对他说，我可以替你转告。"

"不必了，打扰你们了。"裴禛望着徐致远的身影消失，稍稍叹了口气之后，离开了孟府。

另一边，方景行神色凝重地走进咖啡馆，进门的时候敏锐地感觉到几个服务生看他的眼神十分不对劲。他压低帽子，穿过人群走向二楼时，果真看到了一群黑衣人在店里候着。

为首的牟先智见方景行来，脱帽鞠躬。方景行一派淡然地将身上的大衣挂到休息室的衣架上，说道："哟，稀客。"

牟先智笑眯眯地道："这里原来也是方老板的书店。"

"从前的地址让警察无缘无故地给我查封了，这不就挪地方了吗？"他瞥了一圈黑衣人，他们的目光就是一张网，正悄悄地在店里捕捉着。方景行说道："你们来买书吗？"

"顺路来看看，"牟先智随手抄起柜台上一本老书，快速地翻了一会儿，感叹道，"方老板每次开书店回头客都这么多，生意一定十分兴隆吧。"

方景行总觉得他拖慢腔的"回头客"三个字带着意有所指的味道，不过他的方寸也没有乱，从容地指了一圈："这您倒是看对了，喏，这些都是常客，除了学生，还有一些老先生也常来鄙店。"

同伙和牟先智交头接耳地说了什么，牟先智朝方景行笑道："那无事我们就先走了，改日再聊。"他举了举手中的书，将银圆放在桌子上，说道："这个我就买了。"

这群人走了之后，给书店这方小地方空出一大块清净的地方来。方景行检查了抽屉和休息室，发现有一些被翻过的痕迹，于是眉间的褶皱更深。他褪去脸上的笑容，从楼上的窗户望着这群人远去，待了足足有半个小时才缓缓地下楼。

不止楼上的行止书店，楼下的咖啡馆也是方家的。

他在咖啡馆找了个位置坐，戴着口罩的服务生将菜单放在他的面前，轻声说："是我疏忽了。"

"没有关系，他们什么也没找到，"方景行猜测道，"今天徐致远是不是来过了？"

俞尧道："是。"

"我说呢，苍蝇闻着肉的余味就飞来了。"方景行点了最简单的黑咖啡，将菜单递回去，说，"暗地里盯着小少爷的人比我们想象的要多，他单单要防一个孟彻就已经殚精竭虑了。何况还有冬建树、金吉瑞……以及他商业上的对手，真是四面埋伏。"

俞尧转身去给他现磨了，说道："你叫他千万小心，安全起见，我们这些日子就不再见面了。"

"好。"方景行道，"我回来之前得到了一些关于你大哥的消息。他去了抚临，具体原因没有详说，他走之前有和你交代过吗？"

俞尧皱起眉来，说："没有。"

"我们正在想办法联系他，你也不要太过担心，如果有什么消息第一时间告诉我。"

"嗯。"

"唉……"方景行压低了声音，说，"近些年联合政府和外洋走狗在各地大肆造作，提到同袍会就发癫。一是因为政局确实要变天了，二是，我听说组织其实在联合政府埋了条致命的暗线，那人身份是最高机密,过去很多年了,连组织高层都没多少人知道。那人接触到的军事情报尽是机密,甚至绝密——连同袍会在北城的一战告捷都有他的功劳。去年淮市动荡、孟彻调任,就是因为联合政府那群庸人的木头脑袋终于转过弯来,开始查这条暗线了。"

俞尧曾经在狱里听牟先智说过"淮市还有条藏着的大鱼"之类的言论。他们已经到了宁可杀错也不放过的地步,"勾结同袍会"这条罪名自然而然成了一纸毫不留情的屠杀令,落到谁的头上谁便难免杀身之祸。

这让俞尧不禁回想,他们这群人能逃过四年前的那一劫而无一伤亡,真的只是单纯靠着命大吗?

他默然不语,细细地思忖着。

提到这些事,方景行莫名其妙地想起了徐致远,于是问道:"说起来,小少爷脖子到脊背上那条疤,当初伤口流的血把医生都吓着了,听说在医院缝了很多针。要不是小少爷年轻体壮,就在手术台上过去了。"

"他是徐家的独苗,而且救你算有情有义,徐镇平居然能对儿子下得去这狠手。李编都因为这事差点和他决裂。"方景行摇头道,"也不知道徐镇平究竟是怎么想的。"

俞尧垂着的眼睫颤了一下,缀着些怅然,许久才吐出一个"嗯"字。

方景行正是风华正茂的年龄,但说起话来总有一股老气,一开口仿佛手边要配杯茶叶或是枸杞才够味。他清了一下嗓子,道:"既然又说到小少爷了,那不可避免地,我们就得把上次慈善晚会的事情给总结一下了。"

俞尧:"……"他稍微加快了磨咖啡豆的速度。

"俞先生,你平时做事稳重又理智,功劳很多。但我们具体情况具体分析,这批评你得挨。"方景行正经地道,"慈善晚会我们安排了许多人去打断接头,而你的身份是最特殊的,非到迫不得已本不需要你来出手。可知道交头的人是小少爷之后,你却先行'冲锋陷阵'了。我知道你们叔侄二人的感情好,你也想赶快见他,但也不用这么急。"

俞尧将咖啡摆到他的面前,试图让他停下分析,说道:"我只是觉得致远一定会发现不对劲,而如果他捉住的是其他人,他不一定会给予信任,我去和他解释最稳妥。"

"我们的同袍有那么多权威的自证的方式,小少爷要是一直不信那才是有鬼了。"方景行小啜一口咖啡,撇着嘴一语道破,"你什么时候学会找理由了?承认又不是难事。我跟亲人失联个四年我也着急,谁怨你了……总结的意义在于让你下次不要再犯这样冲动的错误。"最后又说教味十足地添了一句,"俞先生,你改悔吧。"

俞尧的咖啡堵嘴失败,或许真该弄杯红枣泡枸杞来才能起效。他只好揉揉眉心,抿唇说:"是……我改悔。"

裴禛向抚临出发前,先给吴苑塞了足够的盘缠,让她带着裴林晚先回老家去。

裴禛是医生,去抚临给人看病她自然也是支持的,只是他未曾提起何日归,让吴苑不由得担心起来。裴禛不善与他人说愁,总是温善聪明的好人相,喜欢把事情都埋在心里。

于是裴禛出发之后,吴苑躲着做功课的裴林晚,独自静悄悄地去了徐府门口。那里虽然每天有清扫,但是已经没有人常驻。直到被铁门和清洁工拒绝在了府邸之外,吴苑才知道徐家已经搬走了。

吴苑在淮市本地只和保姆邻居相熟,从来都没有以裴夫人的身份去参加一些上流宴会,所以裴禛这个层级的人物只认得徐小少爷和俞尧。她只知道俞尧被陷害成杀人犯处了刑,其他的事情均不了解,也理解不了。

现在连小少爷她都找不到了,她站立在偌大的房子前,双手拎着一个缝补了一角的帆布袋,里面装着打算送给徐致远吃的新鲜水果。

吴苑望着街上路人、马车、汽车来来往往,对未知难以言喻的恐惧感不知不觉地漫上她的全身。她自从与裴禛结为夫妻,几年来一直全心全意地照顾着这个属于自己的家。生活是一只安稳顺遂的茧,而苦心经营所用的"田地""茧丝"……她的一切一切都来源于裴禛——她似乎比裴林晚更要依赖裴禛。如果没了他,她又要一无所有地回到黄土朝天的农地,把心血浪费在根本不会关心她一丝一毫的"亲人"身上。

明明是青天白日,吴苑的心中却潮湿得很,她也不知道该怎么去合适地表达自己,赔着笑用衣服擦干净了几个橘子,塞到看守徐府的仆人手里。

就这样,她失落地回家去了。

抚临也被梅雨波及,天凄凄惨惨地哭了好些日子,骄阳酷暑接着换岗,行人都像一群被涮了又烤的肉片,在抚临这盆大锅里浑浑噩噩地飘荡着。

路上随处可见被烘干的蚯蚓,还有些在树投下的阴凉里苟延残喘,可只要太阳在天上走半圈,炉火似的光换个角度,它们的死期就临头了。

裴禛落地时水土不服,但他作为一个常年穿白大褂的,自有处理方式,不至于上吐下泻好几天。他随身带了个五脏俱全的小急救箱,地方到了给老家和孟彻分别写了一封信。在宾馆小住半天之后,就去往孟彻安排的地方了。

面前的是一栋别墅,裴禛将孟彻的手写信展给看守,获得了进入的准许。有师傅在院子里浇花修草,嘴里也在嘀嘀咕咕地埋怨着这个天气。裴禛进入别墅之后表明来意,被女仆带到了高楼层,敏锐的他在走廊里闻到了消毒水和血的味道,皱起眉头观察四周——这是一座华丽但并不夸张的别墅,柜子上偶尔能看见几件日常物品,比如仆人粗心落下的鞋刷子,楼梯边的电话上方有一些写着标注和号码的纸条夹在相框里,生活气很浓,应该一直住着人,并不是匆忙腾空出来给人使用,或者专门用来办宴会的地方。

裴禛莫名松了一口气,女仆将他带到这里就不再往前踏足了,用手指了一个门,说道:"俞先生就在那里。"

裴禛道了谢,和从旁边房间出来的两位护士擦肩而过,无意间瞥到了其他房间里两个缠着绷带的病患。

看来孟彻让他来不仅是给俞彦治病那么单纯——他心里想着，走进了女仆指的那间房，在有些暗的光线下，见到了躺在床上的男人。他本不想惊醒病人，可上前去时男人似乎动弹了一下，裴禛以为他醒了，于是俯身轻声问候："您就是俞彦先生吧？"

话音刚落，冰凉的硬物就抵在了他的后脑勺上。他进门时竟没有发现这里还藏着一个人。这人沉着声音说："什么人？"

裴禛从容地举起一只手来，另一只手从口袋中拿出孟彻的信件，展给身后的人看。那人阅读了一会儿，才试探完毕，将枪收起来，道："见谅。"

裴禛："没事。"

"你是孟彻派来帮忙的医生吧。"那人伸出手来说，"我是俞彦，幸会。"

裴禛这才得以回头，看清楚了俞彦那张和俞尧有些相似的脸。但是他想起了孟彻的话，疑惑地打量着活蹦乱跳还能举枪的俞彦，又看向床上缠着许多绷带的男人，道："您真是俞尧的大哥？"

"原来你还认识我弟。"

"我曾经给他治过胃病。"

俞彦盯着他寻思半天，蹭了蹭下巴，道："医生……是不是姓裴？"

"是的，裴禛。"

俞彦又放心了大半，抱过他来拍拍肩，笑道："我知道你啊，阿尧从前常和我说你。"

裴禛本来就被水土不服折磨得够呛，被他几巴掌拍得差点没把胃里闹腾的酸水给吐出来。他咳了几声，连忙和这同志保持距离，笑道："您……您和俞尧差别还真大。"

俞彦道："认识我俩的人都这么说过。"

裴禛见他提到弟弟也没有露出什么难过的神色，不免有些怀疑那"悲极伤身"的说辞，但又觉得是他刚从阴霾中走出来，装作乐观的模样,正犹豫着要不要出口询问。俞彦便正经下来,说道:"你既然来了,也就知道我们的任务有多么危险了。这几日千万不要走出这个别墅,必要时一定要向我打报告。"

裴禎确认自己被骗了,他皱着眉头说:"十分抱歉,我不知道我们有什么任务。我只是按照孟老爷的意思,过来给您治病的,但是您看起来安然无恙。"

"他没有告诉你?"

裴禎摇头。

"或许是他不方便和你说。"俞彦在交代秘密时,将周围布置得十分严密,且和裴禎一人戴了一个口罩遮上嘴巴,才说道,"咱们同袍会在联合政府高层有一条暗线,提供的情报一直十分机密且准确,但是就在一次秘密任务中,消息出了问题。导致我们失败且……伤亡惨重。"

裴禎似乎明白了什么,看向床上躺着的伤者,问道:"这些就是那次任务中受伤的人?"

"是,且领头人是我。我从来没有告诉过任何人,阿尧也是。"俞彦垂下了眼眸,道,"就是因为这次任务,当年的俞家刚在炮火中重建,紧接着就遭到了烧杀洗劫。后来我一直被追杀,多亏了孟彻,才能在抚临将这些兄弟们安顿好。北城……我只能偶尔回去看看了。"

"可孟彻他不是联合政府的人吗?"

"孟彻的身份太特殊了。他不但是联合政府的高层,还是……那条埋藏的暗线。"

裴禎闭上眼睛,莫名其妙地就被拉进这摊浑水里了,他道:"那您为什么要和我说,我可不想今天就死在您的枪口下。"

"你不用怕,"俞彦笑了几声,缓解了一下气氛,说道,"那条情报的错误指向性明显,他的身份已经因此暴露了,组织应该不久就会对他进行紧急转移,届时他就会失去卧底身份。虽然仍旧需要对大多数人保密,但你既然是他派来的人,又要在这里帮忙,知道得详细一点也无妨。"

"您为什么这么相信他就是那条暗线?"

"还是因为那个'机密'的错误情报。"俞彦叹气道,"我是因为这个吃的亏,所以对内容再清楚不过了——孟彻他知道详细的前因后果,一字不差。"

"并且……"俞彦的语气有些低沉,五指攥了起来,说,"他说是镇……徐镇平从中作梗,用错误情报试探他,并且试探成功了。"

"虽然我也不愿意接受这个事实,但我已经给组织发过了确认电报,得到的结果正是如此。"俞彦像是下了很大的决心,瞥了一眼床上躺着的弟兄,道,"我们会与徐镇平为敌。"

房间里安静了很久,裴禛恍惚间像是听到伤员的骨头咯吱咯吱地细响,他似乎也喉咙低吼着,攥紧拳头。

"虽然我并不想知道,但是还是……谢谢您和我说这些。"裴禛只好发誓道,"我以性命保证,在这里工作的这些日子,和离开这里的往后,都不会把事情说出去。"

俞彦:"嗯。"

"不过我的确要和您坦白一件事,很重要的一件事。"

俞彦神色凝重,道:"说。"

裴禛小小地举起双手:"我不是同袍会成员,当然也不是联合政府的人。我是无派别的民众。"

俞彦:"……"

"你没入会?"

裴禛一字一顿道:"我一开始就说了,我是应孟老爷之请来给您治病的,其他的什么也不知道。"

俞彦瞪了他半天,裴禛也理直气壮地瞪回去。

先入为主的俞彦陷入了一种尴尬的沉默。向普通民众泄露情报——虽然没造成什么威胁——但要是组织被知道,要么裴禛被监禁,要么他挨罚。

最后俞彦从抽屉里掏出一张信纸来,把笔丢给他,说道:"立马写个申请书,我给你举荐,报上去你立马就是了。"

裴禛攥着笔,说道,"当场入会?"

俞彦催道:"快写。"

方家。

方景行匆匆传话让俞尧过去,这次都顾不上换什么秘密地点了,方家的地下室最为稳妥。

俞尧有许多身份,这次以送书为由自然而然地进入了方家府邸。

方景行将他拉进地下室的时候,还抱着一堆信件,严肃的神情让俞尧感受了事情的严峻性。

"怎么?有同袍被抓了吗?"俞尧趁方景行点蜡烛的时候说道。

"什么叫说曹操,曹操到,"方景行从牙缝里吸气,说,"还没被抓,暴露了。"

俞尧没明白"曹操"象征着什么,问道:"需要我们协助转移吗?"

方景行点头,道:"暴露的是前几天我和你说的……那条暗线。"

方景行这一句话就让俞尧脊背发凉,他沉静不言,听方景行说着:"简而言之,北城同袍使用了暗线传达的错误情报,导致任务失败。组织猜测是暗线暴露。于是给淮市、吴州的同袍下达命令,向部分重要成员解除他的身份机密,并协助他转移。"

俞尧警惕地道:"难道没有暗线叛变的可能吗?"

"他既然担得起这个身份,做了最危险的任务,就说明组织给了他绝对的信任。他们有自己准确的判断,这不用担心。"方景行说,"尚且不说这个,对你而言,你若知道暗线的名字,你也会信任他的。"

"是谁?"

"徐镇平。"

刹那间俞尧的心脏猛然震荡了一下,但这震惊却又被一种冥冥的情理给约束着,不至于让俞尧颠覆认知。

"当初我以为是我家把我从监狱保了出来,现在看来,和徐镇平不无关系。"方景行自言自语地说,"他这身份一解除,之前所有的事,似乎都有迹可循了。"

俞尧又庆幸又担忧，一口气悬在胸口不上不下。他说："我随时待命，转移镇平才是重中之重，必要时可以用我的身份来声东击西。"

方景行无奈地伸出一只手指，道："俞先生，我的批评你是不是没有消化完毕？还是说被小少爷给传染了？怎么解决问题的思维都变得激进了，你……"

俞尧咳一声，道："老板，说正事。"

方景行只好及时刹了个闸，继续说道："说回来……还有一件更加要命的事。你大哥是参加那次失败任务的成员之一。"

俞尧皱眉道："他未曾和我说过。"

"他在很长时间里失去了音信——这个你是知道的。"

"嗯。"

"因为他的危险仍旧没有解除，包括你离开的这几年间，仍旧行踪不定。"方景行说，"但是我们这段时间发现了他在抚临的藏身之地，他竟然正在接受孟彻的帮助。"

俞尧的心再次吊了起来，说道："孟彻？"

"不排除他被威胁的可能，我们正在想尽办法联系他，并接他们离开那里。"方景行皱眉，"我不明白，他为什么会信任孟彻，因为同僚情义吗？"

"不会的，"俞尧抿了一下唇，认真说道，"他的心里有无法动摇的大义，如果对方是敌人，无论朋友、亲属……他都不会因为私交而手下留情，包括对我。除非孟彻用了什么手段让大哥彻底对他给予信任。"

"什么理由能让一个坚定的同袍会社员去相信一个联合政府高层？"

"暗线，"俞尧目光凝重，沉声道，"孟彻可以假装自己是那条暗线。"

"可要假装并不容易，他需要一个'证明'，什么证明能让俞彦放下戒心……"

两人皆停顿，对视之后，异口同声地说："那条错误情报。"

他们共同预感到了一种最坏的结果，只是在脑海中想象都会觉得汗毛直立。

俞彦本来就是错误情报的亲身受害者，孟彻如果知道这件事的前因后果——那么这个假装就容易得多。

而孟彻为什么会对此了解如此之深？

那结果可能只有一个，孟彻就是那个制造错误情报导致俞彦任务失败，使徐镇平身份暴露的人。

而现在这个罪魁祸首披了一件羊皮，去帮助了俞彦和受伤的参与者——这些人现在是一群不自知的人质，甚至可能成为孟彻借刀杀人的工具，这如何不叫他们毛骨悚然。

"不……"俞尧分析到最后，开始不敢相信这个结论了，他忐忑不安地道，"孟彻提供的证明再多，大哥个人再怎么深信不疑，除非得到了组织的认定，他也不会贸然执行的。组织有没有收到过他的电报，信件之类的东西？"

方景行却摇头，一字一顿道："组织没有收到任何他的确认电文。"

第16章 日落

不管怎样，他们在这里空担心是无济于事的，俞尧对方景行说："安排我和致远见一次面吧，我和他说。"

"徐致远就在孟彻眼皮子底下，除了你大哥，他就是陷得最深的人了。"方景行道，"孟彻说不定已经猜到了你回到了淮市。所以一定要当心，不要帮人不成反把自己栽进去。"

俞尧说："有致远在，我没事的。"

"成。"方景行见他胸有成竹的模样，一摊手，说道，"不过你得答应我一件事情。"

"什么。"

"七天之后你回北城，没有命令不许再回来了。"方景行伸出一只手，打住俞尧的话头，道，"停，我知道你要说什么。转移我们来做，俞彦我们来救，你老老实实去安全地方待着，不然我就上报你不服从命令，届时你会被同袍强行带离。"

"俞尧，你回淮市本来就是暂时被准许。时间到了你必须要回去。"方景行意味深长地说道，"组织需要你的知识和能力，回去你会被送往技术层工作，你的安全将会得到绝对保障。"

"我希望你能以大局为重。"

俞尧静默着。

"小少爷会平安无事的。"方景行笑道，"怎么，他现在都是大名鼎鼎的徐总了，你还当他小孩呢？"

俞尧道："不是的，我只是不知道该怎么和他说。"

久别重逢后的再次分离比漫无天日的等待更要让他难受一点。

"这你担心什么，"方景行并不知道这叔侄俩的特殊关系，但也能感知到徐致远对他深厚的情谊，"小少爷不是最听你的话了吗？"

裴禛写完志愿书的最后一行字，抬头看向一直盯着自己的俞彦。

俞彦一抬下巴，道："签名。"

裴禛："喔。"

从刚才开始俞彦的眉头就皱着，见他写完入会志愿书，终于忍不住问道："为什么孟彻会安排你一个组织外的人来帮忙？"

裴禛扣上笔盖，再次重申道："我是被骗来的，对你们的事一概不知。"不过他顺着逻辑猜测了一句，"或许是因为他的身份不方便向同袍透露？"

"你呢，"俞彦的表情比刚才要沉，"你既然和他非亲非故，为什么会答应他？"

裴禛将笔压在纸的边缘，发了一会儿怔，终于说道："我曾经在无意间知道俞尧被陷害的证据，可是却为了自己苟活，没有在他最危险的时候站出来坦明。"裴禛自嘲地笑了声，说，"很多年来我都以为俞尧的死与我有不可泯灭的关系，我答应他来帮你大概是想赎罪吧……对不起。"

俞彦："……"

他看着裴禛脸上真挚的愧意和悲伤，忍住没将嘴边的话说出来。

他心想，孟彻找的这个帮手真是够清白的，他不仅不掺和任何政派，甚至连俞尧其实还活着的内情都不知道。

俞彦都不知道该说什么了，手空比画了几下……算了，清白也好。俞彦拍了拍他的肩膀，未置可否，只说："不要总是沉溺过去的事情了，要向前看……过来帮忙。"

"嗯。"

在别墅的这段日子里与世隔绝，因为不断地有货源进来，物资还算充足。而娱乐方式除了赏院子里一成不变的花，就是和能喘气的人聊天了。可是这群人都身负着秘密，守口如瓶地演得兢兢业业，不轻易和人交谈，亏得裴禛也不是话多的人，不然非要憋死不可。

几乎每隔几天就会有伤员前来，他们皆和俞彦相熟。裴禛猜测这些人大概都是经历那次任务而被追杀的同袍。

裴禛起早贪黑地忙碌了一段时间，发现医疗用品隔几天就会缺货，随着断货的间隔越来越长，裴禛的工作也因此受到了影响。他也问过进货人，得到的回复是抚临的医疗物资的个人购买渠道遭到了政府的限制，他们由于害怕暴露而不敢进得太多。

于是裴禛只好和俞彦商量，伤员若是继续增加，不仅物资，连医生人数都要考虑增添。

俞彦说可以，但是几天都没有捞来新的医生，只好先把物资补齐，拍拍裴禛的肩膀，让他先暂时先一人担起这个重任。

自从来到这里，裴禛就已经把心态放平了，他一边给伤患打了剂消炎针，一边想起了不是他亲自开方就不吃药的俞尧，无奈地道："专逮着我一人薅羊毛这件事，真让你们兄弟俩玩明白了。"

俞彦笑了半天。

他们熟了之后，闲暇时难免会谈到俞尧。

俞彦还是跟裴禛说了俞尧四年前越狱成功这件事，裴禛知道真相之后，心情复杂地去院子里抽了半天的烟。

不管怎样，至少缠了他多年的心病稍微治愈了一些。俞彦也不想让他太过介意，于是跟他聊天解闷时扯了些愉快的事情。

徐致远打了第二个喷嚏，问旁边的仆人要了张纸巾。

孟妙常问："怎么，你感冒了？"

"我没事，这儿的香水有点冲，我在百乐门都没闻到过这么……"

他遮住嘴巴又打了一次喷嚏,把话说完,"浓的味儿。"说完他看向孟妙常,不禁问道,"你好了吗?"

今天很特殊。是孟妙常计划逃去北城的日子,也是她的生辰前夕。自从得知了她姐姐在北城的地址那天,孟妙常就和徐致远开始谋划逃跑策略了。徐致远本以为她会低调地暗中离开,但是怎么也没料到,她在这天竟主动请求孟彻为她提前办一场的生辰宴会。

徐致远又以为她是想借住喧闹和人群的掩护离开,但是又没料到这小姐竟在时间临近之时,在这里真情实意地梳妆打扮。

孟妙常穿了一身鲜红的裙子,将上身优美的曲线裹了出来,锁骨旁露出一片白如凝脂的肌肤,上面躺着一颗银链红宝石。她将头发梳了一个高髻,正面对着铜镜,用食指将胭脂抹在烈红如火的嘴唇上。抿唇的空隙对他,说:"这项链是我姐送给我的。"

"我没见你戴过,也没见你化过妆。"徐致远心中有一种莫名其妙的悚然感,说道,"你今天到底想干什么?"

"徐致远,欠我的人情我给你一笔勾销,只要求你今天晚上听我一次话,成不成?"

徐致远疑惑地看着她,说:"可以。不过我也得知道你要干什么,如果是帮你把你爹毙了这种活,恕难从命。"

"我现在不能告诉你——但可以保证谁都不会有性命之忧。不论什么情况,你只要听'我的话'。"

徐致远犹豫了一会儿,还是道:"行。"

孟妙常瞥了他腰间一眼,今天徐致远随身带着枪,毕竟在他们的计划里,他的任务是掩护她逃走。于是她满意地弹了一下响舌,掠过徐致远的肩膀,轻拍了一下他的背,说:"谢了,再见。"

那时徐致远还不知道,这个俏皮的声响以及四个像蝴蝶一样轻的字,在准确意义上,是两人最后的一次交流。

"孟妙……孟小姐呢?"

已经到了约定好的时间了,孟妙常仍旧没有出现,徐致远没有办法，只好离开守着的地方，去问了一位端酒的服务生。这服务生指向楼梯，说看到穿红裙子的女孩和孟老爷一起去了楼上的露天阳台了。

在夜色之下，耳边是宴会客人的舞步和欢快的爵士乐，徐致远处在其中汗毛直立，紧抓住胡思乱想的心绪，立马独自一人去了阳台。

到那里时他看见只有两个保镖在阳台门口守着，而孟妙常正端着一杯红酒和她的父亲聊些什么——这是徐致远第一次看到父女两人如此平和地站在一起说话。

他放缓了脚步，踏上台阶的声音空荡荡地飘过去，孟妙常听到了声音，转过头来和徐致远对视了。

这一眼让徐致远刚放下去的心又猛然吊了起来，某种空白感像洪水猛兽一样袭来。

因为孟妙常笑了。

她一手搭在了孟彻的臂弯，喊了声"爹"，而孟彻对现在的女儿并没有平时的警惕心，直到一把枪出现在了孟妙常的手里，枪口抵在了孟彻的太阳穴上。

在场人的表情如出一辙的震惊，两个保镖甚至一时都不知该做何反应。

孟彻怔了一会儿，冷着脸说："妙常，你想做什么？"

"你别叫他们过来，你知道我会开枪的，爹。"

孟彻平时极为杀伐果断，可此时并没有对楼梯口的三人下命令。他直直地睨向自己的女儿，说："你是翅膀硬了。"

"砰"的一声，子弹竟然真的擦过了孟彻的肩膀。孟彻弯腰向后趔趄几步，脸色阴沉得可怕，但没等他发威，孟妙常的枪口就再次指向了他的额头。

她朝冲过来的保镖大喊道："你们敢过来吗？"

两个男人立即刹住脚步，急道："老爷！"

孟彻做事狡猾莫测，在他手下办事从来都是以命令为先。而孟彻迟迟没有说话，孟妙常平时是他们最不敢碰的，这使他们进退两难，只能听从着孟妙常的话，举起手，将身子转过去。

这一切发生在电光石火之间，只剩了站在原地的徐致远和孟妙常面对面。他也终于在此刻"看"到孟妙常的话。

她用口型说："向我开枪。"

徐致远愣了一下，恍然明白了，这就是她今晚让自己无论如何都要服从的要求。

他面无表情，手指却发颤地朝父女两人举起了手枪。

孟彻以为这枪口是朝着他的。脸上仍然没有半点波澜，却浮现出"意料之中"的阴狠，他扯了一个可怖的笑容，温声说道："致远，原来是你要造反吗？"

徐致远摁下扳机。孟彻在枪响前迅速地躲开了，可是那致命的呼啸声从他身边擦过，精准地在孟妙常白皙的肌肤上炸出了一朵血花来。

而孟妙常借着这股巨大的推力，向阳台边缘仰去，张着双臂，一声没吭地坠落了下去。

那一瞬间徐致远头一次在孟彻的脸上看到了错愕。孟彻顾不上去捂自己的肩膀，伸出去的手没有及时抓住女儿的裙角，他冲过去大喊了一声："妙常！"

他的声音戛然而止。楼下传来一声闷响，孟妙常栽进了草垛里，而早就安排在那里的马车主人喝了一声，载着厚草垛的马车便快速移动了起来。

"……"

孟彻脸上的表情渐渐地转为愤怒，他捶着石栅栏低低地骂了一声——这也是徐致远第一次见他这样失态。他望向楼下，这个阳台高度不容小觑，虽然有草垛做底，但也保不准她会不会伤到。

这就像是反抗父亲严威的一场疯狂的恶作剧，孟彻脸上出现的惊愕与愤怒的神情，是她的胜利。

孟妙常忽然开心地笑起来，大声地、没有章法地唱着戏曲："一度春来一番花褪，怎生上我眉痕……"

鲜红、艳丽、张扬的裙和唇，与血一起，是烧在草垛里一把不羁的火。她渐渐远去的时候点燃了夜幕的一角，把人们的视线灼了一下。

自在极了。

后来孟彻再也没有抓到她。

孟妙常大概和姐姐去了不为人知的地方隐居,因为徐致远再找到她姐姐从前的养伤之所时,她已经搬走了。

昨夜的两声枪响把夜幕都吓了一跳,整个生日宴上的人都知道了孟妙常在孟彻的眼皮底下逃跑了。又因为生日宴上囊括了淮市大大小小的人物,于是这条消息不胫而走,已然成了一条版本众多的花边新闻。

孟彻接连三天的脸色都是铁青的。而徐致远尽职尽责地守在孟府没离开半步。终于,在孟彻的伤已无大碍的时候,他被暗中叫到了卧房。而孟彻开口问他的第一句就是:"致远我问你,你为什么要朝妙常开枪?"

徐致远明白,孟妙常之所以对他说"向我开枪",不仅是为了达到她疯狂的目的,更是在为他洗清嫌疑,并且让孟彻相信徐致远是一个毫不犹豫的"忠诚者"。

即使对于孟彻来说女儿是仅次于自己的相当重要的人,但对于他的"忠诚者"来说,心中不能有重要的高低之分,命令和长官的安全就是一切。

于是徐致远低头,轻声说道:"因为她伤了您,所以我才没有忍住。对不起。"

孟彻突然笑了起来,笑声在屋子里飘了许久才缓缓停下来,他摆了摆手,让徐致远坐下,道:"致远,你让我想起了从前的师兄。"

徐致远疑惑地看着他。

"就是你的父亲,徐镇平。"孟彻怀念道,"忠诚、沉默,又果断。"

他叹了口气,也不知是为谁、又为何而叹。他其他的什么也没说,吊着受伤的胳膊站起来,从床头柜的抽屉里拿出了一把枪,递给了徐致远,说道:"这是我从前随身的枪,以后你就把它带着。"

徐致远接过,说道:"嗯。"

"我会对外公开,生日宴上出现了持枪伤人的歹徒,被保镖击毙,而妙常只是去了别地方养伤,你仍旧是孟家的贤婿。"

"可是小姐她……"

"你不必管她怎样,我会不停地找她,如果她一直了无音信,就在名义上给她一个'去世'证明好了。"提到女儿时,孟彻脸上的阴云不散,似乎伤口也在隐隐作痛,"致远,往后你的私生活我不会过问,但在立场上,你知道该怎么做。"

"是。"

唱完了黑脸,他又慈爱地拍了拍徐致远的肩膀,唱起了红脸:"你也不用担心,我始终是和你们徐家站在一起的。过几天,我还要请你爹来家里做客。到时候你做的那些业绩都能叫他看到,他定会称赞你的。"

徐致远点头,将孟彻换下的棉布和绷带顺手带离,关上了卧房的门。

他这几年只和母亲保持信件交流,而跟父亲几乎没有什么联系。当初徐致远离开手术台时睁开眼睛的第一句话就是一句毒誓,他嘴唇苍白地说只要这伤还长在他背上,他就不会再叫徐镇平一声爹。

他在炎凉世态里滚过一遭之后,再回望时,那看起来不过是一句被伪装成"毒誓"的幼稚气话罢了。但少年人的自尊和脸面被岁月磨得再薄,也还是有的,在父亲这个让他情感复杂的人面前捅破终究是难事。

他这样边下楼边想着,手不知不觉地触碰了一下脖后的那可怖的伤口。回想了半天,在倒数第三阶楼梯上停住了脚步。他想起来,俞尧好像一直对横在他脊背上的这条疤一直耿耿于怀,每逢见面必定问起。

看来他如意算盘没打错,这道伤让俞尧多少有一点愧疚。想到这儿,这疤的意义忽然变得非同凡响,"人凭伤贵"的兔崽子心情大好,其余的烦心事也不来烦他的脑子了。仆人叫少爷的时候,他正好跨了三道台阶直接蹦下来。

仆人被他吓了一跳,惶恐地弯腰向后一躲。两人面面相觑一刻钟之后,仆人看见徐致远正了一下领带,正经得像是什么事情也没有发生,淡然地说："怎么了？"

"方才有人给您送东西，是酒厂那边的人。"仆人道，"我放到您房间了。"

这其实是方景行给他传信的方式，只有他们二人心知肚明。

"知道了，"徐致远说完向前走了几步，又折回来，咳了几声，对仆人道，"那个……台阶上有水你待会儿擦一擦，刚……刚才差点摔下来。"

仆人低头看了看干净无辜的楼梯阶面，连忙道："好的少爷。"

他和俞尧的见面地点定在了淮市郊外，徐致远临时改的。

郊外人烟甚少，坐落着徐致远经手的工厂。方景行相信他的隐蔽能力，于是便同意了更改。

俞尧在约定好的时间打开车门等候，徐致远迎头就是一句："小叔叔，我们是不是都没有一起去看场电影？"

俞尧关上门的时候怔了一会儿，他对这个约定的印象有些淡，恍然间想到这似乎是很多年前的事了。俞尧说："你要去看吗？"

"现在不行，仰止老板也不让啊。"徐致远吹了声口哨，道，"现在我要带你去个地方。"

一路上两人顺便互通了消息。知道徐镇平的真实身份之后，徐致远眉头皱了皱，开始琢磨起孟彻和他说的话里几分真几分假。

"我有一个问题，如果孟彻真的想置我爹于死地，那他为什么不凭着自己试探成功的证据直接动手，或是上报联合政府？"徐致远奇怪地道，"却还要通过欺骗你……咱大哥这种复杂、成功率又低的方式来借刀杀人呢？"

"我也不知道，但他的确正在这么计划着。"俞尧的手指在手心摩挲着，担忧地说道，"你在孟彻手下做事，一定要当心。一定和方景行保持消息通畅。"

"还好，孟彻现在对我比较信任，还要多亏了孟妙常。"徐致远叹道，"她这个人思虑太精妙、周全了，能办到很多人都办不到的事。"

"我说过，孟姑娘很厉害。"俞尧道，"当在监狱第一次遇见她，我便这么想了。"

"致远，这次见面还有一件重要的事要与你说，"俞尧挑了这个时机，说道，"我得回去了。"

车子缓缓行驶着，好一会儿徐致远才问道："回北城吗？"

"嗯。"

"什么时候走，我去送你。"

俞尧盯着他，道："竟然没闹。"

"我又不是小孩了，"徐致远不服气地道，"你是组织特许回来的吧，他们的目的是保护你，所以还是听从命令比较稳妥。"

俞尧双手盘在胸前，给小兔崽子写了条评价，道："长大了。"

到地停车，徐致远走下车来，俞尧跟在他身后，终于看到了他要带自己来的地方。

郊外有一个比较高的斜坡，上面地形平坦视线开阔，两旁栽有几棵巨大的树木，斜坡上杂草与矮木丛交错，下面则是一片围着栅栏的树葡萄。他们所站立的地方可将这些景色一览无余。

"来这里干什么？"俞尧额前的发梢被风拂起来几丝，眯着眼看向阳光下的葡萄园。

"你不在的时候我就老来这里坐着，"徐致远说着就找到了那块经常光顾的岩石，蹲坐下来，说，"望天，盼着能看见南往北来的候鸟。"

徐致远在身边给俞尧扫干净了块地方，拍了拍，让挨着他坐下，说道："但是后来一想，人家丹顶鹤的路线大概都没考虑这鬼地方。"

俞尧轻笑一声。

徐致远说："小叔叔，你说要带我看鹤，结果我到现在都不知道它们长什么样。"

"你不是见过照片吗？"

徐致远说道："只是照片怎么能够呢，若是只能通过照片看，那可太遗憾了。"

"等你和镇平安荣去了北城,我们有的是时间和机会看。"俞尧也跟着他学会了狡猾,道,"先给你留个盼头。"

"……"

徐致远乔装打扮去车站送俞尧离开时,方景行差点没认出来,在确认了这个看起来鬼鬼祟祟的人其实是徐致远之后松了一口气,继续他和俞尧的话题,分门别类地嘱咐完一切之后,方景行道:"喏,那边有个摊,你就在此地,我去给你买点橘子带着。"

"……"徐致远看着他的身影走了不远,转头对俞尧说,"老板和你差不多大,怎么却跟岳老一个气质。"

俞尧听着清脆地笑了几声,湮没在旁边七嘴八舌的送别杂音里了。

火车站是这样一个地方,热闹熙攘,有太多的人太多的目光。可平时庸碌繁忙的人们却在这里将自己慢了下来,目光变得像专一的圣人,只注视在亲属、朋友、爱人——那单单一个人身上,离别将人们都溶解成了一团单纯的灵魂。

徐致远正发着呆,俞尧忽然唤了他的名字。他把半个身子探出火车窗外,拍了拍他的脑袋,说:"我走了。"说完匆忙把身子缩回去,被窗户下栏磕了一下头顶,嘶了一声,继续说完,"你好好的。"

徐致远怔怔地道:"好。"

方景行在保安赶人之前回来,将一袋黄灿灿的橘子给俞尧从窗户递过去。然后两个人,一群人,都往后退了很多步,看着火车鸣笛,渐渐远去。

徐致远回府的时候,正巧撞上孟彻回来。

他告诉徐致远,徐镇平在一场宴会上遭到了暗刺,虽无大碍但现在身上有伤,来淮市的日期需要推迟,所以叫徐致远给自己的父亲写一封信问候,顺便和自己更改时间的邀请函一起寄过去。

徐致远已经知道了孟彻的计划,此时这个要求在他看来不过是明晃晃的威胁罢了。

不知受伤的徐镇平在见到一封近乎"鸿门宴"的邀请函与自己儿子的问候信一起寄来是什么感受。

但徐致远还是顺从了孟彻的意思，从书房取了几张信纸和钢笔，回房去了。

手中的薄纸被徐致远攥出了许多皱痕，听俞尧转述了一切之后，他开始害怕这场行刺是俞彦计划的。先不说同袍会能不能成功地将他们这些被蛊惑的"人质"救出来，找到并说服他们都是难事。

徐致远在灯下一笔一画地写着，正好墨水耗尽时，写完了一个"远"字。

徐镇平就像是一株伪装在荆棘丛中的树，而错综复杂，交乱带刺的藤条已经缠满了他的全身。太多的眼睛盯着他，如果贸然消失或者逃走，恐怕会连帮他转移的同袍也搭进去。所以他们正策谋着为徐镇平计划一场巧妙的"暗度陈仓"。这必然需要一段时间，而这段时间里徐镇平肯定会尽量低调，不让盯着他的眼睛抓到什么把柄。这样想的话，徐镇平必然不会赴孟彻的约。不过为了告诉"蒙在鼓里"的儿子真相，来淮市的可能性还是有的。

于是徐致远灵机一动，用断断续续的墨水，在"徐致远书"的上方又添了一行字——"上次嘱咐我的事我知晓了，你静心养伤，不用担心我。"

徐致远偶尔会和在吴州的父母来往信件，但那都是李安荣在主笔。这几年两个牛脾气的父子根本就没说过话，更别说什么嘱咐了。

不过徐致远莫名其妙地觉得，自己寄过去的每一封信徐镇平都会看。

所以这"嘱咐的人"就成了一道暗语了。

写完，徐致远在信尾画了一个"老俞"，又瞎画了几道线，伪装成笔没墨时乱画的痕迹。

扭曲的小人涂鸦瞪着两只颓靡的黑眼球和徐致远大眼盯小眼。不知徐镇平能否记起十九岁的混账儿子曾在试卷纸上画的"老俞"，并由此联想到俞尧已经再次见到了徐致远……反正死马当活马医了。

徐致远这样想着，将信一折，塞进了信封里。他知道孟彻还得检查，干脆就没有粘口。

"老爷，您派去的裴医生已经在那里工作许多天了，如您所想，一切顺利。"

孟彻躺在床上，自己的副官正为他换药。孟彻说："吴州区的行刺是不是俞彦干的？"

"因为抚临区的药物进货渠道有限制，他前几日以买医疗物资为由，去过一趟吴州。"

"那肯定就是他了，"孟彻说道，"进货只是个正当借口罢了，若单纯只是这种小事，还需要他亲自出面吗？"

待到新绷带换完了，孟彻说道："一定要加强隐蔽，千万不能让别墅里的那群人出事。俞彦他可能对我们尚有怀疑，不可以放松警惕。"

副官顿了一下，说道："您还是觉得，那封电报是有问题的吗？"

孟彻的脸上浮现出一些阴沉来，他道："我虽然派过人去拦截俞彦的确认电报，但是那群饭桶一点靠不住，拦都没拦下来，更别说以同袍会的名义给俞彦传回假文件了。"

"也就是说俞彦的确认电报其实已经到过同袍会的电报员手里，可为什么俞彦仍旧得到了份假的回应？既然俞彦能够相信，就说明它伪装得极其内行。"

"您怕这是他们的将计就计？"

"不一定，或许是有其他原因，"孟彻眉头褶皱加深，凭着直觉道，"最好把那个暗中接收俞彦消息的人查出来。"

裴禛不停脚地忙活了一上午，手有些发颤，趁着没有什么事情干扰的工夫，正在别墅花园里看那师傅修剪枝叶。今日过晌阴天，天气有些凉，于是裴禛披了件大衣。

俞彦回来见到他，拽了一下他的大衣袖子，开口就是："裴医生，这么有闲情逸致。"

裴禛不去看他,把他手中的衣角夺了过来,道:"少给我阴阳怪气,我照顾你们这群上帝好几天了,地里的耕牛还有歇息的工夫呢。"

俞彦笑道:"救死扶伤,医生的天职嘛。"

虽然这些天裴禛的鼻子被消毒水和药味熏得有些不灵敏,但还是闻到了一些血腥味,他问俞彦:"你受伤了?"

"无碍,都是些小伤。"俞彦将一个大麻袋放在地上,说,"货到了,你看这些够吗?"

裴禛血压上来,揉揉眉心,说道:"你不能这么运输药品。"

俞彦先去屋里要了一杯水喝,回来说道:"抱歉了,我这次回来得又快又急,自己的命都勉强才能'保存得当',实在没有那么多心思去照顾这些东西。"

裴禛检查了一番,一边念叨了些俞彦听不懂的词,问道:"……麻醉药呢?"

"这个管控得实在是严,我已经尽全力了。"

"这里的已经所剩无几了,你自己弄不来就赶快让孟彻去进,万一再来许多伤员,手术根本没法做……还有……"裴禛严肃道,"我让你找的医生呢?"

"已经联系了,在来的路上,应该今晚就能到。"俞彦道,"暂时不会来伤员了。我们每过一个月转移一次地点,还有两天周期就到了。到时候新地方物资管够。"

"那医生不会又是被孟彻骗来的吧?"

"不是,是我从吴州回来时偷偷联系的同袍。"俞彦赶紧道。

裴禛虽然懂得多,但也不是专项全能又熟练的,焦头烂额的他盼这样一个帮手已经好多天了,至此终于松了口气,说道:"感谢上帝。"

"上帝不管咱这地儿。"俞彦调侃道,"你感谢我吧。"

"……"裴禛把这个满是血腥气的祖宗拖回去上药了。

今晚难得清净。

裴禛在盥洗室照到镜子的时候发了一会儿呆,好久才认清楚上面那个面容憔悴的人是自己。他下意识地鞠了一捧水清洗了脸,脏污可擦去，但神态是洗不掉的。

人总是在疲惫或恍然发现自己经不住岁月的时候，会生出对故乡和亲人的思念来。裴禛也不例外，他不禁在此时想起在老家的吴苑和女儿。他的脸上和手上残留着水珠，湿漉漉地将自己脖子上一块长命锁拈了起来。

这本来是裴禛的前妻留给女儿的东西，走之前裴林晚心血来潮，将它挂在了父亲的脖子上，并让他早些回来。

在月光的镀色下，他手指上的银色戒指与长命锁拥有相同的柔色光辉。

他看了半天，沾水的碎发垂在了额头前，终于缓缓地把那只戒指摘了下来，放进了上衣的兜里。

"我给弟弟也戴了一块银饰。但我家老人常说男戴观音、女戴佛，我给阿尧戴银佛戴错了。"俞彦的声音忽然出现，他道，"我寻思着哪儿那么多迷信规矩，阿尧被哪尊神仙保佑还不是保佑了？"

"……我叫你一声大哥，你打声招呼再说话行吗？"裴禛被他吓了一下，深呼吸，接上他的话，道，"其实许多迷信在最初只是来源于美好的祝愿而已，只不过传承中让人扭曲了很多本质意义。"

"美好祝愿……"俞彦坐在窗沿上，用下巴指了一下他的长命锁，跷着腿说，"就比如说，这送你的人是希望你长命百岁？"

裴禛温和地笑了一声，说："这是我女儿送我的，她大概也没有想那么多，只是觉得好看又珍贵而已。"

"说不定真这么想呢。"俞彦一撇嘴，话题一转道，"你竟然都有妻有女了，而我们这些人都还打着光棍。成家人士给光棍们多一点关怀和无私奉献是好事，对吧裴医生？"

裴禛："……"

"这都是什么道理，"裴禛看着这个无时无刻不在催自己"爱岗敬业"的病患，说道，"你要是当了地主或是资本家，定然是个扒皮。"

俞彦咯咯地笑了起来，可是一会儿后声音戛然而止，猛然转头向窗外望去。

让他这一反应搞得裴禛也紧张起来，他问道："怎么了？"

"没事，就是……"俞彦凝神在夜色里望了一会儿，用指弯揉了揉太阳穴，道，"这些天神经紧绷，老是疑神疑鬼。"

裴禛也知道前些天他去吴州的目的。徐镇平老谋深算，想要和他斗的话还需要从长计议。裴禛劝他先不要着急，让他先去歇息。自己则给病号换好药再去休息。

"路途暴雨，那医生应该耽误了些时候，辛苦你了。"俞彦拍了拍裴禛的肩膀，"遵从医嘱"地去睡觉了。

也不知怎么的，明明是个清净夜，裴禛却被方才那一惊一乍牵扯得心绪并不宁静。或许就像是俞彦所说的，过午下了场暴雨，不仅把许多条道路给堵住，连人心也给淋得泥泞了。

裴禛秉灯夜游，将别墅前后都检查了一番，路过花园时被泥点子溅到了裤脚。关好门窗之后，才慢慢走上三层，推开一扇门。

这房间里躺着的病人和裴禛已经很熟了。他们从一开始的见面缄口不言变成了时不时会聊一些家常和琐事。裴禛虽然不知道这个同袍的名姓，但知道他的家中有一老母和腿脚不灵的弟弟。人们诉说起思念时的情绪是相通的，裴禛和他找到了一些微妙的共鸣，于是也很喜欢有事没事来这里待着和他说话。

夜色已深，裴禛估摸着他是睡了，才没有在他轻轻推门的时候打招呼。裴禛把手中的东西放在柜子上，慢慢地戴上手套，可是过程中总觉得哪里有些不对劲，或许是因为时不时扰动鼻腔的血腥与过氧化氢的混合味总拨乱他的神经。

可直到他在转身时，房间里没关上的窗户掀起飘荡的窗帘，将一股新鲜的腥臭味扑打在他的脸上。

裴禛的眉头猛然锁了起来，他在原地站立，凭着某种感觉向黑暗伸出手，去推开了房间中央的一道屏风。惊诧地发现了正躺在血泊中的护士，衣服和地板一片血色。

裴禛骤然冒出簌簌冷汗，转头看向床上那位沉睡状的同袍，立马去伸手推了推他，却没得到任何反应。只见他面色青紫，裴禛颤抖地翻开他的眼皮，确认死亡之后，沉默地向后退了几步，思绪好久才在脑海中轰然炸开，他立马奔向门外。

但还没有触到门把，他的耳神经就在可怕的静谧之中捕捉到了一丝小而轻的机械声响。

是隐藏在暗处的上膛声。

俞彦忽然睁开眼睛，在床上坐立起来，眼神像是夜里的枭鹰，转向了门口。

他方才浅睡时做了个噩梦，加之远处有不断的雷声，才将他惊醒了。

而睁眼时俞彦却听到了转瞬即逝的异响，他在夜里的寂静中毛骨悚然起来，这大概是身处危机太久给他磨出的敏锐触感在提醒他。几乎是凭着肌肉记忆，他睁开眼的第一件事便是将枪掖在了袖口里。

他长坐一会儿，然后光着脚慢慢地落地，将窗户打开半扇，湿润的凉风徐徐地吹拂在皮肤上，能让人感受到其中混杂的雨滴。

俞彦眼眸一垂，又走回床上，熄灭了烛火。慢慢地躺下，房间安静了一会儿之后，俞彦几乎是突然掀起了床单，朝地下盲开了一枪。

果然，下面传来一声闷哼，侧面窜出个人影来，眼疾手快地抓住他的脚踝将他拽落床下。俞彦心知赌对了，同时来人身手的敏捷又让他冒出冷汗来。

方才那一枪也不知打到了哪里，不过有它做掣肘，刺客受限了的速度要比俞彦慢一点。俞彦顺势一翻滚，干脆用后背将此人侧压在了墙上，同时训练有素地用被抓住脚腕的腿向刺客的头部一缠，紧紧地勒住了他的脖子。

仗着那一点灯光，俞彦摸到了刺客身上的匕首和枪，呼吸不顺的刺客用力捶打着他的小腿，扭打一番之后，俞彦衣袖下的胳膊被擦破出了血丝，而刺客也被俞彦直接击毙。

俞彦靠在床沿，大口喘着气，通过烛光照明，他看到了这个刺客的面容，一身黑衣，高鼻深眼窝，棕色短发，是一副洋人相。他的枪是俞彦不熟悉的型号，安了消音器，其余有攻击性的东西只有一把匕首，和腰间的尼龙绳上的铁钩。而他的左眼正不停地流着血。俞彦这才知道，自己刚才往床底开的那一枪刚好击中了他的眼睛。

想起刚才这刺客仍然敏捷的反应，他心存惊惧，心想要是打中的是其他部位，刚才的扭打他还不一定能占上风。

他正打量着那具尸体，门吱呀一声打开了，俞彦警惕地抬起头来，举枪。

门是被风吹开的——走廊的窗户也开着，正巧与他房间的窗户相互通风，便将没锁的门吹动了，外面窗帘也正在鬼魅一般飘动，闪电将这一切存在的场景照耀得犹如白昼。不祥之意像只丑恶的蠕虫，缓缓爬上俞彦的心头。

他明明进屋时锁上门了，而且护士和裴禛在睡觉之前都会习惯性地去检查门窗。

这个刺客的进入连他都没有察觉，那其他人……俞彦的不祥的预感忽然达到了顶点，立马离开阳台，奔向门口。

可是就在这时，一只手伸过窗户半开的缝隙，猛然箍住了他的脖子。

俞彦在反应过来之前，整个上半身被拖出了窗外，他用双脚钩住了内侧的窗沿，才不至于从三楼掉落下去，这时，大雨疯狂地倾注在了他的脸上，砸得他睁不开眼。

紧接着刺痛从背和侧腹炸开，刀子捅入又拔出的时候，凉雨在疯狂地往血洞里灌，燠热的血被浸得失去温度。

俞彦忍着剧痛，用力抓住了刺客持刀的手，竟以倒立半吊的姿态转了个身，趁刺客身子被扭动的瞬间，朝尼龙绳尽头的铁钩开了一枪。加之雨水的润滑，支撑绳滑落，刺客猝不及防地坠下去，连带着不堪重负的俞彦一起。

他们坠落时的声响掩埋在如注的大雨和雷声里，把上午园丁刚剪好的灌木丛砸塌了一片。刺客垫在了俞彦的身底下，而争斗之中那把匕首正好刀刃向下，凭着重力直直地插入了刺客的胸膛处，几乎连刀柄也没

213

入进了肉里。

俞彦挣扎着给了他的喉咙一枪,并看清了他的面容——他面部的"洋人"特征比第一个在他房间行刺的人还要明显。俞彦确认他再也爬不起来之后,在雨中躺了一会儿,喘着劫后余生的粗气,雨水顺势就卷进了他的肺里。

他咳出了血和雨的腥臭味,艰难地爬起来,捂着腹部惨不忍睹的伤口,爬上了楼。

他虚弱又紧张地不断在墙后举枪闪躲,怕遇到第三个刺客,但直到走上楼也没有其他的异变。

俞彦本就做好了最坏的心理准备,但楼上的惨状还是超出了他的预期,每个房间里的伤员、护士……所有的人无一幸免。

俞彦喉咙发出低沉而又悲怆的骂声。以这两个刺客的能力和专业素质来说,他本来也应该是死尸中的一员。大概是雨和夜的掩护,以及杀光整个屋子里的人时过于顺利,让他们两个人对俞彦放松了警惕,加之幸运的眷顾,俞彦才逃此一劫。

……谁会暴露他们的位置,又能联系到并派出这种杀手来对付整个别墅的伤患?

……孟彻那些所谓看守别墅、"保证万无一失"的人又去哪儿了?

……说不定那赶在路上的医生已经遭遇不测了。

俞彦咬紧了牙根,没有逻辑地蹦出许多疑问来,可已经想不了太多了。流血和疼痛开始让他意识恍惚,他心知自己就算杀掉了那两个刺客,身上的伤也叫他难逃一死。他最终摔倒在一具尸体旁,不甘心地闭上了眼睛。

他再次睁开眼时,发现自己正躺在床上,旁边有一盏昏暗的灯。

身体好像正处于一种轻微的麻醉状态,他的脑子也不甚清醒……但他记得裴禛说,这栋别墅的麻醉药已经不多了。

裴禛的声音在旁边传来,他怪异地裹了两件大衣,戴着口罩,坐在凳子上,正一丝不苟地处理他的伤口。

"你忍一忍，正在缝针。"

俞彦翕动嘴唇，发现自己的声音已经失去了原来的音色，九死一生之后终于碰上个活人，泪腺生理性地运作了起来，他问道："你怎么没事？"

"我装死了。"

俞彦："什么？"

看着他的神情迷惑，裴禛的眼睛幽幽地盯着他，声音还是如第一句那样轻，道："怎么，你很希望我有事吗？"

这口气听起来实打实地是裴禛，俞彦终于松了一口气，缓上来的疼痛让他龇牙咧嘴了一会儿，他哑声问："其他人呢？"

"就我和你还活着，剩下的物资也……"裴禛的手指打了一个颤，他努力地精准控制缝针的手，说道，"只够一个人的了。"

俞彦闭上眼睛，将悲痛强行隐忍下去，说道："这群浑蛋……"

"国内调动不来这两个刺客，究竟是谁干的……"

裴禛不说话，俞彦转头看向他，专心之中的裴禛才开口道："我现在没空和你分析。"

"你就跟我说说话，转移一下疼痛。"

"关二爷刮骨疗毒的时候也没见像你话这么多，就你多事。"

"啧。"俞彦道，"裴医生，您能不能对病患的态度好一点……再说我们也算出生入死的兄弟了。"

裴禛无奈地叹了口气。

"我跟你说，带你去北城……嘶……北城我故乡有块大岩石，我们在那面祭几个桃，结个义，往后就是义兄义弟……我跟徐镇平都是在那里拜的把子……啧，怎么又聊到他了。"俞彦望着天花板，"算了，不说了……你说说你自己的事，我现在脑子不清醒。"

他为了转移注意力的碎碎念让裴禛轻笑了一声。工作全部结束之后，他手已经颤到无法控制，这才往椅背上一靠，用"话疗"给这病人"转移疼痛"，仰着头说起自己的事情，道："……从前我说想要学医，恩师问我，你要救死扶伤还是要赚钱，我说当然是救死扶伤。他便说那你就去学外科吧。"他的声音轻得像是一阵风,在雨和雷中艰难蹒跚,"学了很多年,随着年岁渐长,我发觉自己其实是个俗人,于是我回去问恩师,我能不能重选赚钱的路子。恩师说,选了贼船你还想半路下来,想得倒是挺美。"

刚缝好的伤口让俞彦笑得不至于太过分,他说:"你老师虽然是好意,但话说得像个土匪。"

裴禛也同他一齐望着天花板,继续说:"后来我出国留学,导师发现我竟然莫名地有点天赋,于是带我做研究,我也莫名其妙地'转了行',跟着他混了个内科学博士。"

他说得戏谑轻松,而他如此年轻却获此高誉,背后的艰辛与心血,被他自己短短的几句话一掩而过了。俞彦于是只能静静地听着。

"我总觉得自己的医生名号是个杂牌,没有什么精力去搞术业专攻,学识短浅而不能精通各项。甚至学了那么多年数,连自己的爱人都……救不了。我从前那些'救死扶伤'的凌云壮志,好像变得缥缈了。"

裴禛说着:"有一回在医院忙得实在不堪,没有约束住自己的情绪,回去跟苑埋怨,'说不定我到死都在做手术,而病人醒来只会感恩上帝和神,也不会记得在他手术台上遇到过一个裴禛',但苑听完并没有怪我,她和我说,你不喜欢的话便不要勉强自己了。我却好似惊醒了,也忘记了抱怨……我想起了恩师的话,忽然思考起来,到了现在,我除了'救人'还能做些什么。"

两人在烛光下陷入了长久的沉默,俞彦忽然开口说:"你救了我,我记得你。"

裴禛戴着口罩,只剩一双眼睛转动,看向他,笑了起来,说:"可我不乐意救你。"他道,"我好不容易在所有的房子里翻到一个还在喘气的人,发现竟然是你……原本觉得还是让这人自生自灭算了。"

俞彦道:"注意医德,裴医生。"

谈笑完,裴禛又向他艰难地说道:"你回去之后,记得要去看我的女儿和妻子……苑和小晚把我当作依靠和最亲的人,可我对不起她们。"裴禛的动作好像累得生了锈，过了好久将脖子上的长命锁和口袋里的戒指抓出来，放到俞彦身边的床头柜上，说，"……帮我把这些给他们。"

"还有啊，"裴禛伸出一只手来，道，"你要跟阿尧……替我说声对不起。"

"你还是自己给、自己说吧，"俞彦望了一眼窗外的大雨，说，"虽然有点难，但是带着你一起逃出去还是可以的，倒也不必这么悲观。"

裴禛喊了一声，深呼一口气，道："你乐观那你想吧，我累了，先歇一会儿。"

俞彦不是一个合格的病人，时间也容不得他娇柔病吟，他觉得自己的疼痛减轻了之后，慢慢地挪出别墅，他发现汽车已经被人拆得几乎报废了，于是他撑着伞在外面走了一圈。

那一晚俞彦差点相信了有幸运女神的存在，而她又眷顾了自己第二次，让他在别墅不远处的杂草堆里找到了一辆摩托车。它被十分隐蔽地遮掩着，外壳形成了自然的隐蔽，他在上面找到了尼龙绳，猜想是那两个刺客留下来的。

风大得他差点没拿住伞，慢慢挪回了房间。叫道："裴医生，我找到了。"

裴禛已经摘下了口罩，正在趴在桌子上小憩，面容平静，像是睡得十分舒适。俞彦轻拍了一下他的肩膀，传来衣物厚重的闷响，他问道："裴医生，起床了。"

裴禛没有回话。

俞彦喊道："裴医生？"

"……"

"裴禛！"

俞彦愣了一会儿，背后发凉地将裴禛地两层大衣拨开，浓烈的气味钻进他的鼻子，俞彦不知道这是什么药味，但是它完美地掩盖住了鲜血的腥气。

217

猩红原来早已经浸透了他的白衬衫，却一直被大衣遮掩得一丝不漏，此时却顺着椅子腿，缓缓地滴落到了地上。

他说……自己装死逃过一劫？

有谁会去信这么拙劣的谎言。

可精明一世的俞彦竟然信了。

俞彦看着他的时候，刚缝好的伤口在以剧烈的疼痛反抗他的不老实，而他的大脑一片空白，嘴唇只能翕动一下，喉咙发不出声音来。他不可置信地去推了裴禛几下，他明明说自己就是歇息而已。

这一晚所有的事物——刺杀、尸体、伤口、气味，甚至是天气，都是狰狞可怖的。只有裴禛的面容安静苍白得恍如隔世。

若不是已经没有了鼻息，还真让人以为他只是睡着了。

"裴禛死了。"

从方景行口中得知这个消息的时候正是凌晨，徐致远只穿了一件薄薄长衫，凉风吹向他的时候，宛如一把刀子贴着皮肤轻轻地刮着。

他以为自己还没有醒，即使方景行说话声清晰明了，他还是又问了一遍："谁死了？"

"裴禛，"方景行神色沉重，说，"他去了抚临区被孟彻安置在不定点的那批人做医疗工作，而那群人已经全牺牲了。"

徐致远有太多的问题争先恐后地想要问出口，就比如裴禛一个无派别的局外人为什么会去到那种地方，他的妻子和女儿在哪里……生怕落了一点细节，他就反驳不了这个"谣言"了。他动了动唇，结果所有的问题在嘴边盘旋了半天，只说道："那俞尧的大哥呢？"

他深知方景行告诉他的不会是谣言，这些问题只会让他更确定裴禛已死的事实罢了。

"只有俞彦逃了出来，他受了很重的伤，但遇到了我们赶去营救的队伍……"

徐致远攥紧了拳头，他直勾勾地盯着方景行，说："这次的集中杀戮都是孟彻的手笔？"

方景行摇头，将双臂放在桌子上："孟彻这次借用俞彦去袭击徐镇平的计划十分成功，说明他的'刀'终于养好了，还没有见到显著成效，他不可能这么快就过河拆桥。这样一来他之前好不容易做的伪装就前功尽弃了。"

徐致远的疑惑更深："那还有谁要去杀他们？俞彦之前的仇人？"

"致远，"方景行将桌子上的两只杯子轻轻地放在他面前，认真分析道，"我们一直以为这件事是孟彻和徐镇平的一场争斗而已。孟彻披着同袍会的羊皮来欺骗我们的同袍，实际上却是联合政府的一条毒蛇。徐镇平则是长年数日地作为联合政府的要员出现，虽然一时无法褪下这层沉重的身份，但是心一直向着同袍会。"

徐致远不明白他为什么要把形势再给他阐述一遍，只说道："嗯，我知道。"

"但是你有没有想过……"方景行将食指放在了两个杯子中间，"其实还有一个不属于两方的势力在做搅屎棍呢？"

时间也把徐致远的感觉磨得敏锐了起来，他顺着方景行的话头猜测道："外洋政府？"

方景行敲了一下桌子，道："俞彦说刺客的长相不是亚洲人。"

"可是他们什么时候知道的，又什么时候掺和进来的？"

"据俞彦阐述，他在完全相信孟彻之前，其实给我们发过确认电报，并得到了回应。"方景行道，"但是组织并没有收到任何的消息，更别说给他回应了。"

徐致远蹙起了眉。

"我们在每个区都有专线，所以猜测是经手电报的电报员出了问题。如果这次别墅的人都死了，那么主谋者安插的这只害虫就会继续安然无事地待下去。可惜没料到最关键的俞彦活了下来。"

徐致远道："那我们查到这个电报员了吗？"

"老爷，查到了。"副官说道，"您说的那个电报接收人，果然是有问题的。"

219

孟彻得知了别墅遭到屠杀之后脸色一直阴沉，彻夜未眠，身边的副官跟了他这么多年，知道孟彻这种神色意味着事情的严重性。所以他也没有歇息，马不停蹄地把之前孟彻交代他的事情一并办完。

他将一份用信纸写就的个人简历从桌子上给孟彻推过去，说道："这是那个电报员在其他场所工作时投的简历。"

别墅刺杀者的专业素质很高，这种事不可能单单由这一个小小的电报员策谋，孟彻知道他充其量就是一个木偶喽啰而已，背后牵着他的主谋才是他要算账的对象。

所以他连名字都没看，目光直接掠到下面的简介和经历上。

"既明大学毕业生……"孟彻就像是一条被困住的蛇，逮住了一个缺口，缺口对面的人大意地将要害明晃晃地朝他露了出来。孟彻狞笑着继续念道："曾在田松银行任职，工作经验丰富。"

孟彻将纸张整齐地叠了起来，直到它小成了一个方块，扔进了茶凉透的杯子里。他淡然地道："久久不去见冬先生，看来他不仅别来无恙……还学会偷咬主子了。"

冬建树四年前辛苦策划的一切给徐家做了嫁衣，由此对孟彻心生了极大的不满，虽然表面不说，嫌隙却悄悄地扎根在了心里，长出了仇恨的芽来。他一边通过假电报帮助孟彻困住俞彦这些人质，给徐镇平造成掣肘，一边又派出刺客瓮中捉鳖，使孟彻的伪装败露，从而让孟彻和徐镇平两兽相斗，他来坐收渔翁之利。

副官道："可惜冬建树的道行还是稍浅了些，被您看透了。"

"我们晚了一步。就算是再小的野蜂、麻雀，你忽略掉了它，也得挨一口叮。不给他一巴掌，他还以为自己翅膀大到能遮天了。"孟彻沉冷他说，"把他处理一下吧。"

副官心领神会说："是。"

孟彻一抬手又将他召了回来，不知胸中又在策谋着什么，他说："等一下，他还有个儿子是吧？"

"嗯，刚刚留洋回来，和徐小少爷一个年纪。"

"那先给冬建树留个活口，找个时间，我见一见他儿子。"

"等一下，老板。"徐致远伸手打断了方景行，不可思议地说道，"您刚才说那个给俞彦传假消息的电报员叫什么名字？"

"周楠啊，石楠的楠，怎么……"方景行又瞥了一眼简历上写着的"既明大学毕业"，说道，"你不会是认识吧？"

徐致远将复写的简介拿过来重读了一遍，手指关节扣得发白，说道："是……之前的同学。"

"他是三年前入的会，时间挺长了，那时他原职位的人员遭到了逮捕，出现了空缺，在危机时刻他自告奋勇顶上的，现在看来……恐怕是预谋已久罢了。他现在失踪了，估摸着也是冬建树帮他转移的。"

裴禛的死亡、别墅的杀戮、俞尧曾经的那句"我相信我的学生"以及四年前他身份败露而引起的诋毁、中伤，这些现实与回忆混杂着徐致远的陈年旧火一起翻涌起来，徐致远几乎咬碎了牙根，说道："白眼狼……"

"你要沉住气，人我们一定会抓回来的，"方景行见他的反应，便猜到了他们从前大概也有什么恩怨，劝了一会儿，从抽屉里拿出一封信来递给他，说道，"别想了……喏，俞先生给你寄来的信。"

徐致远正在气头上，听到俞尧的名字才沉静了些许，他低头接过信封。

方景行道："你若是想给他回信的话，投到我这里来。"

他没搭他的话，和老板道了别，从酒厂回了家。

徐致远知道孟彻定然心情不好，可他要装作不知内情的模样。徐致远演技打小一流，装傻最是在行，可又不能显得太傻，至少要知道些重要但不关键的消息，才符合在孟彻心中"徐致远有城府但尚浅"的印象。

于是被孟彻召去前徐致先远措好词，该对答如流时说得头头是道，该无知的时候摆出不懂装懂的少年脾性，等到被孟彻追问时再哑口不言。

如此这番有张有弛的表演，不仅使孟彻相信他，徐致远对孟彻的警惕心也大概摸了一个底。

用完晚膳之后,徐致远回到了房间,裴禛的事堵在他心口挥之不去。他恍然想起了从前很多事,很多人,苑姐、林晚、傅书白……越是想越是像有一块瘀血堵在了心口。

徐致远抱着这种复杂的心情将一本厚重的书本打开铺在桌子上,将信夹在页间,久久静默。

他伸了好几次手才终于打开信封,只是小小地掀起一角来,几行字便闯入眼帘。

俞尧写道:"致远,一切安好?"

这几行字像是把他眼眶给灼伤了,徐致远迅速合上了信纸,将它塞进了信封里,赶紧上了层厚胶水。

他见过因为悲痛而一度白头的人,也见过一夜憔悴得不成模样的人,少年的他不明白为什么人会有如此汹涌的情感,剧烈得像是能杀死一条可怜的生命。

直到刚才,他的情绪失控地吞没了他的整个身体,才知道了什么叫作烧心。

他不敢去读完,望着重新粘好的信封发呆,愣愣地从抽屉里取了一方薄纸,裁下几块来覆在"致远收"的字样上,把俞尧笔迹的"致远"描摹了好几遍,最后小心翼翼地粘在他那本满是剪切字迹的笔记本上。

他最终还是决定不再打开了,将信封夹在了笔记本里。假装读完了一样提笔给俞尧回了一封信。

开头便是:"展信安。"

后来的一段时间俞尧寄过来至少有六封信,徐致远皆将它们保存了起来,那时徐致远只是单纯地想把信当成个念头收藏着,未曾想这一放好多年,往后再打开它们的人已经是自己的孙子了。

令徐致远没有想到的是,最近来了个稀客。

他在客厅里见到冬以柏的时候,以为自己没睡醒,回去洗了把脸,结果回来的时候这人仍旧在原地。

冬以柏走后，孟彻将徐致远叫过去，吩咐他去探望一下冬建树。他说冬建树在坐车回家的路途中司机发了癫痫病，导致出了十分严重的交通事故，此时正在医院昏迷不醒。

徐致远心里知道这不可能是简单的意外，但嘴上答应了下来，翌日买了些东西去探望了。

冬建树在单独一间病房，周围没有喧闹和杂人。徐致远走进去的时候，看到只有冬以柏在守床，他目不转睛地盯着父亲插着针管的手，疲倦的眼皮和深深的黑眼圈能看得出他大概很长时间没有休息了。他支撑着摇摇欲坠的头颅，就像一只惴惴不安的小鹿，一点轻微的声响——哪怕是自己的呼吸，都能将他惊醒了。

徐致远听到自己的心脏咯噔了一声，看着疲惫的冬以柏顺手掩了掩冬建树身上的被褥，不知为何想到了自己的父亲。

亲情真的是复杂的感情。他竟可以使一个清醒的人无缘无故地甘愿付出，无论付出的对象是个多么怙恶不悛的孽障。若不是心志坚定或感情淡漠，谁能真正做到大义灭亲、无动于衷呢？

徐致远这一刻却像是沉入进了冬以柏的身体里，感受到了这份牵连的痛楚。这算不算是对冬建树变相的怜悯，徐致远无从得知。但他自诩不会因为任何"可怜之处"去否认冬建树的罪孽、为他的罪行狡辩。而对冬建树所波及的人和事产生动容，只是无可厚非的同理心罢了。

徐致远轻轻敲门走进去，看到徐致远的那一刻，冬以柏连凶狠的表情都做不了，他问道："你来做什么？"

徐致远将东西摆在了柜子上，偶然间看到了上面摆着一只褪漆的铁皮糖盒，里面零零散散还有几颗糖。跟他从前经常在俞尧办公室里偷吃的是同一个牌子。徐致远居高临下地盯了冬建树一会儿，说："来探望一下仇人。"

两人相对默默无言，冬以柏忽然开口道："俞尧其实没有死。"

"跟你没有关系。"

冬以柏抬起头来幽怨地瞪着他，说："你为什么要骗我？"

徐致远用下巴一指床上的冬建树，一副他明知故问的神色，他说：

"俞尧没死还不是你通过你这个好父亲知道的？"

冬以柏无能为力地张了张嘴巴，最后还是闭上了。即使他并不赞同他父亲的所作所为，却也因为这血脉无法和他的罪孽脱离干系。他双手十指扣在了一起，说道："我欠俞尧一个人情……可以帮你一个忙。帮完我们就两清了。"

徐致远很想抽一支烟，但是鉴于在自己身处病房，还是忍住了，他说："你一直想跟我说这个？"

"是。"

他袖管里滑出一只手枪来，扔给冬以柏，说道："你把冬建树打死。"

枪到手时冰冷的触感让冬以柏吃了一惊，他怒道："你来医院探望人……带枪？"

"习惯了，不是针对冬建树。"徐致远双手插兜，淡漠地说道，"这个忙你帮吗？"

冬以柏站起来的时候因体力不支跟跄了一下，将手枪还给他，说："不可能。除了这个。"

徐致远将手枪收回，不再拐弯抹角了，直说道："那就不必了。再说你欠的是俞尧的人情，不是我的。"

徐致远走之前说："孟彻最近有拉拢你的意思，因为你是田松唯一的继承人。他不是真心帮忙，不要太过于依赖他了……当然你可以选择不信我，毕竟我们两家也是仇人。"

冬以柏攥紧了十指。

"还有，冬以柏，你不要再试图用帮我来找心理安慰了。"徐致远暗暗地瞥了一眼冬建树，说，"他背负的罪孽和人命够他死八百回了，不是你一句人情就能还清的。"

"不要再帮我了，不然我会让你后悔。"徐致远一字一顿地重复道。

冬以柏试图挣扎着反驳也什么，但被徐致远的关门声打断了。

近来所有的事情杂糅在一起，让徐致远做了一场噩梦，他第一次近距离看到开枪杀人时的那种恐惧、战栗，漫过多年的麻木的结痂渗进了他的皮肉里，让他汗毛直竖，他近乎是惊醒的。

于是徐致远当晚，暗中将自己的重要之物——包括所有的信件、相册、笔记打包好了运到了方景行那里。

他跟仰止老板说自己要谋划一场逃脱，方景行立马将眉心拧了起来，问他要做什么。

他说他不想在淮市待了，他要去北城找他小叔。

方景行盯着他久久不语。

徐致远用四年时间织了一张巨大的利益网，商界和联合政府都有他的网丝，使得方景行等一众淮市同袍们的消息能及时、准确地流通。他的现有职位相当重要，也算是继吴深院、那个在宴会接头的叛变商人之后，第三个担此重任的人了。

"徐致远，你如果没有坚持下去的心思了，我怎么逼你也不管用，所以我们不会强制你去做。"方景行郑重地说，"但是你要想好了。我们安全转移徐镇平之后肯定也会将你一同撤离，你是要忍过一时，光荣地回到北城，还是现在就临阵逃脱？"

徐致远在烛光里坐了半天，等心情平复下来，收回了之前的话，他哑声说："你把信给尧儿寄过去了吗？"

"顺利的话他已经收到了。"

徐致远垂下脑袋来，他的眼里生了许多血丝，额前的碎发长了，看起来像是许多天都没有打理，衬得人都憔悴了不少。他说："抱歉。"

现在正是深夜，他急匆匆地就赶来方景行这儿，把方老板吓了一跳。徐致远把一半脸埋进手掌里，说道："我只是……近来总会做噩梦，梦到鲜血、火光、枪声。醒来时很想见一见尧儿，和他说说话。"

方景行只能拍了拍他的肩膀，叹气道："你的神经过于紧绷了，明天一早去找医生开一副安神方吧。"

徐致远没头没尾地问了一句："裴禛真的死了吗？"

"嗯。"

他看着自己的指尖,说:"我想象不到苑姨和林晚知道这件事时的心情,每次我想细细深究时,总会把自己代入进去,就会变得特别……"

他没有将"恐惧"一词说出口,他抬头看见了方景行的脸,虽然充满了关切和慈祥,但还是和小叔叔不一样。

于是他说:"没事。"

裴禛的意外去世给他心中坚实的壁垒开了一道口子,关于对死的畏惧和悲怆都阴恻恻地藏在里面,不管徐致远愿不愿意看,里面总是会爬出些扰乱他心神的东西。

他想不通为什么裴禛会走得如此突然,像一个暂时闹了矛盾的朋友不打一声招呼离开你,就再也没有回来一样。

他害怕往后也会有人忽然从他身边离开,再也不会回来了。

这些话他都掖在心里,没有说出来。拜托方景行将自己的东西先送到北城之后,浑浑噩噩地去中心医院拿了些药——他看见熟悉的主任办公室已经换人了——就这样回到了家。

十月六号,一个刻在徐致远心头一生的日子。

大前天方景行和他说转移的前期工作已经准备完毕,两天之后会给徐镇平安排一场"刺杀"和"假死"。

可第二天风卷残云似的,方家被查了封,和徐致远平时联络的那些人全都不见了。

第三天他看见了方景行和一众他认识的、不认识的人从公共监狱出来,被送上了几辆车。方景行深深地望了他一眼,可是夹杂在人群中,他们两人什么话也说不了。

徐致远打听到这些车是去往吴州方向的,这些全都是犯了"谋反罪"而被抓起来的嫌疑人。而吴州区军长徐镇平以亲自审讯为由将他们全部赎出监狱运往吴州,据说这引起了联合政府的怀疑和不满,但徐镇平一意孤行。

徐致远在围观人群里发现了一个黑衣黑帽的身影,看到他唏嘘不已的表情时，徐致远压在心底的阴火和愤怒顺着脊骨爬了上来。

那人是牟先智，从寺山处向冬建树倒戈的那只神出鬼没的缠人苍蝇。

或许是知道了孟彻的不好惹，冬建树急于"将功补过"，即使他躺在医院里不能动，还是"兢兢业业"地当了一根搅屎棍。

牟先智是怎么查出这些同袍的底细来的，徐致远无从得知，其中肯定有很多"宁可抓错不得放过"的成分。但他知道，方景行这些被赎往吴州的人安全了。只不过这么做的代价，是徐镇平已经完全站在了悬崖边上。

果不其然，第四天，也就是六号当天，徐镇平带着孟彻的邀请函来到了淮市。

见到自己父亲的那一刻，徐致远惊了一下。自己的父亲年龄并不大，身影一如既往地高大伟岸，鬓间却生了白发。

徐镇平见到西装革履的儿子时也愣了，徐致远走上前和他并肩时，他发觉这小子已经和他一般高了。

徐致远负责接徐镇平到家，身边还有其他人跟随，陈延松也在副驾驶坐着。于是徐致远讪讪地开口，简单地说了父子俩多年后见面问的第一句话："……妈还好吗？"

徐镇平目不转睛地看着前方，说道："没有什么大碍，就是经常咳嗽。"

"哦。"

两人一路无言了。

孟彻和徐镇平聊了很久，孟彻看起来似乎对徐镇平的应邀十分高兴。而在他们谈话的过程中徐致远自个儿趴在床上，等着书房开门，可直到他昏沉地失去意识的时候书房的灯依旧亮着。

半夜被冻醒了，徐致远看到床边坐着一个人。警惕心驱使他立即躬身掏枪，抵在那人脖颈，只听身影缓缓说道："徐致远。"

"徐……呃……爹？"徐致远从睡梦的蒙然中醒过来，说道，"你怎么在这儿？"

他赶紧将防身的武器收起,伸手想要去拉灯,但徐镇平抓住了他的手腕,说:"就这样好了,看得清。"

徐致远西服没脱,脸也没清洗,头发糟成个鸟窝,他这副在床上凑合着休息的模样让徐镇平抓了个正着。他以为他爹又得啰唆他,但是徐镇平没有。

淡漠的月光给父子两个照明,徐镇平的头发藏在夜色里,就一时让人分不清这白色究竟是鬓角长的,还是月色镀的了。

徐镇平听到他仓皇地收起枪的动静,说:"你杀过人吗?"

徐致远沉默半天了才说:"没有。"

"哦,"徐镇平继续道,"这四年你的风头似乎很大。"

徐镇平的语气让徐致远觉得带着嘲讽的意思,好像在说他像个拿玩具吓唬人的小孩。也许说者并没有这意思,但敏感的听者觉得有。徐致远也不知道哪根筋搭错了,或许是因为他从来没有和父亲在如此静谧的情景下聊过天,他一时尴尬无措,脱口道:"你来就是跟我说这个?"

徐镇平转头盯着他,盯得徐致远浑身不自在。徐致远说:"我有些困了,你也早点休息。"

徐致远将自己用被子掩起来的时候,心脏撞击胸膛的声音清晰可闻,他其实想说的是——你为什么会来淮市,孟彻对你说了些什么,我其实也知道很多东西,可以帮你做点什么。

我……不是小孩了。

可这些全都被他矛盾的"面子"包裹得死死的,就像他把自己裹进被子里一样。

徐镇平默了半天,说道:"你见到你小叔了?"

徐致远垂下眼睫来。徐镇平果然看过了那些信件。

他说:"嗯。"

"他现在很安全,"徐镇平仍旧冷得不近人情似的,他道,"你要听他的安排。"

徐镇平和俞尧是无法在徐致远脑海里共存的两个名字。若是拼凑起来,只会让回忆里的一巴掌和背后的伤疤隐隐发疼。

徐致远干脆没有回答他，胸膛之中莫名地涌起了一阵酸楚，就像是喝了一口醋呛到了似的，灌得鼻腔、舌头、肺里都是酸的。

徐镇平又说："往后你也要听你妈的话，照顾好她。"

徐致远尽量让自己的声音听起来很平常，他满不在乎地回道："这个不用你说，我一直在和她联系。"

徐镇平用手指微微地搓动了一下手掌的茧，声音喑哑："你明白就行。"

徐镇平寥寥几句说完，徐致远听到他起身了，以为他要离开，可是衣服窸窣一阵之后却没了声响，原来徐镇平站在床边不动了。

徐致远等他走，可是半晌过去，脖子后却传来了温热而粗糙的触感——徐镇平的大手罩在了自己那道伤疤上。

因为这道伤口，徐致远差点没在手术台上挺过来，李安荣整整一年没和他说上一句话。

徐镇平在儿子面前从来高傲、自负、威严，对他少有赞扬，更别说安慰和愧疚这些温柔的情感了。而李安荣虽常常对儿子有纵容和溺爱，但她本身的性子亦是独立、强势又不拘小节。他们组成的家庭不是传统意义上的慈母严父、父主外母主内。所以徐致远从小就缺失了一些柔软的关怀。

徐镇平和李安荣一直知道的，李安荣尚可以与儿子亲近平和地谈心，戎马倥偬的徐镇平却不知道该怎么去补——这感觉就像是徐致远刚出生那会儿，年轻的他呆愣无措地将手放在小孩两只手指就能圈起的稚嫩脖颈上。

也像现在，当初的幼崽都已经长到可以和自己并肩了，他还是只能束手无措地，将粗糙的手掌心放在他脖后的疤上。

徐镇平张了张嘴，又闭上。

他踌躇了很久，说道："这四年，你做得很棒。"

"……"

背对着他的徐致远看不到他微妙变化的表情，他缓过神来的时候才发现枕布被打湿了一摊。

他明明是面无表情的，可泪腺莫名其妙地裂开了条缝，他不敢回头用不争气的泪眼去看徐镇平——这样很丢人。

徐致远说："哦。"

他想起从前，那个拿着奖状站在门口，心心念念地等着徐镇平回来履行"带小混账出去玩"的诺言的自己。

如果那时候徐镇平能回来，或者说，他现在能想起那件事情并和自己说一声迟来十几年的"对不起"。徐致远都会回头看看他。

可徐镇平不会，这人会选择弯弯绕绕地撞南墙，用最别扭的表达方式去装饰歉意，总不会直接地和自己说一声"对不起"。

徐镇平将手拿走了，徐致远后颈上的温度就此消失。

忽然，徐镇平用一块手帕捂住了他的嘴。徐致远惊然回头，"唔"着挣扎了一番，只能见到那个熟悉的轮廓在蒙眬的目光里晃动。

一晃两晃，徐镇平的嘴唇在模糊之中无比缓慢地上下翕动了几下。

徐致远失去意识之前，感觉到父亲手指颤动了一下，也不知道是不是因为碰到了徐致远脸上的泪。

孟彻对徐镇平怀着一种既敬仰又憎恶的扭曲情感，他希望背叛联合政府的徐镇平去死，却又不想让自己憧憬多年的师兄作为"联合政府的叛徒"去死。

徐镇平要被自己的同袍杀死，冠上"同袍会的叛徒"的墓志铭，这才是孟彻想要的。

徐镇平是一个始终忠诚的叛徒，他既然以伪装而生，那就应该以伪装而死。

但即使这样，孟彻仍觉得联合政府并没有处决他的资格，所有人里只有他才能决定徐镇平的生死。

他掌控的欲望过于病态和强盛，对自己的属下，对冬建树、徐致远、孟妙常——甚至徐镇平都是这样。

于是他养了俞彦这样一群"刀"，可在他们被屠杀之后，他又不依不饶地抓捕淮市同袍，威胁徐镇平到自己的身边来。

但徐镇平没有如他所愿,变成一只困境里低眉顺目的兽。徐镇平来到孟府的第二天,就带着效忠于自己的士兵们将孟府包围了起来。

孟彻这才明白,徐镇平不想再去求他维持自己那岌岌可危的伪装了,他来是破罐子破摔,跟他算账的。

听路人们说,这在淮市闹出了轰天的大动静,警察局和淮军派人在孟府围了一圈又一圈。

四面楚歌的徐镇平头都没有回,枪抵在孟彻的脑门上,并没有对他的疯狂言论表示震惊或者不解,反倒嘲讽他的行事风格就像个歇斯底里、随心所欲的幼稚小孩。

徐镇平的扳机扣了下去,外围狙击手的扳机亦是。

徐致远是在马车上醒来的,他被绑成了只能蠕动的虫子。心中的不祥感大作,他挣扎着跌出了马车拉板,差点被路边的石头磕得吐血。

是陈延松停下马来将他捡了回来。徐致远问他徐镇平在哪儿,陈延松没跟他说,只让他跟自己走。

徐致远听不进去,奋力地想要挣开绳子。陈延松却用恳求的语气说:"我带你去见安荣,致远,你还有母亲。"

徐致远在愣神中被陈延松拉回了车厢。他就这样怀着这样一丝不安的希望和支撑跟着陈延松去了李安荣的安居点,那里敞着门却空无一人。

徐致远的心房霎时犹如屋里冷透的炉子。

陈延松急忙地找过所有的房间,喊着李安荣的名字,仍旧没有找到人。而更不让人省心的徐致远,也在当晚也逃出他的监护,徒步返回了淮市。

监狱长王叔说,大叛徒徐镇平被留了一条命到处刑日,许多百姓在监狱那张窄窄的门口围观,好些人拦着才没有让人拥进去。

可有一个女人却持了枪闯进去了,站在徐镇平身边,将他搀扶了起来。徐镇平被她揽着肩,被打断的腿就这样笔直地立了起来。

李安荣朝门口的"观众"和无数的士兵、警察、行刑手大喊三声:

"徐镇平不是叛徒，徐镇平是英雄！"

后来两个人同时被枪决，听围观的人说他们到死都直直地站着，没有跪。

当天晚上徐府火光乍起，浓烟熏天，扑了许久才灭，大概是被人故意点的，明明管家、仆人都没有在那里守夜，警察却在其中发现了一具烧焦的尸体。

冬府。

冬以柏开门见到床上空荡无人的时候，冒了一身冷汗，逮来一个端茶送水的问道："他人呢？"

仆人立马指了露天阳台的方向，急忙答道："少爷，他非要过去，我们拦不住他。"

冬以柏神经紧绷地奔过去，看到徐致远完好无损地立在栅栏前的时候才松了口气，赶紧拽着他的胳膊将他逮了回来，嘴上说道："你要跳找个人少的地儿，别死我家门口。"

徐致远的眼神很轻，落在冬以柏身上的一瞬间，让他误以为里面还倒映着没有散去的火光。徐致远无言，冬以柏也不指望他这个状态能跟自己说什么话。他把跟幽灵似的徐致远拖回房间去，说道："你听着，就在我家里哪里也不许去。我会保证你的安全，你在这里的消息泄露出去对谁也没有好处。"

徐镇平处刑当天有"义愤填膺"的人去他们家里打砸放火，冬以柏一时谨慎，派自己的人混了进去，结果真的就把徐致远的一条命给捡了回来。

冬以柏也明白他为什么会出现在那里——如果换作是他一时失去了母亲和父亲，除了回到那所还可以称为"家"的房子里，他不知道该往哪里去。

冬以柏双手放在徐致远肩膀上，说道："徐致远，其实在几个月前，俞尧还没离开淮市的时候联系过我，我知道他现在所在地址。我可以将你送去北方。"

北方一词好似将徐致远惊醒了似的,他念叨了一遍:"北方……"

"徐镇平被处决的事肯定已经传到俞尧的耳朵里了,他暂时还不知道你的安危,你可以现在给他写一封信报平安,我……"

徐致远忽然拍开了他的手,他说道:"我不需要你帮我。"

"现在不是扯个人恩怨的时候!"冬以柏怒道,"不是我帮你,你现在已经被烧死了!"

"个人恩怨……"徐致远抬起眼眸看着冬以柏,那眼神就像一面镜子,让他忽然感觉自己仿佛浑身都是罪恶,在他的注目下无所适从似的。徐致远幽幽地道,"你告诉我冬以柏,裴禛、俞彦的弟兄们是谁杀的,徐镇平赎回去的那些同袍又是谁暴露的。"

冬以柏紧紧地抿起嘴唇来,看到徐致远将冰冷的枪口抵在了他的眉心,说:"间接害死徐镇平、李安荣的又是谁。"

冬以柏以沉默了,没有去推开他的枪口,而是用力地闭上眼睛,说道:"我多做的我都认,要杀要剐随你的便。但我死了就没人送你去找俞尧了。"

"我是不是和你说过,"徐致远漠然道,"不要再帮我了,不然你会后悔。"

冬以柏把"悔"字咬碎在嘴里,他就没想着徐致远会原谅自己,如果他给自己脑门一枪能把冬建树的罪孽洗清,他倒是甘愿。

冬以柏正等着他扣下扳机,可是眉间的压迫撤开了。

"冤有头,债有主。"徐致远说。

再睁眼的时候,徐致远已经从方才的阳台跳了下去,他惊诧地向下一望,只见他借着树杈和灌木,安然无事地翻出他们后院的栅栏。

亲眼见到他的身影消失,冬以柏背后的冷汗湿透了衣裳。

几天之后,作恶多端的冬建树终于死在了医院里。

子弹从他的喉咙穿透了后脑勺,竟然没人听到声响,也没人见到凶手。他在世时仪表堂堂、搅动风云,却在这样一个惨白的小房间里,丑陋又悄无声息地死去,而冬小少爷近乎崩溃地在父亲的尸体旁跪了一天，又精神恍惚地大哭大骂了很久，他仿佛知道些什么，可没人能问他，他也不让任何人进门。

同样这样死去的还有牟先智——他的尸体被扔在了自家阳台上，恰好当天下了一场大雨，将血腥气冲得一干二净。

二人的惨死惹出了一场不小的猜疑讨论，不过在孟徐"两虎相争，两败俱伤"的大新闻之下显得微不足道了。

在这些鲜血和丑闻里，一封带着仇恨和徐致远"死讯"的信随后从冬府寄向北城。

几日之后，抚临区。

女孩从淮市搬回了抚临老家，母亲在小城市里开了一个花店，她就不用再像小时候一样每天背着一个晃晃悠悠的水瓶到街上卖花了。

她仍旧戴着大号的贝雷帽，拿了一个小马扎，蹲在门口看店。

从前一个戴着眼镜的瘦弱男人每天都会经过这里，眼睛只是偷偷地往店面瞄一眼。女孩每次都会会问一声："先生买花吗？"

眼镜男人会摇摇头，拽一拽从他肩膀上滑下去的公文包的皮带，加快步伐离开这里。女孩猜他是在街道尽头的那所小银行里工作的人。在那里工作的人回家都会路过这里。

女孩发呆的时候会想，那个瘦弱的哥哥是不是钱不够——毕竟那个本地的小银行看起来就像要倒闭的样子——或者不知道买什么花送什么人，才会每次路过的时候只能匆匆看一眼呢？

女孩望着天上的火烧云，下午天空被一场大雨洗过，所以今天的夕阳把蓝色的幕布烧得比以前都要漂亮。

他想着，如果那个哥哥再路过这里，她可以偷偷送他一枝花。

因为母亲说淮市开始打仗了，不久战火就会烧到抚临区。她要带着她去最安全的北城，她们在路上没空照料这些花，所以要尽快卖掉，不然得扔了。

女孩觉得扔掉太可惜，卖不掉送一枝出去，母亲也肯定不会怪她。

于是她望着街道的尽头，那是火烧云起来的地方，等着人来。

而此时的巷子里，求饶声和挣扎的哭声渐渐弱去，男人嘴里念叨着的"我不是故意的……饶了我吧……致远少爷……少爷……"最终变成了白沫。

直到声音消失了很久，徐致远才松开手臂，已经咽气的人咣当一声滑落到了地上。

徐致远的身上尽是伤痕和狼狈，他捂着被男人手里握着的玻璃碎片划伤的手臂，大量的鲜血顺着胳膊滴到了路边的积水里。

徐致远将男人口袋里写着"姓名：周楠"的名片用打火机点了，扔进了废弃的垃圾桶里，顺带着他的眼镜、公文包、绣着银行名的西服，一切可以辨别身份的东西全部扔进了火里。

做完这一切，徐致远瘫靠着墙，好像终于完成了什么任务似的，咳着血笑了半天，仔细地、大口地尝了无数天来第一口新鲜空气，虽然带着刺鼻的烧焦味。

他躺到了不知何时，才浑浑噩噩地从地上爬起来，踉跄着走出了巷子。

花店前的女孩看到了一个高大又陌生的身影接近，灵敏的鼻子也嗅到了一丝血腥气。

徐致远走到花店门口了，她起身说道："先生您受伤了。"

徐致远停下脚步来，呆愣愣地看向她。与他对视的那是一双对谁都没有戒心、满是善意的眼睛。她连忙从店里取来了绷带和碘酒，小心翼翼地递给徐致远。

徐致远沉默得像是晚霞正在进行的一场静谧的死亡，地平线的日沉月升好像在为他的沉默计数。

于是他用满是鲜血的手，将一块大洋放在了她手里，声音沙哑地道："我买花。"

他看向一簇百合，女孩把沾着鲜血的银圆紧紧抓在手里。眼里没有恶意和恐惧，是聪明小兽一样地静悄悄地试探。她似乎嗅得出徐致远是好人，于是将店里剩下所有的百合都掖进了他的口袋里。

"……北方，"徐致远又问她，"你知道从这里，要怎么去北城吗？"

女孩指着一个方向，说道："朝那边，走几公里，有一个火车站，我妈妈说我们去北城就坐那辆火车。不过因为打仗，它开车的时间会很不准。"她以为徐致远是一个流浪汉，于是小声问道，"您可以坐火车吗？"

徐致远笑着摇头。

他和女孩道了声谢，再也没说什么，拖着疲惫的身躯，朝她指的北方走去了。

女孩从花丛中探出脑袋来，看着他的身影，想到了一株一吹就倒的芦苇。

她长大后，大概时时会想起这烙进她脑海的一天。

她遇见了一个一无所有的男人，满手鲜血地捧着一簇干净不染的百合，如一只归家的鸟儿，朝着黄昏，一路向北。

第17章 故事

说来也巧,当我拿着那些信件回家的时候,在路上出一些小意外。

主要原因在我,走得过于匆忙,被一辆同样疾行的自行车剐了一下。幸好没有什么大碍,但这场小事故让我的心暂时冷却了下来。

去父亲家里的时候,带着一身的消毒水味。坐了半天才开口道:"明天一起去看看爷爷?"

我父亲不解地回复我:"你前天不是已经去祭拜过了吗?"

我也不知道为什么,我说:"我忽然有些想他。"

父亲盯我半天,看我似乎被什么心事笼罩着,于是同意了。

天公不作美,当天忽然下了一场小雨。

父亲带了两只小马扎,我们两个人就各自撑着黑伞,坐在了爷爷笑得开怀的墓碑前,从兜里掏出了三只白瓷的小酒杯,和一包花生米。

我:"……"

我说:"我们就像是来秋游的。"

"在他面前随意点,他看了也高兴。"父亲一撇嘴,给爷爷斟满酒,小碟子里倒上五香味的花生,说,"若是你年年来给他烧呛人的纸钱,他说不定还要托梦骂你。"

我看着一滴雨轻轻在酒上荡开一圈涟漪,把伞稍稍往前挪了一下,给爷爷也遮着,说,"也是。"

父亲开门见山地说了:"你有什么想问我的,当着老头的面,我也不会骗你。"

我沉默不语,明明离真相就差一个问题的距离,我却开不了口了。

"听说你去见了老头信上的许多人,应该也知道得差不多了,"父亲心知肚明,"是关于俞老师的?"

"嗯。"

"问呗,他不会介意的,"父亲看了一眼那张"喜悦"的照片,把一粒花生搓去了红皮,将圆白的胚递给了我,开玩笑道,"也说不定他现在没工夫来看着我们这些'不肖子孙'。"

我笑出了声。每次都是这样,我和父亲来给爷爷扫墓,没有一点悲伤的气氛,感觉就像是来见一个亲密的朋友似的。

父亲超脱的态度冲淡了我对死亡的恐惧。爷爷说他不怕死,父亲大概也是不怕的。他说他名字里有一个"长生",就像一个保护符,将那些负面的情感全部镇压住了。

于是我终于敢将我无比想知道的问题说了出来:"俞老师究竟是怎么去世的?"

父亲知道,我问之前肯定有了自己的想法雏形,反问道:"你觉得呢?"

我将我能想到的最坏的结果和他说了。

父亲被花生的薄脆的种皮呛着了,连咳嗽好几声,最后喝了口烈酒垫了垫。

他看着我,问道:"长盛,你是不是最近看什么小说了?"

我说我没有。

他和我说:"你猜测……俞老师先走一步,所以老头和他从淮市的战争爆发之后再也没有见过面,听起来挺有逻辑。但是你有没有觉得你忽略了一件很大的事?"

我问:"什么?"

父亲用一根食指,指着自己:"我,是哪来的?"

我说:"爷爷……领养的啊。"

父亲理直气壮地道:"你觉得老头这性子能把我养这么大?"

我竟然觉得有道理,脱口而出道:"并不能。"

我们父子两个面面相觑:"……"

我渐渐明白了什么,我确实在收集故事和回忆碎片的过程中忽略了一个最重要的知情者——我的父亲。

除了他,不论是那些信件,还是我打听的那些故事"主角",都无法告诉我徐致远当初离开淮市之后的事情,我只能去顺着岩石、字迹、故事去一点点地猜测。

我诚心悔过,认认真真地给父亲剥了一粒花生,给他递过去,又问了一遍那个问题。

这次,父亲嘴唇的翕动变得非常慢,雨滴打在伞面上制造出的白噪音让人莫名心安,父亲说了一句让我这颗心终于不再悬着的话:"我是七岁的时候被阿尧捡到并养大的,名字也是他取的。"

听他说完,我忽然想朝天大喊一声,因为终于从这个问题的煎熬中解放了出来——知道自己的考试成绩的那一刻都没有这么轻松过。

可怕惊醒了墓园里其他沉睡的亡灵,就没有这么做。

冬以柏找人替了徐致远的死,却因为冬建树之死,愤恨地假传了徐致远的死讯,并将"烧剩"的骨灰给远在北方的俞尧寄了过去。

俞尧将骨灰埋在了岩石前,一字一顿地刻下了那一行字——"……他葬在这里"。

俞老师在写"葬"字的时候究竟是怀着什么样的心情,我才后知后觉地发现,那个字的刀锋是如此深而用力。

他大概有过一了百了的念头,可是身上穿着同袍会技术层的白大褂,看着那些粗手笨脚、尚不能挑起大梁的新人们,俞尧呆愣地坐在办公椅上不知如何是好。

就在他踽踽独活在一片死灰中,不断浑噩地挣扎时,一直在他身边服侍他的巫小峰给他领来了一个小孩。

那是个从小家破亲亡的流浪儿，因为在街边偷巫小峰的钱包而被抓了现行。

父亲问我有没有读过《麦田里的守望者》，里面说："一个人不成熟的标志是为了一个理由而轰轰烈烈地去死。而一个人成熟的标志是为了一个理由谦恭地活下去。"

这句话可能不适用于那个有太多牺牲与流血的年代，也不适用于那些走投无路、壮志未酬的人们。但它适用于俞老师。

俞老师温善、隐忍、沉默，就像这片黄土地上的很多人，善于忍受苦难。

有太多的理由给他的灵魂钉了一副骨架，看上去坚韧到无人可摧。

没人知道他正承受着什么。

父亲问我："你明白我为什么叫作徐长生了吗？"

我点头。

"后来……没有太多的阴差阳错，徐致远在乱七八糟的战乱中颠沛流离了足足有两年，才到北城和阿尧见了面。"他望着天，怀念道，"我第一次见到阿尧那样哭泣，明明没有声音，却好像无处可诉的悲痛溃了堤，就算是几天几夜也无法平息。"他想，原来无坚不摧的俞老师也是一具肉体凡胎，他叹道，"所以我对徐致远第一印象不好，知道我竟然跟他取了相同的姓之后，就更不好了。"

我："……"

我问："你和爷爷经常吵架吗？"

父亲愤愤不平地道："他平时斥责你只能算是小打小闹，骂我才会更狠。"

"我们一直闹来闹去，矛盾不断，谁知道年岁就这样慢慢地流去了。"父亲说，"战争胜利之后，两人申请从岗位上隐退，在北城定居，过了一段相当漫长又安宁的日子。那时候街上每天都是敲锣打鼓的喜悦，热闹极了，尤其是北城。"

"只不过俞老师长年累月地和那些什么核，什么原子……总之是我不懂的东西相处，平时也不注意护养身体，所以落下了些毛病，他是在大概六十几岁的时候，也就是你出生那年，患了胃癌去世的。所以老头就在岩石上刻下了后面半句话。"

原来岩石上的刻字是他们共同写就的，怪不得爷爷从来都没有给我一个准确的答案。

我沉默。

我就在短短几分钟里听完了一个人的一生，忽然心生了些感慨。

小说和故事都擅长讲人的青春年纪，青春的结尾是什么，主角的整个人生就是什么。人们觉得离别是悲，死亡是悲，求而不得是悲，见到书页没了后续，书中人的命运也就仿佛定了格，叫人不禁落泪叹息。

可若纵观人的一辈子，青春也只不过是须臾而已，童年、中年、老年亦是。我究竟要从哪个年龄段，取一个标签给这个人的人生写一个完整的定义？

大概是没有的。

就像二十岁干净清澈、满怀抱负的俞尧，三十岁痛失友人，经历了两年灰暗麻木的俞尧，和四十岁隐居北方、怡然自乐的俞尧，都是同一个人，他们都出自同一段人生。

没人可以评判一个人一生的悲与喜。

多年之后。

时代日新月异，发展的步伐太快也有利有弊，它会人们在心中留下些微妙的缺口，让人在静下来的时候会格外怀念旧的、慢的东西。

我也是一样的。

女儿酷爱音乐，而且天赋极佳，对于旋律和节奏非常敏感。高中的时候，我送她去学小提琴，她并不满足，又自己打工赚钱买了许多专业设备，跟我说她要自己写歌。

我觉得这样也不错。

我也在努力跟上时代，在工作的闲暇开通了一个自媒体账号，起初只是兴趣使然，也算发挥我的职业所长——将一些老旧的照片、影像进行AI的修复还原。

没想到反响还相当不错,我小小的自媒体账号也因此接到了一些博物馆的网络宣传工作。

某一天有个个人账号联系到我,说是希望我修复亲人的一张老照片。这位和我同龄的先生姓岳,巧的是还与我同乡,照片是他一个非亲姑奶奶的。她是个老作家,今年刚刚去世,一生都没有嫁人。

我拿到照片的那一刻,在原地怔了一会儿,就像是在瞬间穿透了时空似的。

照片上是两个青年,一个人手指在琴键上跃动,另一个人则在他身边拉着小提琴的弓弦。我还能看见小提琴手望着他的钢琴师的时候,眼睛里那岁月都磨不灭的光芒。

"我一直觉得这张照片很好看,我也不知道剪柳奶奶是从哪里得来的,"他问我,"您可以帮忙修复吗?"

我说:"能。"

我将照片扫描进电脑,增添了色彩和像素,又加上了一些表情追踪等其他技术,就这样,让两个青年的风华挣出了黑白的禁锢。

岳先生以为我只是填充色彩,看到人物竟然能够做出眨眼这些微妙的小动作,吃了一惊,喃喃地说了一句:"就好像……活了一样。"

经过岳先生的同意,我将这照片发布在了我的工作室账号上,收获了不少评论。女儿大概也是看到了。

因为她送给她母亲当生日礼物的手工制作的八音盒上,正是这副样子——两个分别在弹钢琴和拉小提琴的小人,她还雕上了两只白鸟,伸出一只手指,头头是道地说道:"这样比较有意境。"

我观摩了一下她歪七扭八的"雕塑",又听完了八音盒的旋律,认真地评价道:"八音盒很好,但你确实没有什么美术天赋。"

女儿憋了一口气:"……"

但妻子很开心,觉得这很好,让我不要瞎说话。我只能耸肩,试图摸摸女儿的头以示表扬,但她拒绝。

不出我所料,女儿对那张照片十分感兴趣,生完了我的气,悄悄地问我这是从哪里来的。

我思忖了一会儿,说:"你是不是要十八岁了?"

女儿委屈地道:"哇,妈你看这个人,他连我多少岁都不记得。"

妻子憋笑得难受,我赶紧说道:"……记得,当然记得,你过了十月底的生日十八周岁,没忘。"

女儿顺畅了,两只黑眼睛望着我,说:"有什么事还要等到十八岁再说吗?"

我看着八音盒上的白鸟,慢慢地起了一个故事的开头——

"我和你讲,你曾爷爷的故事,一个小浑蛋,和他的小叔叔。"

我说:"时间还很长,我和你慢慢讲……"

……

番外 长生

俞尧近来犯头疼,太阳穴跟着跳。

自从战火从淮市燃起已经过去了近七年。俞尧一直在最安全的地方做技术工作,起初人手不够时,他要兼顾许多职责,不过随着更多人才的加入,年轻人在艰巨的环境下被磨得稳重,他的担子终于轻了一些,免了时时刻刻操心了。

他常常关心着南方传来的信息,起初捷报在败退之中夹缝生存,他偶尔才能听到几个弥足珍贵的让他舒展眉头的好消息,但近年形势扭转,捷报连连,晨曦在从地平线之下慢慢地爬上来。

俞尧站在夜色里,但他看得远,模模糊糊地已经见到曙光的一角。

只要熬到太阳到达地平线的那一天,白昼降临就是一瞬间的事了。

他头疼是前几年的毛病,休息时间变足之后,他已经好转了很多。但是最近又犯了起来,倒不是累的,是被两只兔崽子吵的。

徐致远今年三十岁整,正是而立之年,按说该成熟稳重,行事不紊,知大局明大义了。

实际上他也的确做到了,凭着之前的经验接手了一家归属同袍会的重工业厂,横跨各地织了张坚固的大网,撑起北城军队装备仓库的半边天。

徐致远在外人眼里是手腕铁硬的青年才俊，凡是有求于他的都要打听打听徐总常抽什么牌子的烟，偏爱哪个地方的酒。

但他们不知道徐总从小就生了两副面孔，人前是这样不苟言笑、不怒自威的，而人后，他的所作所为只有俞尧和徐长生知道了。

俞尧俯在桌子上揉了揉太阳穴，将书本倒扣在桌面上，叹了口气。

今天中午，徐致远又跟徐长生吵了一架。导火索是长生不爱吃徐致远做的饭，要吃俞尧做的。

根本原因俞尧其实也心知肚明，徐致远平时不怎么回来，而一回来却要处处管束、教训徐长生。十四岁的小孩正值叛逆的时候，也不知是从前跟徐致远有过陈旧的嫌隙怎的，心中怀有怨气，死活就是不听他的话。

徐长生流浪许多年，养了许多不好的习性——就比如小偷小摸。而俞尧又惯他过了头，只要不是偷别人东西，像不吭声就拿家里的钱去买零嘴吃这样的事，提醒几句就过去了，就算是责备，俞尧也说不了狠话，他温和的声音当初连徐致远都镇不了，又怎能吓得住比徐致远还会撒野的徐长生。

但徐致远不会惯他，所谓一屋容不了二兔，罚抄罚站挨打挨训，一样也没给徐长生落下。

矛盾积攒得一多，就算是遇到鸡毛蒜皮的小事，也能把他俩的火气给烧起来，小打小闹只是家常便饭。

俞尧正揉着太阳穴，听到背后有人靠近。

静了好一会儿，徐致远才说："是我不对，不该和他较真。"

俞尧闭目养神，不说话。

他说："尧儿，你别生气。"

"没关系，"俞尧慢慢说，"他十四岁，你也十四岁，互相吵闹也是人之常情。"

除非这俩兔崽子动起手来，俞尧一般不会去插足他们的战争，若是真的感到生气了,就会像今天午饭一样,在他们吵得不可开交时,轻轻将筷子放在旁边,离开饭席。如此效果十分显著,他前脚一走,两人就安静下来了。

徐致远挨了讽刺,也不发作,说:"我改过。"

他的目光停留在俞尧的眼纹上。俞尧才三十七岁,眉眼弯起来的时候却会显出几条轻淡的纹路。

巫小峰对徐致远说,像长了这样纹的人是因为他年轻的时候流了太多的泪。

徐致远听他这样说,回去看着俞尧的眼角发了很久的愣。他第一次遇见俞尧的时候,是没有见到这纹的,这是在他们相知相交了多年之后,才悄然出现的。

徐致远心想,这泪纹是他造的孽。

俞尧也没有真的生徐致远的气,他说:"致远,长生还小,你以后忍着他一些,毛病我可以往后教他慢慢改。"

徐致远哼了一声,说道:"你这样教他,他改才是怪了。"

俞尧静默良久,说:"当初你也是这样的。"

"我不偷不抢,至多也就是和徐镇平顶一下嘴,你说什么话我也听……他怎么能和我比?"徐致远不甘道,"尧儿,他现在叫你惯得在败儿的路上撒丫子跑……再说当初你也没这么惯过我。"

俞尧转头看着他,说:"你还跟他争。"

"……错了。"徐致远捏了捏手指,道歉。

他又试探着说:"那小孩也大了……要不要试着找一找他的父母,我现在人脉广,可以帮着问。"

俞尧知道他在委婉地说要把徐长生送走,徐致远觉得徐长生在边上总让他多操心,这样和他商量过很多次了,总算找到了个让俞尧反驳不了的理由。俞尧心情复杂,睫毛一垂,说道:"……如果他愿意的话。"

"他自己肯定是不愿意的,你瞧他每次跟你告状那……"徐致远及时止住,说,"我去开导开导他。"

俞尧深呼了一口气，说道："今晚我做饭吧，徐总大忙人，好不容易得空回来一趟。"

徐致远终于耐不住，说道："我不干了，我好不容易回来一趟，你还三句不离挤对我。这饭究竟是给我做的，还是因为那小孩爱吃。"

俞尧终于忍俊不禁："给你做的。"

"你老是因为那小孩和我生气，我委屈。"

俞尧无奈道："你委屈个什么劲。"

他心里想着："早知道跟你吃无理取闹那一套，就不憋着气和你道歉了。"

他脑子和嘴没商量好，无意之中将心里想的说了出来。俞尧听见了，幽幽地说："行啊。"

徐致远这才反应过来，他道："我错了。"

俞尧一只手将道歉不值钱的兔崽子拎走，给他塞了个竹篮子，罚他去买菜了。

但俞尧知道两人的矛盾在，他这样也不是治本之计。只是和平相处了没几天，徐致远和徐长生又吵架了，这次吵得格外凶。

这次的导火索是俞尧。

徐长生在学堂上偷拿了旁人的两支铅笔，被发现了又不承认，还把人家惹哭了。

同学的父亲想来替孩子讨个公道，但觉得铅笔是小东西，谁家父母都护着自个儿孩子，他也不想和徐长生的父亲吵起来，原本只是想坐在一块儿温和地握手商讨，但俞尧生了气。

他第一次那么严厉地和徐长生说话，当面训责他，叫他将自己的钱拿出来还别人，并给那哭红眼睛的小男孩道歉。

俞尧在内是同袍会技术员，在外的身份仍是老师。别人都知道徐长生的亲人一个是大老板，一个是大学教授。于是徐长生神气极了，加上性子拗又莽，在学堂里是一个横着走的"小老大"。

在那最叫人瞧不起的瘦小男孩面前，竟然这样丢了面子，徐长生蒙了好久，看着发怒的俞尧，一时没反应过来。

他张了张嘴说："我不。"他嘴硬道，"我跟他道什么歉！"

俞尧拿来了一支细竹竿，严肃地道："你承不承认？"

男孩和他的父亲被惊到了，只是看着这一切，没敢出声。

当时巫小峰也在场，他怕俞先生和小长生下不来台，于是上前温言相劝，男孩父亲也表示并不需要把铅笔上。

可徐长生梗着脖子不低头，俞尧还是动手打了他。

徐长生挣扎得衣扣都扯掉了，手心红起了一道道小细痕，叛逆期的自尊心驱使着气急又心虚的他，愤怒地大喊了一句："我又不是你亲生的，你凭什么管我！"

徐致远知道了这件事，当天推掉了应酬的酒席，盛怒之下赶了回来。彼时徐长生正红着眼睛抄书，就忽然被闯进门的徐致远拎进了柴房。

徐致远真生气的时候是不会跟他废话的，沉默得可怕，他下手可不像俞尧那样"小痛小痒"，徐长生明白这件事。于是在徐致远关柴房门的时候，他吓得忍不住哭了出来，大声地叫着"阿尧""阿尧"。

这个小混账还是挨了一顿真正的打，他哭得撕心裂肺，中途俞尧费了很大劲拆开门，把他给"救"了出来。

俞尧和徐致远都有怒气在胸，这点火苗就给燃着了，噼里啪啦地烧了起来。

徐致远正在气头上，听不进去任何话，只说给徐长生找好了"家"，下个星期就将他送走，俞尧拦也没用。

他这样一说，俞尧后续的道理全都堵塞在嗓子里，忽然哑口无言了，他看着徐致远，嘴唇轻微颤了几下，胸膛中不知为何涌上一股酸楚。

俞尧的回答出乎徐长生的意料，哑着声音，说："那好，你愿意将他送走就送走。"

说完，他把躲在自己身后的徐长生往徐致远身前一推，自己沉默着回房了。

这下徐长生的哭声平息了，徐致远也不再言语，就只剩了一抽一抽的哽咽声。

徐致远决定一不做二不休，先将这小孩送走再和俞尧"和好"，省得后面再出什么乱子。

徐长生的父母已经离世，他只找到了这小孩的远房亲戚，商量每个月给他们一笔钱财，让他们抚养着徐长生。

在这之前他让巫小峰先将徐长生带到他家里去住着，巫小峰走之前好像有什么话想跟徐致远说，但是欲言又止，还是将长生带走了。

徐致远许多天没有和俞尧说上一句话，大多数时间他都不在家，说是忙。

徐致远通常不在家里抽烟，抽也不让俞尧看见。这次，他回到连着三天没有人气儿的家，从灶台前拿了个小板凳，在院子里点了一支烟。他发着呆，一上一下地摁着井边的手压泵，抽了好几桶清冽的井水。

有人进来院子，看见他叫了声："徐少爷，原来你在家啊。"

徐致远下意识将快要烧到手指的烟踩灭，看到是夏恩，回道："哦，正好空闲休息……你来是有什么事吗？"

夏恩在几年前加入了技术层和俞尧一起工作，现在已经是一个高大的青年人了。

他说："我来替俞老师拿一下换洗衣物。"

"……他要住在研究所吗？"

"嗯，组织传来一个快又急的秘密项目，俞老师这些天又要操劳了。"

"哦……那好，"徐致远站起身来进屋，说，"我帮你拿。"

"谢谢徐少爷了。"

夏恩一边随着他进屋，环视屋内的陈饰，一边提起来，说："听说徐少爷你要把长生送走？"

徐致远叠着衣物，说："嗯。"

"他也在这儿住了很久呢,当初俞老师捡到他的时候,他还经常向外逃,可吃了委屈又总是灰不溜秋地回来。小孩嘛,都想要个安定的地方当家的。"

"我把他送到他的亲戚那儿,以后那就是他的家。"

"也好……"夏恩将衣服包裹接了过来,道了谢,继续说,"不过俞老师可能会心里难受一些。"

徐致远:"我知道,他很喜欢这小孩。"

夏恩却摇摇头,说:"长生对俞老师还有特殊意义。"

徐致远手指一滞:"嗯?"

"这还要说起徐少爷你流亡的那两年。最开始时,俞老师的状态十分不好,我们有时安排人轮流跟随着俞老师,主要怕俞老师想不开……"夏恩娓娓道来,"自从收养长生之后,俞老师好转了太多,我们总是能从他的口中听到长生。"

俞尧不善说苦,很少跟徐致远提那段日子,徐致远想撬也没撬出什么话来,这还是他第一次听说,他"哦"了一声。

夏恩认真说:"……但每次提起长生,俞老师都会说起'致远',就像是长生喜欢海鲜,他记起你也喜欢吃鱼。长生想要学音乐,他便将全部功夫用在教他小提琴上,教他拉《月光》。我想,俞老师大概是将他当成一种寄托了……其实看长生的名字便明了。"

徐致远一愣。

夏恩说:"他在照顾长生的时候,其实无时无刻不在挂念你,徐少爷。"他道,"俞老师能撑过来,还要多感谢这只小野兔。"

"你虽然回来了,但俞老师留下的习惯是改不掉的,你要他割舍那两年里的精神寄托,他当然要难受一阵子。"

这种情感就像是俞尧眼角的泪纹一样,苦涩的岁月已经给他烙下了,徐致远道多少歉都抹不去。

徐致远摩挲了一下手指,没说话。

过了很久,他才笑了一下,缓缓开口道:"……野兔子,这称呼倒是适合那小孩。"

"这是俞老师起的，"夏恩挑眉，也笑了，道，"他说你是家养的白兔子，撒起泼只会蹬腿不会咬人，而长生才是只笼子关不住的野兔。"

徐致远："……"

徐致远在家里等到夜色微凉，果真傍晚的时候，俞尧回来了。

徐致远故意少拿了一些他常用的日用品，俞尧又通过夏恩之口知道了徐致远在家，就知道这兔崽子在家里等他。

他进门的时候见到徐致远已经把他要拿的东西全部收拾好了，叹了口气，拎了过来，说："最近不常回来，至少要半个月。"

徐致远二话不说地拽住他。

他问："干什么？"

徐致远开门见山道："我不送走徐长生，以后他也是我家人了，你别难过。"

俞尧一怔，扭头说道："我没有难过。"

傍晚有凉风，月亮升起时慢吞吞的，夜幕欲出不出。因为晚霞刚散，隐藏其中的月亮还泛着红色，像被夕阳灼了的热气没有散去，还在月的深处隐隐发烫。

有星星点点亮起时，月亮的烫红才散去，一轮明月挂在了当空，夜色才真正降临。

他们正说着话，忽然听到墙边的草垛传来一记闷声巨响，敏锐的徐致远立即吊起警惕心来，下意识地将俞尧揽在身后，掏出了衣服内里口袋的枪。

他猜得出是有人翻墙进来了，听着草垛上有人声和窸窣的摩擦声，他将俞尧塞进屋子里，自己一人悄无声息地走了过去。

俞尧担忧地轻唤了一声："致远……"

近了，徐致远才觉得那身影眼熟，于是伸手从草垛里拎起一只野兔子来。

就这样，徐致远和被拎着后领的徐长生——他的衣服和头发上还沾着干草——大眼瞪小眼。

徐长生是从巫小峰家偷跑出来的，徒步跑了三里路，这才回到家里，一到家就抱着俞尧哭。他说他错了，他跟俞尧道歉，也会跟那个小男孩道歉，他求阿尧不要送走他。

徐致远冷着脸，盘着胳膊，倚着门框看他哭，全然不像刚才那个说"以后徐长生就是我家人"的发誓人。

俞尧无奈地安抚了几句，心中还是欣慰的。他指着徐致远，对徐长生道："你得和他道歉。"

徐长生一副视死如归的模样，走到徐致远面前，抬头看了一眼徐致远不屑的冷脸，憋了半天。

"……"

最后又转头朝俞尧扑过去，一把鼻涕一把泪地"哇"地又哭了出来，委屈坏了一样地大喊："我不要跟他道歉——但我不想走——"

徐致远："……"

俞尧抚了一下他的后背，奇怪地道："这样有骨气的话你是怎么用这么尿的语气说出来的？"

……

总之，徐长生哭了一晚上，留了下来，从此再没偷过东西，也再没拿混账话顶撞过俞尧，在俞尧面前乖顺得很，要改哪儿就改哪儿。

不过他和徐致远的小打小闹仍旧平常，至于这两只兔子又摩擦出了什么火星，那就是后话了。

番外 白兔

俞彦这几日被老爹从学堂拎回来塞进自家厂子干活，美其名曰磨炼实干精神。于是他每天被磨得仿佛给人抽去了骨头。

这一天得了空闲，回来难得睡了个懒觉，醒来时日上三竿，他拍了一下睡昏的脑袋，想起今天跟徐镇平有约。一边念叨着"完犊子"，一边穿衣走出门外。

没走几步，他被一声清脆而稚嫩的"哥哥"拉住了步子。

俞彦回头一望，见到他七岁的弟弟正坐在他门前的台阶上，怀里捧着一本与体型极不相称的厚书，俞彦都怕他两只手抓着沉。

俞尧这时才漂洋过海地被接回俞家，他穿着干干净净的白衬衫，两节细长的小腿从棕色吊带裤下伸出来，长袜皮鞋。他的着装习惯还没融入本地，被他的母亲打扮得像个来自欧洲的贵族小少爷。

俞彦问道："你怎么在这儿？"

俞尧起身，扫了扫屁股上的灰尘，抱着书，快步走到他的面前，仰头道："我昨天在街上遇见安荣，她让我今天跟着你一起去。"

俞彦蹲下来看着他，道："她跟你说去哪儿了吗？"

俞尧摇头，说："没有，安荣只让我跟着你。"

俞彦随他爹,见到小少年这副白净可爱的模样就欢喜,拿指弯戳了一下他的脸颊,笑道:"怎么这么好骗啊你。"

本来这次和徐镇平相约的目的就是玩乐,带着俞尧也并不影响,只是俞彦想到他在外等自己起床等了不短时间,心生愧疚,一把将弟弟捞起来,说道:"赶上集市,先带你去买点东西。"

于是俞彦见到徐镇平时,手里抱着个弟弟,弟弟的怀里抱着只兔子。六只眼睛清凌凌地瞪着徐镇平。

等了半个时辰多的徐镇平踹了俞彦一脚。

他怒道:"你怎么不再睡上两个时辰,等太阳把你屁股晒熟了再来?"

"哎!"俞彦挨了猝不及防的一击,还不忘把怀里无辜的俞尧高举到一边去,说道,"你又不是不知道这些天我家老爷子脑子生锈,我每日要累掉半条命,体谅一下兄弟。"

俞尧被托着两只手臂,身体凌空晃荡了一下,也学着俞彦举他的模样把白兔子举起来。他懂事地接过俞彦的黑锅,道:"镇平,是我要哥哥带去集上买兔子的,耽误了时间。"

这招管用,在俞尧面前徐镇平的脾气燃不起来,他叹了口气,他伸手拨弄了一下白兔的后腿,说:"想吃兔肉了吗,我可以去到田里抓几只,倒不用特地破费。"

这兔子是俞尧特地挑的,自然不是买来吃。他说:"我想养。"

徐镇平瞅了一眼兔子还在嚼动的嘴,道:"挺好。"

"嘶……我想吃了,"俞彦插嘴道,"这只给阿尧养,你再去打几只野的加餐呗。"

徐镇平的耐性只对俞尧,对这位俞家大少爷的气还没消,瞪了他一眼,说道:"想吃自个儿去地里追兔子屁股后边啃。"

俞彦嫌馆子里的菜太腻,而玩心未泯,跟徐镇平背了两管猎枪,跑了好长一段路到山林里去。

早春的林间还带着点晚冬的料峭凉风，正午的太阳一升到当头，就给驱散了。

两人小时就是打猎的好手，现在的技艺也没生疏，二十出头的青年人精力旺盛，比当毛头小子的时候还能熬。

一整天的收获不少。将战利品搬上车，已是暮色四合的时候了。

俞彦找了条小溪洗了洗手，对身边的徐镇平说："等回去我雇几个馆子里的师傅到家里去，跟安荣一块儿处理这些东西，她一个人够呛弄完……"

徐镇平沉默一会儿，踏着水声走过来，道："不用，我来做就好。她做不了……让她歇着。"

"她这次没捞着跟咱出来一起打猎，心里肯定别扭着呢。"李安荣是他们猎队的主力之一，这次没跟来俞彦还奇怪来着。

他熟悉李安荣好强的性子，笑道："你要让她听见这话，说不定她吃饭的时候跟你争气。"

徐镇平又沉默半天，然后"一鸣惊人"地道："安荣怀孕了。"

"……"俞彦差点一头栽到水里去。

他站起来，诧异地盯了徐镇平半天。然后报了今早的仇——给徐镇平的屁股踹了一脚。幸亏徐镇平挽着裤腿，他在浅溪中踉跄几步，皱眉道："你干什么。"

俞彦朝他踢了一捧水花，说："这样大的事为什么不早说。"

徐镇平忍无可忍地也朝他扬了捧水，道："我这不是和你说了！"

俞彦仰头望着天，思考了一会儿，挑了块还算干燥的石头坐上去，对他道："你过来。"

徐镇平走过去，坐到他旁边。

俞彦往徐镇平染脏的工裤上抹了抹手，擦干之后，深沉地道："那你以后有打算吗？"

"去淮市。师长将我调到了那边……他已经给我安好了户。我上个月也找人在那里物色好了宅子。"徐镇平垂眸，道，"我得带着她安定下来了。"

听到他的计划，俞彦稍稍愣了一会儿，扔了块石子，打了个水漂，无奈道："你早就打算离开北城了吗？"

"嗯。"

"哦……"俞彦道，"所以你还是打算投靠联合政府了。"

徐镇平没再回话。俞彦看向他，徐镇平年轻俊朗，剑眉间存着一股英气。俞彦迎着这张不摆好脾气的臭脸跟它的主人当了这么多年的朋友。此刻他却有点开始看不穿这副冷淡的面具下，究竟藏着什么隐秘的心事了。

"你当初该跟着孟彻走的，"俞彦一撇嘴，阴阳怪气地道，"他崇拜仰慕的好师兄终于下定决心跟他同一阵营咯。"

"跟他没关系，"徐镇平淡淡地说，"我只是……"

他没"只是"出个所以然来。俞彦知道他有事掖着不想外泄，于是主动打破了这尴尬的宁静，说道："你别动弹。"

徐镇平："嗯？"

俞彦捡了根粗棍，猛地往水里一插，熟练地挑起一只巴掌大的鱼来。鱼还在扑腾着，溅了徐镇平一身。

"加餐。"俞彦将鱼扔给他，徐镇平无法，只能拿湿透的上衣兜起来。

俞彦问道："安荣呢，她同意你的决定吗？"

"她同意。"

"真好。"俞彦感叹道，"这年岁过得真快，几年前你跟安荣关系不好，我还赶着去当个劝架的和事佬，现在想想……呸。"

他最后一声呸颇有灵性。

徐镇平："……"

俞彦感叹完了又转头问他："哎，等你们的孩子落地，多少得叫我声叔吧。"

"嗯。"

俞彦觉得还不错，他是乐天派，总能琢磨出让自己愉悦的小乐趣来，他朝着沐浴霞光的林子吹了声口哨，笑道："那阿尧就是他小叔叔。"

俞尧虽然平时稳重得像个小大人，但毕竟年龄小，总有一些小孩子的共性——比如得了新宠物之后爱不释手，这一上午没让那只白兔子落过地。

俞尧双手怀抱着兔子，坐在台阶上的时候，有两只毛绒的长耳朵在蹭着他的下巴。

"安荣，老师曾教我'非淡泊无以明志，非宁静无以致远'。我很喜欢这一句。"俞尧认真地仰头看向李安荣，说，"让我来说的话……是妹妹的话叫作宁静，是弟弟的话叫作致远吧。"

有了上次把俞尧整丢的前车之鉴，俞彦这回没带他，俞尧也乖巧，不争不闹地跟着李安荣待在家里。

李安荣一见到俞尧就欢喜，恨不得每次都把这乖小孩的脑袋揉得奓毛，即使李安荣真的忍不住这样做了，俞尧也会耐心地用手将毛再梳回来。闲暇时，李安荣向这个小大人征求取名建议，听到这番正经的回答之后忍俊不禁。

"不是弟弟妹妹，"她说道，"按照辈分来，算是侄子侄女，这小孩该叫你声小叔叔。"

俞尧点了点头，记下了。他轻轻地捏了捏兔子的前爪，大概是想象不出来该叫他"叔"的小东西是个什么模样，便问道："那……侄子侄女会是什么样子的。"

李安荣又忍不住想逗他："你觉得呢？"

俞尧想了一会儿，向李安荣举起手中的兔子，说道："这样的。"

李安荣挑眉："这样是什么样。"

俞尧真诚地说："乖一点。"

李安荣笑个不停，他想伸手去碰那只兔子，但它挣扎着蹬腿，从空中挣脱，又将头钻俞尧怀里去了。李安荣只能蹭了一下它的尾巴，哼了一声，调侃道："这小崽子光在你面前乖了。"

老远听到车声和人吆喝，俞彦和徐镇平回来了，李安荣去迎接。俞尧这才依依不舍地将白兔放进笼子里。而兔子扒着笼子边，大概是不想他走，但俞尧蹲下，顺了一下它的长耳朵，说道："乖一点。"

兔子听话地趴着了。

暖色黄昏之下，俞尧向着三人的身影跑过去，老远听到李安荣嫌弃的一声："徐镇平你在泥里打滚了？"

俞尧走到徐致远的背后，盘起胳膊，严肃地皱眉，盯着这厮。

岳老让他待在书房里练字，结果小兔崽子把书房当成了卧室，睡得端端正正的，若只是不经意地扫一眼，还真以为他再认真习字。

俞尧忍不住向前戳了他的后脑勺，"咣"的一声，脑门受惊的少爷醒了。

徐致远慌乱地扯来纸张，装作专注写字。他小心地向后一瞥，见是俞尧才松了口气，埋怨道："小叔叔，你怎么走路没声。"

俞尧幽幽地盯着他，盯得徐致远都开始浑身上下审视自个儿了，他问道："你这样看我做什么？"

"没事。"俞尧叹了口气，他看了一眼徐致远"惨不忍睹"的功课，头疼道，"岳老一会儿就回来，好好用功。"

徐致远敷衍地"哦"了一声，咳了两声，直起了腰。

俞尧走了，又看了一眼这少爷。

俞尧心想，自己当初就不该回答那个问题。这臭小子还真长成了只活泼好动、蹬腿咬人的兔子。要是哪天在大人面前装乖了，那一定是在外面造了什么孽。

徐致远不知道俞尧这番心理活动，没人看着他了，他的正经只坚持了两秒，又变回了那个没正形的坐姿。

俞尧哭笑不得地摇了摇头，悄悄关上了门。

番外 既明的秋

淮市的秋，是和别处不一样的。

这个季节就像是一壶酒，入口时没什么滋味，清冽和醇香只在舌尖留个小尾巴，过上一段时间才在人头脑里酿成一股醉意。秋初，拂面的风都是温顺的，但冷的时候一到，寒意不讲理地一个劲儿往骨头里面钻。

徐致远和俞尧很早就想回淮市看看，但这个计划一拖再拖，许多年过去了才记得捡起来。徐致远中午到淮市的时候，与为他接风洗尘的老板们喝了一顿小酒，这会儿正托着腮地靠在车窗上，享受着难得的清闲。今天天气适合在外闲逛，司机问徐致远是直接回旅店住处，还是要在外面待会儿。

徐致远想了想，说不着急回去，并吩咐司机一会儿也把俞尧给接出来。

"淮市的时间过得比北城慢，"徐致远看着窗外的景，无缘由地说，"有时候在路上走着，就能走回许多年前。"

"没记错的话，徐总是淮市人吧？"司机笑了笑，说道，"人一回到老家都有这样的感觉，故乡嘛，有人的根在。"

徐致远若有所思地"嗯"了一声，之后沉默一会儿，抚平了大衣衣领，说道："去趟……既明大学吧。"

徐致远一别既明十余年，再见时这地方并没有想象中的那么陌生，除了多了几栋楼之外，跟十多年前的大学校园没什么两样，徐致远凭着记忆还能走到九号教室。

近了，他听到了一阵悠扬的琴声。它就像是从脑海深处风尘仆仆地走来，弹开了岁月的灰，一步一步地，声音愈来愈清明嘹亮。

徐致远停住了脚步。

有学生在银杏树下聚会。既明的校服仍旧是那一身白色长衫，但穿在学生身上并不显老气，反倒衬得青年人的身量如竹般挺直。其中几个小孩正挽着袖子，笨拙地摆弄弓弦，另几个年长点的则将琴身抱在怀里，看着这些初学后辈们咯咯发笑。

这一幕让徐致远想起了什么，他愣了一会儿神，下意识地从口袋里掏出一支烟来叼在嘴里，找火的时候动作一滞，后知后觉地想起俞尧的话来。于是"嘶"了一声，把在嘴里没待热乎的烟摘下来，又揣回了口袋。徐致远双手塞在兜里，走上前去，对小孩们招呼了一句："学乐器呢。"

不知道哪个有礼貌的小孩带头叫了声"老师好"，然后徐致远莫名其妙地获得了许多个真诚的鞠躬。既明太大了，刚入学的新生认不全任教老师认是很正常的事，徐致远欣然接受了这个误会。

比他当年要乖多了，徐致远心想着。

学生们回答说："是音乐社团的见面活动。"

徐致远捡起冬青墙上的一片银杏叶，语气还真有一股子像模像样的老师气儿，笑道："怎么在这儿组织活动，音乐学院腾不出教室来吗？"

"好看呗。"一个抱着琴的男学生说，"一到秋天，全既明就属这地儿最赏心悦目。"

"嗯。"徐致远推荐道，"其实文学院教室后头的湖边景也不错，比这儿还清静。"

听闻,一个短发女生用胳膊肘戳了一下抱琴的男孩,说道:"我就说那里也是个好地方,离咱教室还近。"

"既明的好景色都划给文学院了。"

"毕竟景到了人家眼里可以变成诗和文章,到了你的眼里就只能下饭了。"

学生们笑了起来,话题自然地引到了徐致远的身上。他们询问这位年轻先生是来自哪个院的。徐致远把俞尧曾经的名头回忆了一下,仗着这群小孩认不全老师,暂时冒充成了俞教授。他一会儿就和这群学生熟络起来,给这群小提琴初学者指导了几嘴之后,站在不远处看他们嬉闹与练习。

"先生,"那个领头的男生却一声不吭地接近他,挑眉说道,"您不是俞老师吧。"

徐致远目不转视,微微一笑:"何以见得。"

男生道:"您气质不像。"

徐致远终于转头看向他,问道:"你见过俞尧吗?"

男生摇头。

徐致远饶有兴趣地说道:"那如何谈'气质不像'?"

"我大哥曾是既明的学生,被俞尧教过,他常与我提起过俞老师。"男生蹭了蹭下巴,猜测道,"我想俞老师应该是个温柔随和、慈眉善目的老先生。"

徐致远憋住没笑,挑眉道:"八九不离十。"

男生看向他,徐致远正经地道:"我其实也是他的学生。"

"真的吗?"男生眨了眨眼睛,道,"您这回没在骗我了吧?"

徐致远三指并起发誓道:"保证。"

学生们还有他们的正事要干,徐致远便不多打搅,他本打算去别处看看,踱步到九号教室窗前的时候恍惚瞥见个熟悉的影子。徐致远倒退回去瞧仔细了,一愣,随后脸上化开一抹笑。

徐致远敲了敲窗,吹了声口哨,引得窗边人抬头看他。徐致远笑道:"你怎么来这儿了啊,我还叫了人回去接你。"

俞尧慢悠悠地推开窗，扫开了窗台积攒的落叶，又低下头去，细长的手指拈着书页："上课铃要打三遍了，徐老师还有闲情逸致在瞎逛呢。"

徐致远猜得到学生们那齐刷刷的"老师好"被俞尧听去了，于是咯咯地笑了几声。他把捡来的那片银杏叶放到了俞尧的书页上，打趣道："今天休息，来陪老先生唠嗑。"

俞尧伸手，拧了徐致远的耳朵。放在之前他还装模作样地求求饶，现在习惯了，"贴心"地把脑袋往前伸了伸让俞尧拧着顺手。俞尧无奈地一笑，评价道："皮糙肉厚的。"

皮糙肉厚的兔崽子一转身，背靠在窗台上，沐浴着从银杏树叶缝隙投下来的阳光，他道："小叔叔，我从前就是在这儿遇见的你。"

俞尧装傻："是吗，不记得了。"

"不记得？"徐致远回头望着他，委屈地说道，"这样珍贵的事情你都忘了。"

"哪里珍贵，"俞尧将回忆翻找了一遍，与金黄色的银杏树叶相关的记忆就只有一个不犯浑就皮痒的徐少爷，他说，"我记着个小浑蛋做什么。"

徐致远哼道："你果然还是记得。"

既明的秋是和别处不一样的。

徐致远倚在窗台上，看着俞尧压着书页的手，喊了一声小叔叔，俞尧应他一声。

徐致远只笑，说着今天天气很好，景很漂亮，一些无关紧要的闲事。

既明的秋，仿佛可以让人偷闲半生似的。

关于两封没有回声的信

✉*第一封.

展信安。

致远,我已安然到达北城。

我知道你听闻了裴医生去世的消息。我的心中怅然悲痛,以致现在不敢相信消息是真。

可听大哥说,他曾对冬建树谋杀寺山一事知情,而为了保护妻女与同事只好选择隐瞒,因此他四年来一直对我心中有愧。我本以为裴医生是清白的局外之人,不必与我蹚一遭腥风血雨……可原来我竟给他留下这样的心病。若早知如此,我回淮市时定然会去见他一面,告诉他我并不怪他。

但我就算念上一万遍,也没有"早知如此"。

裴医生对我、对我大哥有恩。我肠胃毛病常犯,一直是他来调养,我习惯了裴医生的叮嘱,觉得事事有他提醒,自己总是不上心了。如今他离开,怅然中一时还有些不知所措。

我大哥的命则是裴医生救回来的。他说裴医生托他照顾妻子儿女。他刚出虎穴,身体尚未恢复,就匆忙赶去了苑姐和林晚的住处,我随身跟随,和他一起见了苑姐。

我看到苑姐在院子里向大门望,她站在那里,肥大的衣袖灌着风,神色是焦急和担忧的,她大概常常在那里望。她见到我们时欣喜若狂,叫我们进屋喝茶吃糕,林晚见我也是高兴十分。我抱着她,她问我,爸爸什么时候回来?

我们已经将要说的话反复练习许多遍,可到此时,看着苑姐和林晚期待的眼睛,又哑口无言了。

……

后来苑姐拿了裴医生的遗物,没有说什么话。大哥说要将她接到身边去,可是苑姐拒绝了。

苑姐说裴医生留下了很多积蓄,就算有一天这些钱没了,她就再回去给别人种地,借她家兄长的钱,她能一个人把林晚养大,让林晚上最好的学校。

我和我大哥劝不动她。我和大哥商量,只好选择往后暗中相助,不让她发觉。

苑姐的坚强和执着出乎了我的意料,可我们走的时候,却听到了房子里低低的啜泣声。

我久久不能平静,大哥的心情比我更要复杂。

我苦闷几天,想到了和你倾诉,致远。

近来我梦见了许多东西,有人在轻声哭泣,有许多人在听,哭者诉说着苦难,闻者潸然落泪。我是闻者中的一员,虽悲伤,但心里却不害怕,因为我竟有一种隐隐约约的踏实感。可醒来时又仿佛坠入了虚空之中,睡梦中缺失的惆怅在现实里淹没了我。我在夜里思忖了很久,心想这大概是别离造成的落差。

我的记忆又回溯到第一次见到你时……你不会知道我是什么时候第一次见到你的。

我决定不在纸上写,等到你来到北城,如果你还记得的话,我便亲口和你讲。

所以若你想要听,那就一定要在淮市好好的。

现在正是深夜,我被梦惊醒,最是敏感多情时,心血来潮给你写了这封信。想到什么便写下什么，没有构架和思路，乱糟糟的一团，翌日醒来再看时，大概会因为嫌弃它的逻辑不通，或者太过矫情而销毁信件、重新构思。

所以我还是赶在我反悔之前，赶紧把信封装好吧。

俞。

✉ *第二封.

展信安。

才怪。

你究竟要别扭到什么时候。

我不常写东西,不懂得怎么遣词造句。但觉得重要的话不落到字面上,总是不安心。

算了不跟你扯谎……主要还是觉得当面说不出口,我活了二十多年就没跟别人低过头。

所以说我跟你道歉是重要事,你要是不好好看,我做鬼都记你仇。

对不住。

我不该拿你的工作和你吵架。可你昼出夜归,从不与我说起行踪,像是将我当作外人,任是谁的心里也都会生出些不满,何况……你又不是不了解我的性子。

我也有账要和你算。

那日我看到桌子上的银圆,还以为你是忘记了拿钱包,一直替你保管着。没想到后来竟然一直找不到你的人,才后知后觉,这是付给我的报酬。

原来你觉得我帮你的忙是用钱就能还清的。

……我呸。

吴深院,我不明白,你究竟在想什么。

我要是想要你钱你这辈子都还不起,这些大洋只够给你的欠款还个零头!

倘若你还把我当朋友,立马给我回信,解释清楚你失踪这些日子滚哪去了。三天后中午我在院子里的树底下等你。

三天后,你看明白。

朋友送了我几坛陈酿一直没舍得喝,到时候我叫刚来的那小孩炒几道小菜,然后把他们全轰出去干活,剩我们在院子里喝个尽兴。

那小孩与你是同乡,来淮市前学了点厨艺,小菜里的辣子放得从不手软,你肯定爱吃。

顺便把你妹妹带过来让我见见,我前几日在书店遇见一个与你眉眼相似的女学生,聊了几句,话很投机。但匆忙之下却没有问姓名,如果真是桐秋,那也算是一种缘分了。

大后天是三号,你别老是数不清楚月份的天数。

棠。

图书在版编目（CIP）数据

北鸟南寄：完结篇/ 有酒著. —武汉：长江出版社，2024.4
ISBN 978-7-5492-9412-1

Ⅰ. ①北… Ⅱ. ①有… Ⅲ. ①长篇小说—中国—当代 Ⅳ. ①I247.5

中国版本图书馆CIP数据核字（2024）第068219号

北鸟南寄：完结篇/ 有酒 著
BEINIAONANJI

出　　　版	长江出版社	
	（武汉市解放大道1863号 邮政编码：430010）	
策　　　划	力潮文创-白鲸工作室	
市场发行	长江出版社发行部	
网　　　址	http://www.cjpress.cn	
责任编辑	罗紫晨	
特约编辑	唐　婷　　波　非	
封面设计	Finnn	
封面绘制	Finnn	
插图绘制	八厘米饼干　客小北　Adaddin　钢橘	
周边设计	Semerl	
印　　　刷	北京盛通印刷股份有限公司	
版　　　次	2024年4月第1版	
印　　　次	2024年4月第1次印刷	
开　　　本	880mm×1230mm　1/32	
印　　　张	8.75	
字　　　数	240千字	
书　　　号	ISBN 978-7-5492-9412-1	
定　　　价	45.80元	

版权所有，侵权必究。如有质量问题，请与本社联系退换。
电话：027-82926557（总编室）027-82926806（市场营销部）

为纯粹的乐趣而读